KB232324

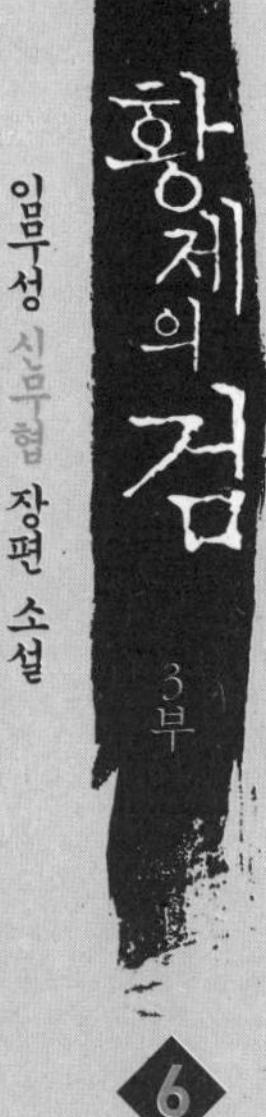

dream
books
드림북스

황제의 검 3부 6_ 자오신검(子午神劍)을 얻다

초판 1쇄 인쇄 / 2009년 5월 27일
초판 1쇄 발행 / 2009년 6월 5일

지은이 / 임무성

발행인 / 오영배
편집장 / 김경인
펴낸 곳 / (주)삼양출판사 · 드림북스

주소 / 서울특별시 강북구 미아8동 322-10호
대표 전화 / 02-980-2112 팩스 / 02-983-0660
편집부 전화 / 02-980-2116 팩스 / 02-983-8201
홈페이지 / www.sydreambooks.com

등록번호 / 제9-00046호
등록일자 / 1999년 3월 11일

값 9,000원

ISBN 978-89-542-3141-1   04810
ISBN 978-89-542-2890-9   (세트)

皇
帝
劍

황제의 검

THE SWORD OF EMPEROR

6

자오신검(子午神劍)을 얻다

임무성 신무협 장편 소설

ORIENTAL FANTASY STORY & ADVENTURE

3부

제 1 장 천부의 불청객

십 수 년을 함께 살아도 속을 알 수 없는 경우가 있고 짧은 기간의 동행만으로도 살아온 여정이 짐작되는 관계가 있다. '잘 통하는' 사이가 되면 눈빛만으로 서로의 생각을 얼마쯤은 읽을 수 있게 된다.

이처럼 말이 오갈 필요도 없이 죽이 척척 맞는 사이도 서로에 대한 호감에서부터 비롯된다. 서로 관찰하고 탐색하는데 거부감이 없어야 하고 서로를 열어 보이고 받아들이는 기회에 인색하지 않아야 한다.

이제 막 만난 대천신응에게 오랜 친구와 같은 우정을 기대한다는 건 성급한 욕심에 불과하다. 더군다나 그 대상이 말이 통하는 사람이 아니니 더 어려운 일이다.

파천은 조심스럽게 다가섰다. 저 어마어마하게 큰 독수리는 사람들이 저를 두고 대천신응이라고 부르는 줄도 모르리라.

영수라고는 해도 어쨌든 생김새만으로 보자면 날짐승임에 틀림없는 사실. 대천신응이 특별한 이유는 그 어마어마하게 큰 몸집이나 찬란한 황금빛 깃털이나 혹 몸에 지니고 있을 신력 때문이 아니다. 적어도 파천에게는 말이다.

대천신응은 '황제의검'에 다가설 수 있는 유일한 문이자 인도자였다. 그 문은 아무 때나 열려 있는 것도, 언제나 그 자리에 있는 것도 아니다.

눈앞에서 사라지고 나면 다시는 찾을 수 없을 것 같은 두려움 때문이었던지 파천의 행동은 여간 조심스러운 게 아니다.

"네가 바로 대천신응이구나. 자, 착하지, 놀라지 마. 나는 나쁜 사람이 아니야."

겨우 생각해서 꺼낸 첫마디치고는 유치하기 짝이 없다. 다행이라면 다행이랄까, 첫마디를 해놓고 머쓱해져 있는 파천과 달리 대천신응은 마치 그 말을 다 알아들었다는 듯 의젓하게 고개를 끄덕였다.

파천은 안심이 됐다. 일단은 대천신응이 호감을 보인 이상 절반의 성공은 보장된 셈이었다.

덩치가 작기라도 하면 손을 내밀어 쓰다듬어 주기라도 하겠는데 제 자신이 오히려 발에 채일까 걱정해야 할 정도니 감히 그럴 엄두를 못 냈다. 별수 없이 또 입을 연다.

"너는 나를 모르겠지만 나는 네 얘기를 많이 들었단다. 십 년도 더 된 일이지. 난 그 당시 굶주린 늑대들의 한 끼 식사거리로 전락할 위기에 처해 있었지. 네가 할아버지를 그곳으로 인도해 주지 않았다면 난 그때 죽었을 거야. 늦었지만…… 고맙다는 말을 먼저 해야겠어."

우연의 일치인지 파천이 쑥스러워하며 건넨 말에 반응이라도 한 것처럼 대천신응이 눈을 끔벅거리더니 크게 고개를 끄덕였다는 사실이다. 파천은 그런 대천신응의 반응에 특별한 의미를 부여하면서까지 유난을 떨고 싶지는 않았다.

"짜식, 마치 내 말을 다 알아듣는다는 듯이 구는군. 널 보자마자 만사 젖혀두고 기를 쓰고 따라온 건, 네게 좀 더 어려운 부탁을 하기 위해서야."

바짝 마른 입술에 침을 적시며 파천이 다시 입을 뗐다.

"초면에 이런 말한다고 이상하게 생각지는 마. 나란 녀석이 원래 경우 없고 파렴치하지는 않은데 워낙 중대한 사안이어서 말이지. 나는 네 주인이었던 황제의 의지를 계승하려고 결심했어. 과거 황제가 했던 역할을 누군가는 해 줘야 하고…… 하필이면 내게 그만한 능력이 생겼어. 그런데 내가 상대할 강적들은 너도 알다시피 무시무시하잖아. 황제가 사용했다는 자오신검이 필요해. 그걸 물고 사라진 게 너라는 건 천하가 다 아는 사실이고. 그래서 말인데…… 날 자오신검이 있는 곳으로 데려다 줬으면 좋겠어. 젠장, 내가 지금 말귀도 못 알아듣는 네 앞에서 무슨 소리를 하는지 모르겠다."

발끝에서 머리끝까지 온통 황금빛으로 번쩍이고 있는 대천신응이 그 순간 날개를 활짝 펼쳤다.

날갯죽지를 한번 꿈틀거렸을 뿐인데도 파천은 전신을 휘청거려야만 했다. 얼마나 바람이 거세고 강한지 웬만한 사람은 몸을 가누지도 못하고 날려갔을 것이다.

생긴 것 답지 않게 온순하기만 했던 대천신응이 성질이라도 부린 양 여겨질 수도 있는 장면이었다. 허나 실상은 그런 게 아니었다. 파천의 얘기가 길어지고 지루해지자 바로 행동으로 자신의 뜻을 대신한 것이다. 그 순간 파천은 간과하고 있던 한 가지 사실을 번쩍 떠올렸다.

"그렇구나. 내가 널 찾아낸 것이 아니라 네가 날 찾아온 것이지. 네가 공연히 날 찾아왔을 리는 없고 또 네 몸짓을 보니 무언가 급박한 일이 있음이 틀림없구나. 그렇지?"

헛다리를 자주 짚다보면 제대로 정곡을 찌를 때도 있는 법이다. 대천신응은 파천 앞에 나타난 이후 처음으로 먼 하늘에 시선을 둔 채 크고 긴 울음소리를 냈다.

캬오오옥—!

'허억! 그놈 소리 한 번 우렁차네. 무슨 전설속의 괴수가 울부짖는 것도 아니고 독수리가 맞긴 한 거야? 하긴 뾰로롱하고 울면 이상하긴 하겠군.'

산이 쩌렁쩌렁하도록 울린 그 소리는 독수리의 것이라고 하기엔 믿기 힘들 정도로 괴이했다.

독수리 울음소리를 들어본 적 있던 파천은 대천신응의 울음소리가 일반적인 독수리 울음과 판이하게 다르다는 점에서 저것을 과연 독수리라고 해도 좋을까를 두고 잠시 고민해야만 했다.

첫 번째는 우연이지만 똑같은 일이 여러 번 반복되면 우연이랄 수 없다. 대천신응이 사람 말을 완벽하게 이해하고 있지는 않을

까라는 다소 엉뚱한 상상을 하게 된 것도 그 때문이었다. 놀랍게
도 얼토당토않은 그런 짐작은 시간이 지날수록 점차 확신에 가까
워져갔다.
　파천은 한결 신중해진 태도로 조심스럽게 물었다.
　"나더러 무얼 해달라는 거지?"
　파천의 말이 떨어지기가 무섭게 대천신응이 몸을 낮췄다.
　"네 등에 올라타라고?"
　대천신응의 머리가 아래위로 크게 흔들렸다.
　대천신응은 불을 품은 듯 강렬한 눈길로 파천의 몸 구석구석을
쏘아보고 있었다. 몸짓과 말로도 표현되지 않는 내면의 상태까지
도 느끼고 싶었던 걸까!
　대천신응은 예전 황제에게 그랬던 것처럼 파천에게 깊이 감응
하기 시작했다. 그때와 다른 점이라면 당시에는 쌍방 간에 교감
이 가능했지만 현재는 일방적인 교감에 불과하단 사실이었다.
　대천신응은 지금껏 황제를 제외하고는 제 등에 다른 사람을 태
운 적이 없었다. 유일하게 황제만을 따르고 섬겼다는 대천신응은
영수들의 제왕으로 손색이 없었다.
　화신한 용족, 즉 용을 단숨에 찢어발겨 삼켜버리는 대천신응의
위용은 당시에 죽음의 군대라고 불렸던 요왕의 친위대 말고는 감
히 접근조차 하지 못했을 정도였다. 이처럼 대단한 대천신응이
제 등을 선뜻 파천에게 내주고 있으니 이 또한 놀라운 일이 아니
고 무엇이랴.
　황금빛 영롱한 빛 무리가 스며있는 대천신응의 깃털은 햇빛에
반사돼 눈부시게 반짝거렸다.

파천이 대천신응이 놀랄까봐 조심스럽게 다가간 것과 마찬가지로 대천신응 역시 그와 같은 심정으로 파천을 대했다.

이제는 둘 다 그럴 필요가 없어졌다. 여러 가지 생각이 동시에 뇌리를 스쳐지나갔지만 일단은 그 모든 생각을 뒤로 하고 파천은 결심을 굳혔다.

선뜻 몸을 공중으로 띄워 대천신응의 너른 등 위에 올라탔다. 가슴이 두근거리다 못해 등줄기에 소름이 돋을 정도의 전율이 한 차례 전신을 휘어 감았다.

기분이 묘했다. 바로 그때였다.

캬오오오옥―!

푸드드득―

슈우우―!

또다시 대천신응의 울음소리가 천지를 진동하고 그 소리가 긴 메아리로 돌아오는 순간 대천신응은 하늘로 역류하는 유성처럼 솟구쳤다.

그 속도는 상상을 훨씬 상회하는 것이어서 파천은 저도 모르게 헛바람을 집어삼키고야 말았다. 대천신응은 급기야 구름이 내려다보이는 곳까지 다다르고야 말았다.

상상하지도 못했던 속도에 파천은 이를 앙다물고 몸을 최대한 낮춰야만 했다.

두 손으로는 깃털 사이의 잔털을 콱 움켜쥐었고 두 다리에 힘을 줘 전신을 고정시켰다. 멀어져가는 지상의 풍경을 살필 여유 따위는 없었다.

　　　　　*　　　　*　　　　*

　파천이 대천신응의 등을 타고 어딘가로 향하던 그 시간, 항주의 모처에서는 무림의 판도에 지대한 영향을 미칠만한 사건이 무르익어가고 있었다.

　태존의 제자들인 묵혼과 뇌혼이 마주 앉아 있다. 실내에는 그들 두 사람 말고도 한 명이 더 있었다. 그는 문 앞에 장승처럼 우두커니 서 있었는데 숨이라도 내쉬는지 모를 정도로 고요했다. 권왕이었다.

　묵혼은 꽤 긴 시간이 지났음에도 불구하고 와룡장주 파천의 불가해한 신위와 그로부터 받은 인상에 몸서리 치고 있었다.

　이처럼 큰 좌절감을 준 이는 사부인 태존 말고는 처음이었다. 태존을 방불케하는, 어쩌면 그 이상일지도 모른다는 두려움을 잠시나마 줬던 파천이 이제 약관에 불과하다는 사실을 어찌 쉽게 받아들일 수 있겠는가.

　묵혼에게 사정 얘기를 전해들은 뇌혼과 권왕은 처음에 그가 과장을 한다고 여겼다. 허나 이후 그가 좀체 실의에 빠져 헤어 나오지 못하는 걸 보고서 어쩌면 사실일지도 모르겠단 생각을 했다.

　뇌혼은 손에 든 쪽지를 다시 만지작대다가 칙칙하게 가라앉은 분위기를 환기시켜 보려 입을 열었다.

　"사형, 이제 어쩔 셈이죠? 야수검과 마혼을 이곳으로 보낸다는 내용뿐이니…… 사부의 뜻을 잘 모르겠군요. 철혼 사형에 대한 언급이 하나도 없다는 점도 이상하구요. 설마 이대로 내쳐지는 건 아니겠죠?"

묵혼은 긴 한숨을 쉬며 뇌혼의 눈을 마주보았다.

"넌 정말 몰라서 묻는 것이냐, 아니면 알고서도 모르는 척하는 것이냐?"

"네? 그게 무슨 말씀이시죠?"

뇌혼의 맑은 눈동자에는 한 점의 가식도 엿보이지 않는다. 묵혼은 이럴 때마다 드는 의문이 있었다. 저 순진무구한 뇌혼 사제의 눈빛을 보고나면 정말로 자신과 같은 환경에서 지내온 것이 맞을까 다시금 생각하게 된다.

저럴 수는 없었다. 사부인 태존은 제자들을 잘 벼린 한 자루의 칼로 다듬어왔을 뿐 오욕칠정을 지닌 보편적인 인간성을 지니는 걸 허락한 적이 없다. 그런 만큼 이들 사형제에게 주어진 환경은 가혹하기 이를 데 없었다.

하지만 세상을 저주하고 누구도 믿지 않는 냉혹한 승부사로 단련돼 온 다른 사형제들과는 달리 뇌혼만은 저처럼 심성이 여리고 또한 맑으니 알다가도 모를 조화였다.

묵혼은 긴 한숨을 내쉬며 서찰에 담겨 있는 태존의 의도를 일러주었다.

"여기 첫머리에 언급된 마혼이 누구더냐? 사부께서 입버릇처럼 말씀하셨지. 장차 천하대업을 다 이루고 나면 후사를 이을 재목은 따로 정해져 있다고. 심지어 우리 앞에서 '격이 다른' 존재라고 칭찬을 아끼지 않으셨다. 그런 그가 강호에 나온다는 건, 더군다나 이런 상황이라면 우리가 저질러 놓은 실수를 그에게 수습하라고 보냈다는 뜻이 된다. 철혼은…… 아마도 이대로 버려지지 않을까 싶다."

뇌혼은 이해가 안 됐다.

"믿을 수 없어요. 그리고 승복하기도 힘들어요. 사형, 우리라도 나서서 철혼 사형을 구출해 와요."

"정신 나간 소리. 그랬다가는 우리까지 버려진다. 별 명령이 없다면 단념하게는 게 좋아."

"그래도……."

뇌혼은 희망을 버리지 않는다.

"마혼, 그는 우리 사제잖아요. 비록 한 번도 본적은 없지만…… 그가 어쩌면 철혼을 구해내라고 할지도 모르죠."

"사제? 그를 정말로 그렇게 생각해 왔다면 넌 순진한 게 아니라 어리석은 거다. 사부의 심중에 마혼은 절대적인 비중을 차지하고 있지. 우리 전부와 합쳐도 바꿀 수 없을 만큼. 그런 그가 우리를 사형제로 생각하지도 않겠지만 티끌만큼이라도 안위를 챙겨 준다면 태존의 신임이 그리 두터울 리도 없지. 우리를 키워준 태존은 그런 분이시다."

"설마…… 그럴 리가."

"믿어라. 내 말은 진실이니깐."

"그럼 이제부터 마혼 사제의 지시를 따라야겠군요?"

"아마도……."

뇌혼은 묵혼이 단정적으로 한 말이 믿기지 않았지만 믿어야 했다. 그런 생각과는 별개로 사부인 태존께서 그처럼 신임한다는 마혼이 어떤 사람일까에 대한 호기심이 자꾸만 커져갔다.

체념하기라도 한 듯 묵혼의 음성에는 힘이 실려 있지 않았다.

"야수검을 마혼의 보좌관으로 삼아 딸려 보낸다는 것만 보아도 사부의 뜻을 충분히 짐작할 수 있지. 우리더러 알아서 처신하란 뜻이겠지."

두 사람의 대화를 묵묵히 듣고 있던 권왕도 같은 생각을 하고 있던 참이었다.

'태존의 심중이 결정된 것은 오래된 일이다. 이제 피바람이 불겠구나. 하지만 생각지 못했던 새로운 강적이 등장한 지금 애초의 계획대로 밀어붙이기엔 무리가 따른다. 정파든 사파든 어느 한쪽에 힘을 실어주는 것이 원래의 계획인데 수뇌부에 접근하는 것부터 용이하지 않아. 정파에 힘을 실어주고 사파를 자극해 위기감을 조성하기만 해도 혈난을 이끌어내는 건 식은 죽 먹기 같은데 그 쉬운 일을 해낼 사람이 없다. 이런 중차대한 시기에 태존께서 몸소 나서지 않고 마혼을 내세운 것만 보아도 마혼의 능력은 능히 짐작할 수 있다. 그가 어떤 성향이냐에 따라…… 흘릴 피의 양이 정해지겠군.'

마혼은 묵혼과 뇌혼, 그리고 권왕이 상상했던 것과는 판이하게 다른 사람의 유형임은 한 시진도 지나지 않아 밝혀지고 만다.

그는 항주의 두 번째 비밀지부에 도착하자마자 묵혼과 뇌혼의 저항에 부딪혔다. 그도 그럴 것이 마혼은 단순한 지휘권자나 명령권자 이상을 요구했기 때문이다. 그것은 사형제간의 관계로 보아도 굴욕적인 요구였다.

마혼은 절대적인 충성을 요구했고 제 존재가 태존보다 우선된다는 점을 분명히 했다. 다른 사람이 이런 뻔뻔한 요구를 해 왔다면 반역에 해당하는 중죄일 텐데 어쩐 일인지 태존의 직계 수하들이라 할 수 있는 야수검과 권왕은 그런 마혼의 패역무도한 발언에 반발하지도 않고 묵묵히 따르고 있었다.

마혼이 저항하는 묵혼과 뇌혼을 흠씬 두들겨 패는 것으로 그의 화려한 등장이 일단락 될 줄은 누구도 상상하지 못했던 일이었다. 마치 힘센 어른이 어린아이 팔목을 비트는 것처럼 거침없었다.

충격은 거기서 끝난 것이 아니었다.

마혼이 거느리고 온 일행은 야수검과 그 수하들인 동영의 검객들만이 아니었다.

환혼자 중에 하나이지만 그 가운데서도 매우 특별한 위치와 비중을 차지하고 있는 살막의 막주를 자처하는 인물이 함께하고 있었다.

무림 최고의 비밀스런 조직이라 할 수 있는 살막의 막주라는 신분도 대단하거니와 그런 그가 환혼자 중 한 사람인 단천인(斷天刃)이라는 사실도 그를 가볍게 볼 수 없게 하는 부분이었다.

그는 환혼자들이 세력을 이루기 전까지만 해도 구심점 역할을 자처해 왔었다. 환혼자들이 현 시대에 적응하도록 도움을 주고 비슷한 이상과 성향을 지닌 사람들끼리 연결시켜 주는 일까지 도맡았었다.

그런 그가 태존과 모종의 관계를 맺고 있다는 사실은 태존의 사람들까지도 놀라게 할만 했다. 자신을 드러내는 걸 끔찍이 싫어하는 사람이 이처럼 거리낌 없이 자신을 내보였다는 점도 주목할 만한 일이었다.

살막주 단천인은 핵심 고수 몇 명만을 대동하고 항주로 온 것이다.

현재 이들이 머물고 있는 장원은 송나라 거유(巨儒)인 횡거(橫渠) 장재(張載)가 고향인 섬서성(陝西省) 횡거진(橫渠鎭)으로 내려와 집필에 열중하던 때에 만들어진 것이다.

평소 그의 학문세계에 크게 감명한 항주의 거부 시유상(施有相)이 서호가 내려다보이는 야트막한 언덕에 지어 선물한 장원으로, 그 이름이 성운정(星運亭)이라고 했다.

성운정은 오래된 고택이어서 낡았을 뿐만 아니라 횡거 장재의 별장으로 유명한 곳이지만 정작 장재 선생은 한 번도 방문한 적이 없는 곳이어서 사람들의 관심을 끌지 못했다. 현재는 시유상의 후손이 관리하고 있는 것으로 알려져 있는 게 전부였다.

장원은 크게 내원과 외원으로 구분돼 있었는데 현재 마혼을 위시한 사람들이 모여 있는 곳은 내원의 대청이었다.

대청 가운데에 네 사람이 앉았고 그 주변에 야수검과 권왕, 묵혼과 뇌혼이 시립하듯 서 있다. 다른 무사들은 외원에 배치돼 있었다.

착석하고 있는 사람은 마혼과 단천인을 제외한 일남 일녀였다. 뇌혼은 나머지 두 사람 중에 여자의 얼굴을 어디선가 본 적이 있다는 걸 기억해 냈다.

사라라는 이름을 지녔으며 고금제일의 미녀로 칭송이 자자한 그녀는 미색만으로 천하를 떠들썩하게 만들기도 했다.

그런 그녀를 용케도 철혼이 납치했고 그 사실이 묵혼을 통해 태존에게까지 전달되자 태존은 손끝 하나 건들지 말고 자신에게 보내라고 지시했다.

뇌혼은 그때 사라를 보았다. 그토록 짧은 순간의 대면이었음에도 불구하고 천하에 이처럼 아름다운 여인이 둘일 수 없다는 생각이 뿌리 깊게 박혀 있을 정도로 그녀의 첫인상은 강렬했다.

보는 순간 심혼을 빼앗길 만큼 절륜한 미색이 있으리라고는 한 번도 생각해 본 적이 없던 뇌혼은 당시의 충격을 지금까지 잊을 수 없었다.

'사부께서는 저 소저를 중한 일에 쓰기 위해 곁에 둔다고 하셨는데 어찌 마혼과 동행시킨 것일까? 그 중한 임무라는 게 갑자기 생겼을 리는 만무고. 설마 마혼에게 선물로 준 건 아니겠지?'

뇌혼은 아직까지도 조금 전 속수무책으로 마혼에게 당한 일이 꿈처럼 여겨질 정도였다.

몸이 반응하기 전에 어느새 제압된 일도 기이하거니와 끔찍하도록 고통스러운 매질도 이해할 수 없을 정도였다.

그의 가공가경한 무공에 주눅이 들었다는 것보다는 자신보다 어려 보이는 사제가 저처럼 강해질 수 있었던 연유가 뇌혼은 더 궁금했다. 이런 관점의 차이만 봐도 뇌혼은 어쩔 수 없는 무공광일 수밖에 없었다.

뇌혼은 사제인 마혼에게 매질을 당했다는 사실에 그다지 분개해하지는 않았다. 단지 더 강해지고 싶다는 일념에만 골몰해 있을 따름이었다.

이런저런 생각을 하고 있던 뇌혼과 사라의 눈이 잠시 마주쳤다. 살짝 웃어준 사라와는 달리 뇌혼의 얼굴은 금세 벌겋게 달아올랐다. 그는 얼른 시선을 외면했다. 그러지 않으면 추태라도 부릴까 두려운 마음까지 생겨났다.

그런 그의 모습을 비웃는 사람이 있었다. 단천인과 사라의 가운데에 있는 준수한 미공자였다.

뇌혼은 처음부터 그가 마음에 들지 않았다. 지나치게 마혼에게 저자세를 보이는 모습도 그랬고 극단적인 말을 서슴지 않는 경솔함도 그랬다.

뇌혼은 장내의 대화를 주도해가고 있는 마혼의 얘기에 다시 귀를 기울였다.

"……가능할까?"

마혼은 동석하고 있는 청년에게 거리낌 없이 하대했다. 하긴 그는 태존 앞에서도 그런다고 하니 다른 사람들이라고 다를 까닭이 없었다.

뇌혼은 잠시 딴 생각을 하느라 마혼이 앞에 한 말은 듣지 못했다. 단지 유일하게 신분이 밝혀지지 않은 사람이 '남궁' 성씨를 쓴다는 것을 알게 된 게 전부였다.

'남궁이라면 혹시…… 남궁세가의 사람인가?'

뇌혼의 짐작은 정확했다. 마혼 맞은편에 약간은 불편한 기색으로 앉아 있는 사람은 다름 아닌 남궁세가의 장자인 남궁장천이었다.

그가 왜 이 자리에까지 오게 되었는지, 그 사연을 알고 있는 사람은 마혼 외에는 없었다. 남궁장천 역시 단천인과 마찬가지로 태존과 밀약을 했다.

남궁장천은 태존이 손을 내밀었을 때 가문의 흥망과 제 인생의 영락을 걸고서 도박하는 심정으로 그 손을 움켜잡았다.

잘 되면 영웅이요 잘못 되면 역적이라지만 그의 지금 선택은 강호에 알려지는 것만으로도 남궁세가의 존립기반을 허물어 버릴 수 있는 위험한 거래였다.

세가에 씻을 길 없는 오명을 남길지도 모른다는 우려를 떨쳐내고 독단적으로 태존과의 야합을 선택한 일이 장차 남궁세가에 복이 될지 화가 될지 아직은 자신할 수 없었었다.

막다른 길에 내몰리지 않았다면, 남궁세가의 처지가 지금처럼 곤궁하지 않았다면 이런 위험천만한 도박을 했을 리가 없었다.

오대세가 내에서 수장 격이었던 남궁세가는 현재 그 지위를 상실했을 뿐만 아니라 외톨이나 다름없는 형편에 놓여 있었다. 과거 남궁세가가 누리던 지위는 제갈세가가 차지했다.

현재 정파의 주도권은 검성을 지지하는 세력들이 거머쥐고 있는 실정이었고 그 선두에 제갈세가가 거드름을 피우며 으스대고 있다.

남궁장천은 야심이 남다른 사람이다. 오대세가의 수장인 남궁세가의 후계자일 뿐만 아니라 황금성의 36천강 중 일좌를 차지하고 있을 때만 해도 이런 처지가 될 줄은 상상도 못했던 일이다.

그는 야심을 이룰 능력도 있었고 또한 뒤를 받쳐줄 기반도 든든한 사람이었다. 그 모두가 한순간에 무너져 버린 것이다. 그 모두가 일장춘몽처럼 허망하게 사라져 버렸을 때 그가 하지 못할 일은 세상에 남아 있지 않았다.

동지인줄 알았던 36천강의 일원들에게 배신당해 지하세계로 떨어졌고 거기서 간신히 생명을 부지해 돌아와 보니 정파는 환혼자들의 세상으로 탈바꿈 되어 있었다. 그때 남궁장천은 세상의 비정함을 다시 한 번 통감해야만 했다.

먼저 치지 않으면 당하는구나. 약게 행동하지 않으면 언젠가는 이용당하고 버려지는구나. 그런 뼈저린 후회를 가슴팍에 새기고 또 새겼다.

정파에서는 검성의 행보가 예사롭지 않았는데 발 빠르게 그를 지지하고 나선 제갈세가와 달리 남궁세가는 세사의 흐름을 읽는데 미숙하고 둔했다. 그 미세한 차이로 인해 운신의 폭은 협소해질 대로 협소해져 있었다.

남궁장천은 여기로 오면서 무슨 일이든 할 각오가 돼 있었다. 태존의 신분을 알게 되고 그가 지닌 힘의 크기를 보고 느꼈을 때 검성에 버금가는 아니, 그 이상의 든든한 패를 다시 쥐게 됐음을 깨달았다. 문제는 저들이 남궁세가를 장기판의 졸쯤으로 생각할지 모른다는 우려였다.

남궁장천은 또다시 뒤통수를 맞지 않기 위해 심기일전했다. 심호흡을 하는 순간 머릿속에 가득 차있던 잡념들이 한꺼번에 씻겨 내려갔다. 그리고 심사숙고한 결론을 입 밖으로 꺼냈다.

"명하신 대로 하겠습니다. 그것이 태존의 뜻이라면 언제든 따를 준비가 돼 있습니다."

눈부신 미청년의 얼굴이 꿈틀거렸다.

"태존이 아닌 내 뜻이야. 너와 남궁세가가 섬길 사람은 태존이 아니라 이 사람, 마혼이라는 사실을 잊지 마. 그걸 잊어버리면 곤란해, 알았어?"

남궁장천은 재빨리 염두를 굴렸다. 이게 무슨 소린가 싶었다. 남궁장천은 여기에 가장 늦게 도착했다. 그래서 마혼이 한차례 난리친 일을 알지 못했다. 두뇌회전이 빠르다는 게 이럴 때는 오히려 손해였다.

‘나를 시험하는가?’

남궁장천은 이제 약관에 불과해 보이는 마혼이 어떤 유형의 사람인지 파악하지 못하고 있었다.

태존의 제자이자 장차 그의 후사를 이을 후계자라고만 알고 있을 뿐 그 외에는 아는 바가 없었다. 그때 태존이 마혼을 일러 했던 마지막 말이 떠올랐다.

"다소 무례하고 막무가내인데다 제멋대로 구는 녀석이지. 아마도 그 녀석의 비위를 맞추려면 꽤 힘들 걸세. 잘 견뎌 봐. 그 녀석의 마음속을 비집고 들어갈 수만 있다면 자네도 기대 이상의 대가를 얻을 수 있을 게야. 남궁세가를 영원히 흔들리지 않을 반석 위에 올려놓고 싶으면 그 녀석을 구워삶아. 내가 해 줄 수 있는 가장 유익하고 가치 있는 충고일세."

지금은 어쨌든 태존의 그 말을 철석같이 믿을 수밖에 없었다. 남궁장천은 이만한 일로 심력을 낭비하는 자신이 짜증났다. 더 이상 꼬투리를 잡지 못하게끔 못을 박아 확실히 해두자 생각했다.

"당신이 태존의 대리인이니 당신의 뜻이 곧 태존의 뜻이 아니겠습니까? 저는 그리 알고 있습니다. 누구의 지시든 무슨 상관이 있겠습니까."

딸그락—

딸깍—

아까부터 마혼이 찻잔을 만지작거리며 내는 소리가 불쾌하게 귓전을 울렸다. 남궁장천은 그것도 마음에 들지 않았다.

웬일인지 마혼은 순순히 인정했다.

"그도 그렇겠군. 내 얘기는 끝났으니 그만들 가봐. 연락은 내 쪽에서 취할 테니 귀찮게 굴지 말고. 특별한 변경사항이 발생할 시엔 야수검이나 권왕에게 연락을 취하면 될 거야."

단천인과 남궁장천이 돌아가고 난 뒤였다. 사라는 한숨을 폭 내쉬며 말했다.

"내가 당신을 잘못 봤군요."

그녀의 그 말은 당돌했다. 사람들이 모두 어안이 벙벙해져 있는 가운데 마혼만은 싱긋 웃었다.

"너처럼 지혜로운 여자가 사람을 잘못 볼 리가 있겠어. 아마 제대로 보았을 거야. 단지…… 너는 강호로 다시 나오기 위해 내 도움이 필요했고 알고서도 모른 척했을 뿐이야. 네가 나를 이용하듯이 나 또한 네가 필요했던 것뿐이고."

마혼의 말투는 투박했어도 표정만은 부드럽기 그지없었다. 이곳까지 마혼을 수행해온 야수검은 어리둥절할 뿐이었다. 마혼은 태존 앞에서도 예의를 갖추지 않았다.

심지어 욕설을 하고 시도 때도 없이 반발하는 것을 수차례 목격하지 않았던가. 그런 그가 맞나 싶을 정도로 지금 마혼의 태도는 마치 딴사람을 보는 것 같았다.

마혼은 사라의 투정쯤은 얼마든지 받아줄 수 있었다. 요즘 그에게 새로운 즐거움이 하나 생겼는데 그것은 바로 사라와 대화하는 것이었다. 그녀와 마주앉아 무슨 얘기든 하고 있으면 마음이 아늑해졌다.

달콤한 혀가 아닌 독을 묻힌 비수라고 해도 상대가 사라라면 마혼은 개의치 않는다. 허나 지금처럼 수하들이 함께 있는 자리에서는 곤란했다.

사라의 비난은 실내로 자리를 옮기고 나서도 계속됐다.

"제게 한 말이 모두 거짓이었던가요? 당신은 위선자였던가요? 공자의 계획대로라면 많은 사람이 죽게 돼요. 무고한 사람들의 피로 자유를 얻는다 한들 떳떳할 것 같나요?"

마혼은 묵묵히 듣고만 있었다. 사라의 질책은 얼마 전까지 그 자신이 했던 고민이기도 했다.

마혼은 태존에게 삼 년이란 시간을 저당 잡히는 대가로 자유를 약속받았다. 삼 년이란 시간 이후에는 태존이 구속하지 않겠다는 약속을 받아낸 것이다.

태존은 무자비하긴 했어도 야비한 사람은 아니다. 한번 한 약속을 번복할 사람은 아니었다. 그것만은 확실했다. 또한 자신 역시 한번 맺은 계약을 별 연유 없이 무효화 할 사람은 못됐다.

이제 그 자신은 좋든 싫든 간에 제 의지와는 상관없이 태존이 원하는 삶을 살아야 한다. 그가 원하는 걸 하루 속히 손에 쥐어주는 일만이 자신이 좀 더 빨리 자유를 획득하는 유일한 길이었다.

태존의 곁을 떠나오면서 고민을 떨쳐냈다. 그런데 다시 사라의 질책을 듣고 있자니 슬며시 반발심이 들었다. 틀린 얘기는 아니지만 제 처지를 변호하고 싶어진 것이다.

"나는 나 자신 하나만 생각하기에도 벅찬 몸이야. 왜 내가 남들 사정까지 신경 써야 하지? 세상 사람 모두가 다 그러하듯 나 역시 이기적인 사람일 뿐이야. 뭘 기대한 거지? 나는 솔직해지고 싶어. 그것이 내 대답의 전부야. 다른 사람이 피를 흘리든 말든 그게 나와 무슨 상관이라고. 어차피 사람은 길게 살든 짧게 살든 살다 죽는 건 똑같아. 자기 자신을 지킬 힘이 없어서 남의 손에 생을 마친다면 그건 제 무능함을 탓해야지 남을 원망할 일은 아니잖아. 안 그래?"

"당신이란 사람도 태존과 다를 게 없군요. 태존은 망상에 젖어 있는 사람이고 그가 원하는 세상이 오려면 피가 강을 이루고 온 산하에 피 냄새가 가득한 후가 되겠죠. 그가 하고자 하는 일은 천만인의 피를 뿌려야 하는 일이에요. 그런데도 그의 꼭두각시가 되어 대신 손에 피를 묻히겠다는 건가요?"

"피곤하군. 여기서 더 귀찮게 굴면 화낼지도 몰라. 별일 아닌 일 갖고 신경 곤두세우지 말고 적당히 포기할 줄도 알아야지. 앞으로 자주 보게 될 거야. 인간의 본 모습이 얼마나 야비하고 비정한지. 내가 보여주지. 너야말로 환상에서 속히 깨는 게 좋아."

사라는 마혼의 대답에 할 말을 잃어버렸다.

마혼은 마혼대로 사라가 자신이 가는 길을 응원해 주지는 못할망정 비난만 일삼자 그것이 못내 서운했다. 그래서 목소리가 커졌을 것이다.

"나도 사람이야. 나도 피를 보는 게 즐겁지만은 않아. 나야말로 가장 큰 피해자라고. 너는 네 삶을 스스로 선택해 왔겠지만 난 한 번도 그래본 적이 없어. 평생 세상 구경 한번 못해 보고 갈 수도 있었지. 혼자 있는 외로움이 얼마나 뼈에 사무치도록 고통스러운지 겪어보지 않은 사람은 몰라. 난 철들면서부터 그 생활을 해 왔어. 아무도 없는 곳에서 나는 나 홀로 손에 잡히지도 않는 세상을 배워야 했고 사람을 가장 효과적으로 제압하고 죽일 수 있는 기술들을 연마해야만 했지. 너라면 어땠을 것 같아? 밖으로 나갈 수 있다면, 내 얘기를 들어줄 다른 사람이 있는 세상으로 나갈 수 있다면 못할 게 있을 것 같아? 삼 년, 딱 삼 년만 태존의 개가 되어 주면…… 그 다음에는 내 마음대로 살아도 되는데…… 아무도 구속할 사람이 없는데 못할 게 무어야. 남들처럼 거창한 꿈도 아니고 단지 사람답게 살고 싶을 뿐인데…… 나는 그런 꿈을 꿀 자격조차 없는 거냐고!”

사라는 이미 들었던 얘기다. 마혼이 지금껏 어떻게 살아왔는지, 그가 가진 꿈이 얼마나 소박한지는 알고 있었다.

그가 살아온 삶이 너무도 안타깝고 애처로워서 자신도 모르게 그 앞에서 눈물을 흘렸던 적도 있었다. 그때부터 두 사람은 친밀해졌고 마음속에 담아 두었던 많은 이야기들을 꺼내 서로 나눌 수 있었다.

두 사람이 만나게 된 것은 매우 극적이었다.

혈마교를 나온 사라와 율극을 납치한 사람은 철혼이었고 고금제일의 미녀인 사라에 대한 소문을 들어 알고 있던 태존은 그녀를 불러들였다.

만약 그때 태존이 사라를 불러들이지 않았더라면 사라의 인생은 또 다른 모습으로 일그러졌을 것이다. 예기치 않았던 위기에 처했으면서도 그녀는 그런 생각으로 자신을 위안했다.

태존은 사라를 제 계획을 이루기 위한 소모품으로 쓸 작정을 했다. 그 순간 사라의 인생은 결정된 것이나 다름없었다. 만약 마혼이 사라를 제게 달라고 생떼를 부리지 않았다면 그녀의 삶이 어찌 됐을지는 아무도 장담할 수 없는 일이었다.

사라에게는 마혼이란 존재가 숨통을 트여준 행운이라고도 할 수 있었다. 그녀는 마혼 덕분에 다시 세상에 나올 수 있었고 위험으로부터 자신을 지킬 수 있었다.

그런 걸 생각하면 그에게 골백번이라도 더 고마움을 표해야 했지만 사라는 마음속에 지닌 생각과 다른 말을 할 줄 모르는 사람이었다.

따지고 보면 마혼은 사라를 수렁에서 건져준 은인이나 다름없었는데 매번 비난하고 설득하는 사라가 귀찮기도 했을 것이다.

사라는 마혼의 몸부림이 무엇 때문인지 알고 있었다. 그렇다해도 그가 가고자 하는 혈로의 끝에 더 큰 절망감이 버티고 있으리란 걸 짐작하기에 이리 난리를 치는 것이다.

마혼이란 사람을 조금이나마 이해하고 있기 때문에 쉽게 그를 포기할 수가 없었던 것이다. 그가 타고난 악인이거나 남을 억누르고 지배하는 것에서 성취감과 쾌감을 느끼는 사람이었다면 이런 비난은 필요 없었을 것이다.

말린다고 해서 말려질 일도 아니다. 그런데 사라가 본 마혼은 그런 사람이 아니었다. 그는 틀림없이 제가 한 짓 때문에 평생을 괴로워할 사람이었다.

"길이 아닌 줄 알면서 가겠다는 거군요. 남궁장천이란 사람을 보세요. 그는 제 야망을 이루기 위해서 악마와 손을 잡는 일조차 주저하지 않고 있어요. 그는 제 선택이 장차 제 가문을 수렁 속에 빠트리란 걸 알면서도 이런 대담한 짓을 벌였죠. 단천인이란 사람을 비롯해 당신 주변에 있는 자들 대부분이 그런 사람들이죠. 제 작은 이익을 위해 무슨 짓이라도 할 수 있는 사람들, 그런 사람들과 당신이 똑같다고는 보지 않아요."

마혼은 고개를 저었다.

"틀렸어! 나도 별반 다를 것 없어. 나는 내가 가는 길에 방해가 된다면 무엇이든 제거할 용의가 있지. 아주 유쾌하고 즐거운 마음으로."

사라의 음성이 갑자기 냉랭해졌다.

"그럼 저도 언젠가는 소모품으로 이용되고 버려지겠군요."

마혼은 말문이 턱 막혔다. 최초로 정을 준 사람이 사라였다. 생애 최초로 속마음을 열어 보인 사람도 사라였다. 아직 마혼은 이 확인할 길 없는 감정이 사랑이라 불린다는 것도 알지 못했다.

단지 그가 확실히 알고 있는 건 사라를 지켜주고 싶다는 마음 하나였다. 그리고 그녀가 행복하게 살았으면 좋겠다는 바람이었다.

그녀의 웃음소리는 듣기 좋았고 웃는 모습은 세상에 비길 바 없이 아름다웠다.

그녀를 웃게 해 주고 싶었다. 그런 그녀가 저처럼 차가운 얼굴을 하고서 마음속을 후벼 파는 말을 하고 있지 않은가. 왜 그녀의 말 한마디에 제 마음이 이렇게 쓰리고 아픈지 마혼은 이해하지 못했다.

어쨌든 마혼은 사라의 마음을 풀어주고 싶었다. 일단은 그녀를 안심시켜 둘 필요가 있었다. 그래서 거짓말을 했다.

"좋아. 네 뜻대로 하지. 될 수 있는 한 사람 목숨을 가벼이 여기지 않도록 노력해 보겠어."

사라의 얼굴이 활짝 펴졌다. 그녀는 진심으로 마혼의 그 말을 반겼고 믿었다.

"정말이죠? 약속해요."

작고 새하얀 손가락 하나가 내밀어졌다. 마혼은 한숨을 푹 내쉬며 손가락을 걸었다.

"약속했어요."

"……"

사라는 활짝 웃었다. 마혼은 눈이 부시다는 생각이 들었다. 그리고 또다시 가슴이 두근거리기 시작했다.

처음에 그녀를 보고나서부터 생긴 병이었다. 마혼도 한 가지 다짐을 받아둔다.

"너도 약속해."

"뭘요?"

"다시는 방금처럼 내 마음을 아프게 하는 말을 하지 마. 난 너를 배신하지 않아. 설사…… 네가 내 등에 칼을 꽂는다 해도…… 난 웃을 거야."

사라는 가슴 한쪽이 찌릿했다.

『대좌령, 팔관회주가 뵙기를 청하고 있습니다.』

그때 야수검의 전음이 들려왔다. 태존이 마혼에게 하사한 대좌령(大佐令)이란 직책은 일인지하만인지상의 권좌였다. 태존을 제외한 모든 사람은 그 앞에 머리를 조아려야만 했다. 그것이 태존이 정한 새로운 율법이었다.

마혼이 내실을 빠져나가자 사라도 조금은 가벼워진 마음으로 제 처소로 향할 수 있었다.

　　　　*　　　*　　　*

　대천신웅이 파천을 등에 태우고 간 곳은 백두산이었다. 이곳은 선인들의 후예가 처음 터를 잡은 곳이기도 했고 천지간에 가장 기운이 승한 곳으로 알려져 있어 도인들에게도 성지나 다름없는 곳이었다.

　무림에서는 백두산 지경을 경계로 해서 그 이남 지역을 통칭해 천부라는 별칭으로 부르고 있었지만 실상 그곳에 무림문파와 같은 형태의 세력이 있는 건 아니었다.

　지금 이 시대에도 선인들은 존재했고 그들은 세상 밖에서 때를 준비하며 힘을 길러오고 있었다. 그들은 세사(世事)에는 관여하지 않지만 그들 가운데 세사에 관여하고자 하는 불측한 움직임에는 민감하게 반응했다.

　천부 역사상 시대를 앞서가는 선견자들이 수두룩했지만 그들 중에 매우 특별한 두 선인이 배출되었다. 그 두 사람은 오십 년의 세월을 두고 깨달음을 얻었고 그들이 각기 도달한 경지는 천부 사상 전무후무한 것이기도 했다.

　그 둘이 하필이면 호랑이와 곰을 상징하는 표식과 신물을 사용했기에 그들의 가르침을 따르는 두 무리를 두고 호파와 웅파로 분류된 것도 그 때문이었다.

　웅파의 본거지는 여전히 백두산지경이었지만 호파의 본거지는 이백여 년 전에 주목랑마(珠穆朗瑪; 에베레스트)로 옮겨갔다. 그들은 십 년에 한 번씩 백두산과 주목랑마를 오가며 회합을 가졌는데 올해는 백두산에서 회합을 가질 차례였다.

또한 올해는 혼돈지세를 앞둔 마지막 회합이기에 선인들이 빠짐없이 모였다.

백두산에는 움막이나 초옥을 짓거나 천연동굴 속에서 기거하는 도사들이 많았는데 그들 중에 상당수가 천부에 적을 두고 있었다. 천부의 유전을 이어받은 도사들은 자신들의 사명이 무엇인지 한시도 잊어본 적이 없다.

천부와 무림의 근간은 같은 뿌리에서 시작되었지만 지금에 와서는 큰 차이가 있었다. 천부의 선인들과 무림인들은 자주 접해볼 기회가 없기 때문에 서로를 비교할 근거가 매우 빈약했다.

천부 선인들이 무림이란 세계를 경시하는 경향이 강한 반면에 무림인들은 몇 가지 단편적인 정보들만으로 이들을 경외하고 있으니 달라도 너무 다른 평가였다.

파천이 대천신응을 타고서 날아 내린 곳이 하필이면 한창 회합이 진행되던 광장의 중간이었다.

호파와 웅파의 수장들을 비롯한 선인들이 대거 집결해 있는 곳에 외부인이, 그것도 대천신응을 타고 날아왔으니 혼비백산할 법도 하건만 그들은 잠시 관심을 기울이긴 했지만 호들갑을 떨지는 않았다.

외부인의 등장으로 십 년 만의 회합은 일시 중단됐다. 웅파에서 가장 나이 연소한 도인을 따라 지정된 거처로 옮길 때까지도 파천은 이곳이 어디며 무엇을 하는 곳인지도 몰랐다.

어려 보이는 도인은 파천이 누군지, 그가 어쩌다 대천신응을 타고 오게 되었는지 등을 알아보기 위해 몇 마디 질문을 했고 파천의 대답을 다 듣고 나서야 돌아갔다. 파천은 파천대로 이곳이 천부라는 사실을 알고 나서부터 황제의 검을 얻어야 한다는 한 가지 생각에만 골몰할 수는 없었다.

할아버지 담사황을 비롯한 실종된 사람들이 현재 천부에 기거하고 있음을 알고 있는 이상에는 담담할 수 없었던 것이다.

소년 도사의 도호는 청우(晴雨)였으며 조선국 출신이었다. 짧은 대화만으로도 그는 깊은 인상을 남길 정도로 총명해 보였다.

청우가 떠난 이후에도 파천은 머릿속에 뒤엉켜 있는 생각들이 좀체 정리가 안 됐다.

'황제의 영수인 대천신응이 어찌 천부의 도사들과 함께 있는 걸까?'

의문은 거기에서부터 시작됐다.

청우의 얘기를 꿰맞춰 보면 이곳은 고대의 옛 선인들 중 생존한 몇 사람이 만든 곳이며 그들을 계승한 선인, 도사들이 현재에 이르러 마지막 혈난을 대비해 모두가 수련에 박차를 가하고 있다고 했다.

'천부 내에서도 호파와 웅파로 나눠지고 이곳은 웅파의 본거지라고 했던가.'

호파와 웅파로 분파된 것은 대찰력과 백염선인이라는 두 걸출한 선인들이 등장하고 나서부터였다. 그들은 동시대의 사람들로 죽고 사는 것에서 자유로워진 진정한 의미에서의 선인으로 불리기에 부족함이 없었다.

둘의 가르침은 확연히 달랐다. 대찰력은 우주의 중심을 인간으로 보았고 백염은 인간을 만물 중 하나로 여겼을 따름이다. 대찰력을 계승한 호파는 현재도 수행을 위해서라면 인간을 제외한 다른 생명체를 해하는 것에 대해 별 거리낌이 없다.

호파가 우주질서의 정점에 인간을 올려두고 완전한 인간성을 회복해가는 과정으로 본 것과는 달리 웅파는 만물과 화합하고 교감하는 걸 중요시했다. 웅파는 만물이 인간의 스승이기에 몸을 낮춰야 한다고 주장했다.

이런 확연히 다른 입장과 가르침은 호파가 살상력 위주의 무공으로 발전시킨 것과는 대조적으로 웅파는 방어적인 선술에 집착했다.

두 파벌 간에 다른 점은 여러 가지가 더 있었다. 이를테면 호파는 제자의 수를 제한하지 않았지만 웅파는 일인전승을 원칙으로 했다. 호파가 인간을 원래 악하다고 규정한 것과는 달리 웅파는 무지할 뿐이라고 했다.

무엇보다 요정과 마족, 용족에 대한 입장에서 확연한 차이를 보였다.

호파는 세 종족을 인간보다 하등한 존재로 여기기에 질서를 역행하는 파괴자로 보았고 질서회복을 위해 처단해야 할 존재로 생각했다.

웅파는 반대로 누가 더 하등하고 열등할 것 없는 동등한 존재로 생각한다. 그래서 다소 시간이 걸리고 어려움이 따르더라도 결국에는 서로 화합할 수 있다는 믿음을 갖고 있었다.

굳이 공통점을 찾자면 호파든 웅파든 여자를 제자로 받지 않는다는 점과 혈난의 때를 대비해 왔다는 점 정도이리라.

현재 파천이 있는 곳은 백두산의 동남쪽 산변에 위치한 자그마한 초옥이었다. 청우의 설명대로라면 이곳 근처는 결계가 쳐져 있어 일반인들이 침입하거나 흘러들어오는 경우가 없다고 한다.

　이곳까지 오는 동안 얼핏 둘러본 결과 이 근처에는 눈에 띄는 건축물이 오직 하나뿐이었다.

　그것도 사실 초라하기 그지없었는데 돌로 쌓아올린 백여 개의 계단식 제단이 있고 그 끝에 굳게 닫아 걸린 석조건물이 하나 있을 따름이었다.

　그 외에는 대부분 초옥이었고 그것도 백두산 정상이 아니라 인적이 뜸한 곳 여기저기에 뿔뿔이 흩어져 있을 따름이었다.

　파천은 청우가 다시 돌아오길 기다렸다. 본의 아니게 천부를 침입한 것처럼 되었다. 일단은 이곳 사람들의 뜻에 순순히 따르는 것이 도리였다.

제 2 장

마혼이란 사내

외부인의 출현으로 인해 잠시 중단됐던 회합이 속개됐다. 그러나 원래 결정하기로 한 주된 사안들은 뒤로 미뤄졌고 외부인인 파천에 대한 얘기로 심각해져 있었다.

외부인이 홀로 침입했다면 그다지 신경 쓸 일도 아니지만 대천신응의 등에 올라탄 채로 날아들었다는 점이 문제였다.

호파의 수장인 일묘(一妙)선인과 웅파의 수장인 해명(解明)선인은 대천신응이 외부인을, 하필이면 천부의 회합이 있는 때에 데려온 것을 두고 의미심장한 대화를 이어가고 있었다.

몇 겹의 원으로 둥그렇게 둘러앉은 선인들과는 달리 두 사람은 원 안에 따로 좌정하고 앉아 있었다. 붉은 옷과 붉은 수염이 인상적인 일묘선인이 먼저 입을 열었다.

"금응의 선택을 어찌 생각하십니까?"

일묘선인의 정열적인 모습과는 반대로 흰색 무명옷에 가슴까지 내려오는 수염을 지닌 해명선인은 인자한 얼굴에 벙긋 미소를 짓고 있었다.

해명선인은 웅파의 수장이 된 지 올해로 꼭 쉰 해가 되었다. 그의 나이가 얼마나 되었는지 아는 사람이 하나도 없을 정도로 선인들 중에서도 가장 연로했다. 해명선인은 잔잔한 바람이 수염을 흔들고 지나간 연후에야 지그시 감고 있던 눈을 떴다.

"금응은 황제 외에 지금껏 등에 태운 사람이 없소. 그런 그가 선택한 사람이라면 우리 또한 존중해 줘야 마땅할 것으로 봅니다."

일묘선인은 난색을 표했다.

"그럼 웅파에서는 후보를 내지 않겠다는 뜻입니까?"

"그를 먼저 만나보고 나서 결정하겠습니다."

그때 파천을 인도해 갔던 청우도인이 돌아왔다. 현재 여기 있는 무리들 가운데 모두가 선인으로 불리는 건 아니었다. 대개 스승이 생존해 있거나 아직 배움과 수행이 짧은 경우에는 '도인'이라 칭했고 서로를 부를 때는 '도우'라고 했다.

스승이 타개하면 도인은 선인이 된다. 그리고 스승이 생존해 있더라도 뛰어나게 훌륭한 경지에 오른 경우에는 예외적으로 선인이라 불리기도 했다.

여기에서 선인과 도인이라 구분해 부르는 건 조직사회의 계급이나 지위 따위의 개념이 아니다. 원칙적으로는 모두가 평등했다. 천부에는 직제가 있는 것도 아니고 명령체계가 확실한 것도 아니다.

그럼에도 별 탈 없이 지내올 수 있었던 건 도력의 차이에서 오는 배움과 가르침의 전통 때문이었다. 굳이 세속의 기준으로 나누자면 각파의 수장과 선인, 도인의 등급이 전부였고 연배는 별 상관이 없었다.

소년 도사 청우는 해명의 제자가 거둔 제자였다. 즉, 사손인 셈이었다. 청우는 사조인 해명 앞에 와 파천에 대해 자신이 알게 된 사실을 소상히 아뢰었다.

"그의 이름은 파천이라 하옵고 담 노인이 말한 당대의 천황인 것 같습니다. 금응이 그를 찾아와 등에 타라는 몸짓을 하기에 어디로 가는지도 모른 채 여기까지 왔다고 합니다."

간략한 내용이었지만 그것만으로도 충분했다. 일묘와 해명의 반응은 달랐다.

일묘는 근심이 깃든 얼굴이었지만 해명은 그 반대였다. 청우가 뒤로 한 걸음 물러나 기다리고 섰는걸 보며 이번엔 해명이 일묘에게 의향을 물었다.

"그를 불러와 직접 얘기를 들어 보는 것이 좋겠습니다."

일묘는 심기가 편치 않았다.

"그가 회합을 참관할 자격이 있다 여기십니까?"

"깊고 질긴 인연이지 않습니까? 황제가 남긴 불사신마공을 몸 안에 담아낸 귀인입니다. 그런 그를 금응이 알아보고 찾아내었으니 이보다 더 확실한 하늘의 뜻이 어디 있겠습니까. 우리 중에 후보를 내고 그중에 가려 뽑는다 한들 반드시 금응의 눈에 찬다는 보장도 없고 더 나아가서는 자오신검을 소유할 수 있을지도 모르는 일. 금응이 제 의사를 확실히 했으니 그에게 먼저 기회를 주는 것이 마땅한 도리인 듯싶습니다."

"설사 능력이 출중하다 해도 그가 어떤 사람인지 어찌 알고서 우리의 운명을 맡기겠다는 겁니까? 저는 그리 경솔한 사람이 못 됩니다."

"이제부터 알아보면 되겠지요. 청우야."

"네."

"가서 그분을 모셔오너라."

원래 이들은 이번 회합에서 각파에서 지명한 후보들을 양측에서 따로 심사한 뒤에 결격사유가 없으면 차례대로 자오신검에 도전시킬 참이었다.

양측은 오늘을 위해 많은 준비를 해왔다. 비록 한 뿌리에서 시작되었지만 지금에 와서는 상반된 입장의 차이로 인해 적지 않은 갈등을 겪고 있었다.

호파와 웅파 중 어디에서 지도자가 나오느냐에 따라 노선이 결정될 터였다. 그렇기에 양파의 수장들은 무슨 일이 있어도 자파에서 최종 낙점자가 나와야 한다고 생각했다. 그런데 뜻하지 않게 금응이 데려온 자가 변수가 되고 있으니 일묘선인이 이리 불안해하는 것이었다.

그에 반해 해명은 호파의 호전적인 선인들이 과연 웅파에서 지도자가 나올 경우 순순히 따를 것인가에 대해 미심쩍어 해왔다. 그 반대의 경우에도 문제가 없지 않았다.

웅파라면 무림과의 연합전선을 먼저 염두에 두겠지만 호파라면 무림을 굴복시킬 생각을 먼저 할 것이기 때문이다.

또한 세 종족의 괴멸이 지상목표인 호파를 따르자면 웅파 선인들은 제 신념을 저버려야 한다는 괴로움에 봉착하게 될 것이다. 하기야 그건 어느 쪽에서 지도자가 나와도 마찬가지이긴 하다.

이런 여러 가지 이유들로 인해 호파와 웅파는 넉넉하게 후보자를 선별해 그들을 집중적으로 수련시켜 온 것으로 알려져 있었다. 이제 그 운명의 시간이 닥쳤고 마지막 결정을 위해 호파는 주목랑마를 떠나 백두산으로 온 것이다.

기다림의 시간은 모두에게 지루했을 것이다. 청우의 뒤를 따라온 파천은 한쪽에게는 틀림없이 불청객이나 다름 아니었다. 파천을 향한 선인과 도인들의 시선에는 경황이 없었던 아까와는 달리 숨길 수 없는 호기심이 가득했다. 파천은 무리 가운데까지 걸어 들어가 우뚝 섰다.

천부에 대해 무림에 알려진 것은 많지 않다. 인연이 닿는 자는 재질과 능력의 유무에 상관없이 천하제일고수가 될 수 있다는 소문이 전해질 정도로 천부는 신비한 곳으로 알려져 있었다.

수천 년 동안 단 몇 명에 불과했지만 '일양자'로 알려져 있는 천부의 도인들과 만난 사람은 어김없이 천하제일고수로 추앙받았다. 그런 이유로 천부의 무공은 그 자체로 외경의 대상이었다.

그런 천부의 본산에 와 있다고 생각하니 파천도 마냥 여유를 부릴 입장은 못 됐다. 게다가 셋 중 하나 정도는 호의보다는 적의를 내보이고 있다는 점도 파천을 당황케 하는 점이었다.

'저들이 왜 내게 저런 시선을 보낸단 말인가?'

일면식도 없는 자신에게 적개심을 보이니 그 연유를 모를 밖에. 파천은 별 설명 없이도 무리에서 구분돼 있는 두 사람이 천부의 수장들이라는 걸 알아볼 수 있었다.

파천은 가볍게 목례를 취해 보인 뒤에 의도하지 않았지만 속인인 제가 허락 없이 침입하게 되어 청정수행에 방해가 된 것이 아닌가 싶어 용서를 구했다.

"소생은 파천이라 합니다. 불초소생이 도사님들의 선도를 방해한 것이 아닌지 심히 걱정이 됩니다. 도사님들의 수행에 누가 되지 않도록 속히 일을 마무리 짓고 떠나겠습니다."

해명은 여전히 해맑은 얼굴로 손사래를 쳤다.

"오고 가는 것을 나무랄 사람은 없습니다. 이곳 역시 사람이 사는 곳이거늘 스스로 마음에 부담을 지우실 필요는 없습니다."

뜻밖의 대답에 파천은 마음의 짐을 잠시나마 덜어낼 수 있었다. 그는 백여 장쯤 떨어져 있는 제단 쪽으로 시선을 주었다. 제단의 제일 위에는 사방 외벽에 빈틈 하나 없이 굳게 닫혀 있는 석실이 하나 있었는데, 그 위에 대천신응이 의젓하게 앉아 있는 것이 눈에 들어왔다.

파천은 그곳으로 부쩍 관심이 쏠렸지만 우선은 담사황과 천마 등의 안위가 걱정이 됐다.

"이곳에 제 조부님께서 와 계신다고 들었습니다."

이번에도 해명이 대답했다.

"담 도우께서는 평안하십니다."

파천의 얼굴이 한층 밝아졌다.

"뵐 수 있을까요?"

돌아온 해명의 대답은 의외였다.

"지금은 안 됩니다. 생사의 갈림길에 놓여 있는 중차대한 순간입니다. 자칫 외부의 소란에 영향을 받으면 영영 회복하지 못할지도 모릅니다."

해명은 이내 담사황이 지금 어떤 지경에 놓여 있는지, 그가 무엇을 하려고 그런 위험한 일을 하는지에 대해 소상히 밝혔다.

파천은 막상 담사황의 상태를 확인하고 나자 마음이 더 무거워졌다. 마지막 불꽃을 태워 무엇을 하려는지 모를 리 없건만 그 마음이 제 부담을 덜어주기 위함임을 또한 알기에 가슴이 찡해져왔던 것이다.

이러다 혹 일이 잘못되어 다시는 볼 수 없게 된다면 파천은 그 괴로움을 어찌 감당할까.

두 사람의 대화가 이어지는 중에 파천을 가만 살피고만 있던 일묘선인이 처음으로 참견하고 나섰다.

"당대의 천황이라 들었소. 맞소?"

해명과 달리 일묘에게서는 경계심과 반감이 엿보인다. 파천이 바보가 아닌 이상 그걸 모를 리 없었다. 파천은 그런 이유로 더욱 공손하게 대답했다.

"맞습니다. 부족하지만…… 당대의 천황을 이어받은 것은 사실입니다."

"조금 전 여기서 할 일이 있다는 걸로 들었는데…… 제가 잘못 들었겠지요?"

파천은 당황했다. 그런 말을 한 것도 사실이고 이곳을 용무 없이 왔을 리는 없지 않겠는가. 천부에 대천신응이 머물고 있고 자오신검이 있는 장소로 추측되는 곳을 외부와 차단시켜 놓은 것만 보아도 제가 자오신검을 얻기 위해 왔다는 말을 함부로 입 밖에 낼 상황은 아니었다.

마음이 쓰였다. 그럼에도 파천은 마음을 굳게 먹고 사실대로 털어놨다.

"실은…… 대천신응을 따라온 것은…… 황제의 검 때문입니다."

일묘의 적미가 꿈틀거렸다.

"황제의 검 때문이라니…… 도무지 알 수 없는 말을 하는구려. 설마 자오신검을 가지러 왔다는 소리는 아니겠지요?"

고약한 사람이었다. 왜 아니겠는가. 파천이 당대의 천황이라는 사실을 알고 있고 또한 그가 대천신응의 등에 타올라 여기까지 왔다면 목적은 오직 하나뿐이지 않겠는가. 그럼에도 저리 묻는 것은 외인인 당신이 황제의 검을 운운할 자격이 있느냐는 힐난의 뜻이 담겨 있었다.

'생각지도 못했던 엉뚱한 난관이로구나.'

파천은 자오신검이 뿜어내는 신력을 제 자신이 과연 견뎌낼 수 있을까만을 걱정했을 뿐 다른 경쟁자가 있을 거란 근심은 하지 않았다.

여러 가지로 꼬여 있는 상황이었다. 대답을 못하고 있는 파천을 구제해 준 것은 해명선인이었다. 그는 현 상황을 파천이 제대로 인지하고 있는지를 먼저 확인했다.

"여태껏 자오신검을 만졌던 사람은 총 스물한 명입니다. 그중에 열여섯 분은 손쓸 사이도 없이 그 자리에서 즉사했고 다섯 분은 즉사는 면했지만 며칠 내로 숨을 거뒀습니다."

결국 성공한 사람이 단 하나도 없다는 소리였다. 검을 쥐고 연마하다 숨을 거둔 것도 아니고 고작 한번 만졌다가 그런 꼴을 당했다고 하니 파천은 기가 막힐 따름이었다.

세상에서 신검이니 명검이니 떠들어대도 어차피 쇳물을 녹여 만든 쇠붙이에 불과하지 않던가. 좀 더 날카롭고 단단한 병기일 따름이거늘 자오신검에는 무슨 힘이 깃들어 있기에 만지는 것만으로도 그런 횡액을 당한단 말이던가.

해명선인이 과장하거나 거짓을 보탠 것이 아니라면 파천은 지금 천추의 한을 남길지도 모를 일을 하겠다고 나선 것이나 다름없었다.

고작 병기 하나를 얻고자 비명횡사하고 싶은 생각은 눈곱만큼도 없었다. 그런 파천의 생각을 읽은 것인지 해명은 의미심장한 말을 했다.

"자오신검은 그냥 쇠붙이가 아니오. 세상에서 가장 극양한 요물이오. 황제는 당시 검을 만들 때 만 번의 절을 올리고 만 번의 맹세를 하고 머리털 한 움큼과 열 손가락에서 빼낸 한 사발의 피와 손바닥 크기의 가슴살을 도려내 제사를 지내고 그의 진신(眞身)의 신력을 불러내 천 번을 담금질하여 만들었지요. 정오에 저절로 화염을 발하다가 자정이 되면 황금빛을 뿜어내는 그 검은 황제의 신력과 의지, 피와 살뿐만이 아니라 이 세상에서 가장 순수한 극양의 기운이 뭉쳐 있습니다. 제가 허락하지 않은 사람이 만지면 불같이 화를 내는 것이 자오신검입니다. 단숨에 살과 피를 태워버리지요. 시체조차 온전하게 보전하지 못합니다."

파천은 미리 알고 있었지만 이렇게 자세한 설명을 들은 건 처음이었다.

불사지체를 이룬 요왕조차 두려워할만 한 힘이 그 안에 깃들여 있다 하지 않던가. 그 힘을 견뎌내고 다스리지 못하면 오히려 자오신검의 충천하는 화기에 생명을 잃고야 마는 것이다.

해명의 말처럼 역대 천부에서는 이 자오신검의 비밀을 풀어보려고 무던히도 애써왔다.

다스릴 수 있는 자는 나오지 않고 희생자만 늘어났다. 스물한 명의 희생자 중에 기재 아닌 자가 없었고 선인이 못된 자가 없었다.

선인들은 제자를 거둘 때 천하를 뒤져서 기품이 뛰어나고 재능이 탁월하며 심성이 곧고 바른 사람을 거둔다. 그런 중에서도 특별하게 뛰어난 인재들을 가려서 시험했을 터인데 그 모두가 자오신검을 수습하는 관문조차 넘지 못했다고 하니 절로 한숨이 나올 지경이었다.

해명의 근심 어린 눈빛과는 달리 일묘선인의 눈빛은 어느 한쪽이라고 딱 꼬집어 규정하기엔 여러모로 복잡해 보였다. 너라고 별수 있겠느냐, 라는 따가운 눈총 속에는 그래도 혹시 모른다는 불안감도 얼마간 스며들어 있었다.

호파와 웅파에서 후보들 중 최종 낙점자를 선별하는 과정은 어디까지나 관문에 도전할 차례를 결정하는 것 이상도 이하도 아니었다.

누가 되었든지 간에 자오신검을 획득하게 되면 더 이상의 시도는 하지 않아도 된다. 첫 번째에서 두 번째, 다시 세 번째로 넘어간다는 것은 그만큼 희생자가 많이 나온다는 의미기도 했다.

일묘선인은 대천신응의 선택을 존중하는 의미에서 파천에게도 기회를 준다고 했다.

기회를 안 준다는 말은 결코 하지 않는다. 단, 그건 어디까지나 자신들 쪽에서 더 이상의 후보자가 남지 않았을 경우에 한해서라고 못 박았다. 그의 이런 고집은 해명선인도 꺾기 힘든 것이었다.

자오신검이 천부의 소유물이 아닌 것은 확실하다. 그렇다고 일묘선인이 말하고 있는 우선권을 부정할 수도 없는 노릇이다.

파천이 웃는 낯으로 승낙하고 나니 모든 건 일사천리였다. 그들은 이제 외부인이 곁에 있다는 것도 잊어버린 채 미리 준비해둔 후보들을 앞세우고 그들의 자질을 점검했다. 파천은 그들이 하는 양을 조금 멀찍이 떨어져서 살폈다.

'인원은 채 백 명도 되지 않는다. 이 정도 인원만으로 세 종족을 상대할 생각이라니…… 웃어야 할지 울어야 할지 모를 일이군.'

지하세계에서 세 종족의 실체를 직접 눈으로 보고 온 사람이 파천이다. 과연 천부의 선인들이 세 종족의 능력을 제대로 알고 있기나 한 것인지 의문부터 생겼다. 더불어 천부의 무공이란 어떤 것일까 궁금해지기도 했다.

무공의 체계와 형태가 음양오행에 바탕을 두었다는 것과 오행신공의 위력이 차원을 달리한다는 정도만이 무림인들이 천부에 대해 알고 있는 사실의 전부였다.

답답한 마음을 가눌 길 없는 파천의 시선이 저절로 대천신응에게로 향했다. 편치 않은 파천의 마음을 읽은 탓인지 대천신응이 후루룩 날아오르더니 파천의 곁으로 떨어져 내렸다.

그 모습을 목격한 천부의 선인은 누구라 할 것 없이 이 일을 기이하게 여겼다. 오래도록 보아왔지만 파천에게 유별나게 대하는 대천신응이 낯설었던 까닭이다.

그들은 하던 일도 잊어버리고 잠시 파천 쪽으로 시선을 모으고 있었다. 파천은 머리를 숙인 대천신응의 부리를 손으로 매만져줬다.

처음 봤을 때도 대천신응에 대한 특별한 경계심은 없었다. 이제는 대천신응이 전하고자 애쓰는 마음을 조금은 알 것 같았다.

"녀석, 너도 내 마음과 같은가 보구나. 그러고 보니 세 종족에 대해 너만큼 많이 아는 녀석도 없겠구나. 저들과 맞싸워본 경험이 네겐 풍부하겠지."

파천의 그 말이 끝나는 순간 대천신응의 눈빛이 달라졌다. 그리고 고개를 쳐들고 하늘이 무너져라 연달아 울기 시작했다.

캬오오옥—!

캬오오옥—!

대천신응의 울음소리 때문만은 아닐 것이다. 갑자기 주변이 어둑어둑해지더니 눈발이 날리기 시작했다. 한참은 더 내릴 기세였지만 선인들은 하는 일을 중단할 생각이 없었다.

곧이어 지켜보고 있던 파천을 아연실색케 할 사건이 벌어졌다. 파천과도 대화를 나눈 바 있던 어린 청우도인이 무리들 가운데서 조금 이탈하는가 싶더니 별안간 두 손을 활짝 펼치는 것이었다. 그 순간 매섭게 날리던 눈발이 현재 선인들이 모여 있는 곳을 일부러 피하기라도 하려는 듯이 횡으로 이동했다.

눈으로 보고 있으면서도 믿을 수 없는 전경이 아닐 수 없었다.

보통사람이라면 눈을 비비고 쳐다봤을 기사였지만 파천은 청우가 특정한 공간에 돌풍을 만들어서 기세 좋게 내리는 눈발을 다른 곳으로 유도했다는 사실을 금세 알아봤다.

'여기서는 가장 나이 어려 보이는 청우도인조차도 저런 능력을 발휘하는구나.'

천부의 능력은 생각 밖으로 대단할지도 모른다고 생각했다. 특히 파천이 인상 깊게 느낀 것은 청우가 손을 거두고 원래의 자리로 돌아오고 나서도 그가 만든 돌풍은 소멸되지 않았다는 점이었다. 거기에서 중원 무림의 무공과 근본적으로 다른 점을 발견할 수 있었다.

*　　　*　　　*

해가 떨어지고 어둠이 내리면 하나둘 야등이 켜지기 시작하고 얼마 지나지 않아 항주 시내는 형형색색의 오색등으로 빛나는 불야성을 이루게 된다. 항주 시내에서 떨어져 있는 악왕묘 인근에도 어김없이 밤은 찾아왔고 곳곳에 횃불이 켜지며 주변을 밝혔다.

시끌벅적하던 한낮의 분위기는 찾을 길 없고 천막들 안에서 흘러나오는 사람들의 목소리만이 웅얼거리며 근처를 울릴 따름이었다.

주변 경비를 하거나 순찰을 도는 무사들만이 오갈 뿐 대다수는 숙소로 돌아가 이곳이 과연 무사들의 열기로 들끓었던 곳인가 의심이 들 정도였다.

천막들이 줄지어 자리 잡은 북동쪽 외곽변에 출입금지를 알리는 푯말과 함께 경계가 삼엄한 군막이 하나 있었다. 이곳 주변 역시 병장기를 소지한 경비무사들이 삼엄한 경계를 펼치고 있었는데 그곳을 향해 유유자적 팔자걸음으로 다가서는 사람이 하나 있었다.

군막 앞 횃불 앞에서 군막 쪽으로 다가오는 두 사람을 막아선 사람은 제갈세가 외당 소속으로 현재 이곳의 경비를 책임지고 있는 숭양검(崇陽劍) 진풍현이었다.

숭양검은 올해 마흔여섯이다. 금년이 제갈세가에 투신한 지 스물다섯 해가 되었다.

남들은 천하제일고수를 다투는 비무에 출전을 하느냐 마느냐로 고민하고 있다지만 그런 이야기들은 진풍현의 현재 삶에 비춰 보면 너무도 먼 다른 나라 얘기였다.

나이 마흔에 말직을 벗어나 외당의 향주직에 임명된 것을 보면 그의 성취는 너무도 보잘 것 없어 보일지도 모른다.

그렇지만 진풍현은 그런 자신의 삶을 한 번도 비관적으로 생각해 본 적이 없었다. 적어도 그 자신은 지금까지 최선을 다해 왔고 열심히 살아왔다.

또한 남들에게 손가락질 받을 만큼 부끄러운 짓을 해 본 적도 없다.

아들 하나에 딸 하나를 두었고 둘 모두 부모 바람대로 별 탈 없이 자라 성가했으니 이만하면 훌륭한 삶이지 않겠는가.

진풍현은 자신이 특별히 운이 따르는 사람은 아니라 해도 크게 불운을 겪은 적은 없었기에 비교적 평탄하게 지내왔다고 생각했

다. 그런데 오늘은 불길한 악운이 모조리 자신에게로 모여들었다
는 생각을 떨쳐낼 수 없었다.

자신에게 다가오는 사람의 눈을 잠시 바라본 것뿐인데도 왜 갑
자기 그런 생각이 들었는지 알다가도 모를 일이었다.

예하 부하들이 다가오고 있는 두 사람을 막아서는 걸 보고서
진청운이 막 뭐라고 소리를 지르려던 참이었다.

"멈추시오. 여기는 외부인의 출입을 엄히……."

하필이면 그가 아끼는 부하 이충모가 심상치 않은 두 사람을
막아섰다.

늦장가를 간 덕분에 오매불망 기다리던 첫 아들을 얼마 전에야
얻었다며 펄쩍펄쩍 날뛰며 기뻐하던 모습이 아직도 눈앞에 선한
데 그런 그가 먼 타지에서 비명횡사를 하는 장면을 제 눈으로 직
접 보게 될 줄은 진풍현도 몰랐을 것이다.

아직 제 아비와 눈 한번 제대로 맞추지도 못한 갓난아기를 두
고서 눈도 제대로 감지 못하고 모로 쓰러지고 있는 부하의 마지
막을 목격하고 나니 진풍현도 눈앞에 보이는 것이 없었다.

그는 고함을 질러 침입자의 출현을 알리려고 했다. 그런 뒤에
부하들을 모아 상대를 포위만 하려고 했다. 그런데 그 모든 것은
단지 생각에만 머물고 말았다.

피슝—!

남궁장천은 어두운 밤을 획획 가르고 지나가는 빛줄기를 꿈인
듯 바라보고 있었다.

미세한 소리만 날뿐 하나둘씩 쓰러진 자들에게서는 작은 비명
소리도 들리지 않았다.

'이자의 손속은…… 보고서도 믿기 힘들 정도로 깔끔하구나.'

남궁장천은 뻔히 눈앞에서 보고 있으면서도 상대가 지금 어떤 수법을 사용했는지, 어떤 무공을 사용했는지 전혀 알아볼 수가 없었다.

게다가 지금 마혼이 사용하고 있는 병기가 무언지 알고 있는 남궁장천의 놀라움은 더욱 컸다.

어디서 묻었는지 모를 두 자 정도 길이의 실이 하필이면 제 어깨에 붙어 있었는데 마혼은 여기 오기 직전 그것을 손수 떼어내 손에 쥐고 있었고 지금 그것으로 경비무사들의 생명을 너무도 손쉽게 빼앗고 있었던 것이다.

놀람은 길지 않았다. 그도 그럴 것이 주변에 있던 경비무사들 중에 살아 숨 쉬고 있는 표적이 하나도 없었기 때문이다.

군막 안에는 오직 한 사람이 있을 따름이었다. 그는 바로 정파의 반역자로 낙인찍혔지만 아직 그에 대한 처리를 결정할 수뇌부 구성이 안 됐다는 이유로 요행히 목숨을 부지하고 있는 철우명이었다.

심문을 받은 흔적이 보이긴 했지만 생각했던 것보다는 비교적 멀쩡한 신색인 철우명이었다. 두 발과 손이 철삭에 휘감겨 있고 두 눈을 검은 천으로 가려서 쇠기둥에 묶어 두었다는 것만 빼고는 멀쩡히 숨 쉬고 있었다. 철우명은 누군가 안으로 들어왔다는 걸 알아챘고 그 순간 귀를 쫑긋 세웠다.

그는 현재 내공까지 억제돼 있어 외부의 변화를 감지할 감각이 범부의 것에 지나지 않았다. 마혼은 그런 철혼을 내려다보며 혀를 끌끌 찼다.

"한심한 꼴이야. 늙은이의 제자들이란 게 하나같이 이 모양이
라니, 쯧쯧."

"누, 누구?"

마혼은 철우명의 궁금증을 해소해 줄 생각은 않고 콧잔등을 만
지작거리며 고민에 잠겼다. 그러더니 불쑥 한마디를 한다.

"나는 마혼이다. 내가 널 살려줘야 할 이유 한 가지만 대봐라.
흡족하지 않으면 널 이대로 두고 가겠어. 난 아무런 유익도 없는
쓰레기 따위를 건져내느라 시간을 쓸 만큼 한가한 사람은 아니거
든."

철우명은 자신이 잘못 들었나 싶어 얼른 되물었다.

"마혼, 지금 마혼이라고 했느냐? 마혼 사제가 틀림없느냐? 사
부, 사부님께서 보내셨구나. 역시…… 사부님은 날 버리지 않으
셨……."

짜증이 난 마혼이 철혼 철우명의 말을 얼른 잘라 버렸다.

"닥치고 묻는 말에나 대답해. 이 이상 더 짜증나게 하면 내 손
으로 직접 숨통을 끊어버리겠어. 그리고 날 사제라고 부르지 마!
난 너 같은 약해 빠진 놈을 사형으로 둔 적이 없으니깐."

철우명은 필사적으로 뇌리를 굴렸다. 살아오는 동안 이처럼 머
리를 혹사시켰던 적이 있었을까 싶을 정도로 그는 뇌 속을 휘저
어 정보를 찾아내고 생각이라고 불리는 틀 속에다 마구 집어넣었
다.

그는 먼저 마혼이란 사제의 존재를 다시 한 번 더 떠올렸다. 한
번도 본 적이 없지만 사부 태존의 심중에 자리 잡은 비중은 다른
사형제들과 비교할 바가 못 된다.

그건 틀림없는 사실이다. 일신의 능력으로 곧 그 사람의 가치를 결정하는 태존의 가치관을 염두에 둘 때 마혼은 자신을 비롯한 사형제들과는 격이 다른 존재일 가능성이 컸다.

그가 여기까지 온 것은 사부가 강호에 마혼을 본격적으로 투입했다는 뜻이기도 했다. 그럼 그가 곧 결정권자일 확률이 높았다. 거기까지 생각이 이어지고 있는데 마혼이 휙 돌아섰다.

"살고 싶은 생각이 없나 보군. 잘 된 일이야."

"자, 잠깐. 잠깐만. 나는 검성에 대해서 그리고 정파에 대해서 누구보다 많은 정보를 지니고 있다. 뿐만 아니라 검성을 비롯한 정파의 실세들과 비밀스런 협상을 추진할 수 있는 유일한 사람이기도 하다."

마혼은 돌아서지 않은 채 입술을 열었다.

"또?"

"더, 더 필요……한가? 나는……. 나는, 내가 아니면 못하는 일이 한 가지 있다."

"계속해 봐."

"정파를 분열시키는 방법을 나만큼 정확하게 꿰뚫고 있는 사람도 없을 것이다."

철혼은 확신에 차 있었다. 마혼은 그리 흡족하지는 않지만 살려둘 가치가 있다는 생각이 살짝 들었다.

경비무사들의 시체가 발견되면 언제 이곳으로 정파의 고수들이 몰려올지 모르는 긴박한 상황임에도 불구하고 마혼은 태연하기 그지없었다. 자기 집 뜰을 거닐고 있기라도 한 사람처럼 여유를 부리고 있었다.

"한 가지는 짚고 넘어가지. 늙은이는 널 구출해내라는 얘기를
한 적이 없다. 고로…… 널 살린 건 나지 늙은이가 아냐. 무슨 말
인지 알겠나?"

눈치 빠른 철우명은 마혼이 원하는 대답이 뭔지 알아챘지만 감
히 그런 말을 입 밖에 낼 순 없었다. 태존을 두려워하기 때문이었
다.

"명심……하마. 오늘 날 살려준 은혜는…… 평생 잊지 않으마."

"일단 살려두도록 하지. 쓸모없다고 판단되면 언제든 폐기해
버리면 되니깐."

철우명은 마혼의 그 말이 가슴 속을 쑤시고 들어오는 느낌에
흠칫했다.

'괜히 하는 말이 아니다. 이놈은 언제든 제 말대로 하고도 남을
놈이야. 잔인한 놈. 인간의 정이라고는 눈곱만큼도 찾아볼 수 없
는 냉혈한이었어. 이러니 태존의 눈에 들 수밖에.'

철우명이 만약 사라를 대하는 마혼을 한번이라도 본 적이 있었
다면 지금의 생각에 혼란이 왔을 것이다.

이 순간 철혼 철우명의 뼛속 깊이 각인된 마혼의 느낌은 앞으
로도 좀처럼 지워지지 않을 것이 분명했다.

쉬익—

찰랑—!

마혼의 손에 들러붙어 축 늘어져 있던 실이 허공을 휘젓는 순
간 철우명의 눈앞이 훤해졌다.

뿐만 아니라 발목과 손목을 단단하게 결박하고 있던 철삭마저
끊어져 바닥으로 떨어졌다. 철혼은 자신한테는 눈길 한번 주지

않고 앞서 걷고 있는 마혼의 등에다 대고 소리 죽여 말했다.

"여길 어떻게 나가려고? 난 내공도 억제돼 있고 몸도 불편해서……."

"쯧쯧 멍청하기만 한 게 아니고 둔하기까지 하군. 벌써부터 괜한 짓 한 것 같은 후회가 밀려오는 건 왜일까."

철혼은 그 순간 제 몸에 감돌고 있는 뜨거운 기운의 흔적을 감지할 수 있었다.

놀라운 일이었다. 어느새 손을 써서 억제된 내공을 풀었더란 말인가. 그건 지켜보는 남궁장천 역시 마찬가지였다. 살갗이랑 붙어 있는 얇은 천 조각을 실 한 가닥으로 잘라내면서 작은 생채기조차 만들지 않은 것에만 감탄했지, 정작 철우명의 억제된 내공을 회복시킨 건 눈치채지 못한 것이다. 진정 놀라운 일의 연속이었다.

세 사람은 유유히 악왕묘 앞을 벗어나 그리 멀리 떨어져 있지 않은 비밀거처로 돌아왔다.

마혼은 기다리고 있던 묵혼을 비롯한 일행들에게는 눈길 한번 주지 않고 내실로 들어가 버렸고 그 뒤를 따라 사람들이 서로 눈치를 보더니 쭈뼛거리며 따라 들어왔다.

착 가라앉은 실내의 분위기는 마혼 탓이었다. 그가 입을 꾹 다물고 생각에 잠겨 있으니 다들 그의 눈치를 보기에 여념이 없다.

다른 사람들과는 달리 그간의 변화를 알지 못하는 철혼 철우명은 남궁세가의 후계자인 남궁장천이 왜 마혼과 동행했는지, 왜 이 자리에 함께 있는지를 도무지 짐작할 수 없었다.

그가 전음으로 묵혼에게서 자초지종을 듣고 있는 동안에도 철혼의 눈동자는 안정감을 찾지 못하고 이리저리 분주하게 움직이고 있었다.

의외로 침묵을 깨고 먼저 입을 연 것은 남궁장천이었다.

"지금부터 제가 천거하는 인물 중에서 마땅한 적임자를 찾으시면 될 겁니다."

남궁장천은 이후 정파 인사들 중 몇을 거론했는데 모두가 인지도가 높고 명망 높은 명숙들이었다. 철혼이 궁금함을 참지 못하고 질문했다.

"서로 공통점이 없는 사람들인데…… 무슨 연유로 그자들의 이름을 입에 올리는지 물어도 되겠소?"

대답은 마혼에게서 나왔다.

"내가 시킨 일이다."

"사제가?"

철혼은 아무 생각 없이 말하다가 마혼의 따가운 시선을 느끼고는 흠칫했다.

마혼은 철혼의 사제가 맞다. 허나 마혼은 그리 생각하지 않는다. 그것이 사실인 건 이 자리에서 별로 중요한 게 아니다.

철혼이 자신을 사제로 대하는 걸 마혼이 무척 불쾌해 한다는 점이 중요할 뿐이다. 묵혼의 곁에 서 있던 야수검이 아직 분위기 파악을 못하고 있는 철혼에게 경각심을 일깨우는 차원에서 경고했다.

"태존께서 대좌령이란 직책을 내리셨소. 대좌령께 불경하면 그건 곧 태존을 욕보이는 짓임을 명심하셔야 할게요."

마혼은 태존과 동격이다. 야수검은 그 점을 말하고 싶었던 것 같았다. 그가 그리 생각한다면 권왕도 마찬가지일 터. 아니나 다를까, 눈치를 보아하니 권왕 역시 같은 생각인 듯싶었다.

사지에서 간신히 목숨을 연명하여 살아나온 철혼은 사실 입이 열 개가 있어도 할 말이 없는 처지였다.

그간 공들여온 일이 모조리 수포로 돌아간 것만도 돌이킬 수 없는 범실이거니와 태존의 존재까지 저들에게 알려졌으니 당장 목숨을 잃어도 이상할 게 없는 상황이었다.

'아주 최악이로군. 제 놈이 아무리 잘나도 사제인 건 틀림없는 사실이거늘…… 감히 사형들에게 섬김을 받으려 한단 말인가. 이 모든 일은 사부께서 결정하신 일 같은데…… 인생이 꼬이려니 별 더러운 꼴을 다 당하는군.'

속으로야 이를 갈아붙여도 시원치 않을 판이었지만 겉으로는 감히 내색할 수 없었다. 태존의 의중이 마혼에게로 정해졌다면 천지가 개벽한다 해도 별수 없었다.

반발은 곧 퇴출을 의미하며 죽음과 다름없다. 태존의 제자라는 특수한 신분으로 여태껏 누려왔던 특권과 특혜들은 일순간에 사라질 수도 있었다. 그리고 무엇보다 그 순간 바로 지옥이 열릴 것이다.

마혼의 입에서 남궁장천이 짐작하지 못했던 사람의 이름이 거론됐다.

"당신에게 동생이 여럿 있다고 들었는데?"

남궁장천은 불길함을 느꼈다.

"남동생 둘에 여동생이 하나 있습니다만…… 그건 왜 물으십니까?"

"그중에 하나를 버려야 한다면 누굴 택하겠나?"

남궁장천은 의아했다.

"무슨 말씀이신지 잘 이해를 못하겠군요."

"말 그대로야. 더하지도 빼지도 말고 그대로만 이해하면 돼."

"제 충성을 시험하시는 것입니까?"

"뭐 그리 생각해도 무방하고. 무엇보다…… 무슨 일이든 내 손으로 직접 처리하지 않으면 안심이 안 되는 사람이 나란 사람이지. 계획하고 있는 일들을 하자면, 성공률을 조금이라도 높이자면 이왕이면 남들 눈을 적당히 속일 수 있는 보장된 신분이 필요해. 될 수 있는 한 다른 사람의 주목을 받지 않고서 정파 깊숙이 파고들 수 있는 그런 신분이 말이야. 너무 두드러져서도 안 되고 지나치게 초라해서도 안 되지. 방금 당신이 열거한 사람들은 그런 점에서 적절치 않은 것 같군. 남궁세가의 직계라면…… 내 구상과 얼추 맞아떨어지는 위치라고 할 수 있지. 혹 문제가 생겨 주목을 받게 된다 해도 당신이 있으니 별 어려움은 겪지 않을 터이고."

그랬던가? 남궁장천은 이제야 조금 전 마흔이 어떤 이유에서 제 동생을 언급했는지를 깨달았다.

남궁장천은 동생들 중에 하나를 추천했다. 그의 입에서 나온 이름은 세가의 차남인 남궁영걸이었다.

셋째인 남궁영유는 세가 밖 출입을 거의 하지 않은지라 마흔이 원하는 조건에 부합될 수 있었다. 그런데도 둘째를 추천한 이유가 있었다.

"셋째가 가장 적절한 대상이지만 세가의 사람들 모두에게 사랑을 받고 있는데다 늘 주목받는 대상이기에 단박에 들통이 날 것입니다. 둘째는 그리 섬세한 성격도 아닌데다가 성격이 모가 나고 속이 좁은지라 교분이 두터운 편이 못됩니다. 굳이 둘 중에 하나를 고르라고 한다면 전 둘째를 추천하고 싶습니다. 한 가지 주의해야 할 점이 있다면 정파의 오백 후기지수 중에 하나였기에 그들과의 접촉은 조심하는 게 좋습니다."

"그래? 그럼 그리 정하지. 자 이젠 그를 어찌 할지만 결정하면 되겠군."

무슨 뜻일까? 남궁장천은 마혼의 의도가 얼른 깨달아지지 않았다.

마혼은 감정의 기복이 없는 메마른 음성으로 따분하다는 듯 뇌까렸다.

"남궁영걸의 흉내를 내자면 그를 내가 직접 보아야 하지 않겠어. 또한…… 무슨 일을 계획하든 만에 하나를 조심해야 하지. 남궁영걸이 세상에 두 명이 있어서는 곤란해. 명문정파의 후손인 당신이 흑도의 무리들과 손을 잡는 위험을 감수하면서까지 세가의 중흥에 목숨을 걸고 있는 모습을 보고서…… 목적 달성을 위해서는 수단과 방법을 가리지 않겠다는 각오로 받아들였어. 동생하나의 목숨으로 당신의 충성은 더 이상 의심받지도 않을 테고 덤으로 당신이 그토록 원하는 남궁세가의 중흥도 앞당길 수 있을 거야. 어때? 해 볼 텐가? 강요하지는 않아. 선택은 어디까지나 네가 하는 거니깐."

충격적인 말이었다. 남궁장천은 변화하는 환경에 누구보다 빠르게 적응할 수 있는 사람이었다. 그는 스스로 팔색조라고 생각해 오지 않았던가.

이제 그에게 남은 건 자신을 희롱하고 배신한 자들을 응징하고자 하는 복수심과 남궁세가를 업신여기고 하찮게 여기는 무림제파들에게 철퇴를 내리고자 하는 열의밖에 없었다.

힘을 가질 수 있다면 그는 무슨 일이든 마다하지 않을 생각이었다. 그런데 지금 마혼은 동생의 목숨을 요구하고 있다.

'큰일을 하자면 그 정도 희생쯤은 각오된 바였다. 이보다 더한 일도 할 수 있다. 괴로워하지 말자. 영걸이도…… 나를 이해해 줄 것이다.'

남궁장천은 이를 앙다물었다. 그는 호흡이 곤란할 정도로 흥분하고 있었다. 그리고 무리한 요구로 자신을 시험하고 있는 마혼에 대한 분노도 쉽게 사그라지지 않았다.

마혼이 굳이 그렇게 하지 않아도 될 일에 끼워 맞추기 식의 억지를 부리고 있다는 사실이 남궁장천을 화나게 만든 것이다.

'영걸이를 한동안 숨겨놓는 방법도 있는데 굳이…… 이런 제안을 하다니.'

명백했다.

'이자는 내가 못마땅한 것이다. 충성심을 시험한다는 핑계로 날 내치려는 수작이다. 여기까지 온 이상 이들과의 결별은 생각할 수도 없게 됐다. 끝까지 함께 가는 것이 내가 살 길이다. 결론은…… 한 가지뿐이다.'

남궁장천은 입술을 깨물었다. 잠시 흔들렸던 마음을 추스르는 데는 그리 많은 시간이 걸리지도 않았다.

"제 손으로 직접…… 처리할 수 있도록 해 주십시오."

제 손으로 동생을 죽이겠노라 말하고 있는 비정한 사내가 바로 남궁장천이었던 것이다.

남궁장천은 자신을 향해 쏟아지고 있는 따가운 시선들에도 꿈쩍하지 않았다.

마혼은 남궁장천의 눈빛에서 번들거리고 있는 비정한 야심을 읽은 순간 자신도 모르게 웃음을 흘리고 말았다.

한 뱃속에서 나온 혈육을 제 입으로 물어뜯어 죽이는 일은 짐승들의 세계에서도 흔치 않은 일이었다. 마혼은 남궁장천을 비웃지 않았다. 그럴 수 있다고 여겼기 때문이다.

마혼 역시 그와 같은 일을 겪지 않았던가. 그뿐만이 아니다. 여기 그를 포함한 태존에 의해 길러진 인간들은 부모형제도 모르고 자랐다. 부모가 버린 것인지 몰래 주어다 기른 것인지 그도 아니면 제 아이를 눈앞에서 강탈당한 것인지 그도 알지 못한다.

아니 다들 그런 것 따위 관심도 없는 비정한 인간들이 되었다. 그렇지 않고는 이 자리에 서지도 못했음을 마혼은 이해하고 있었다.

적응하지 못하고 죽은 아이들이 얼마일 것이며 처음에는 같은 출발선상에서 시작했지만 이제는 손가락 하나에 제 목숨을 던져야 하는 신세가 된 이는 또 얼마일 것인가.

그랬다. 남궁장천의 선택은 여기에서만큼은 지극히 정상적인 일이었다. 이미 지옥에 있는 사람은 지옥에 끌려들어갈까 두려워하지 않고 제게 당연한 일은 남에게도 당연하게 보이는 까닭이다.

마혼은 제 결정을 곱씹고 있는 남궁장천을 남겨두고 내실을 빠져나갔다. 다른 사람들도 마찬가지였다. 한 사람, 철혼만이 떠나지 않고 남궁장천 곁으로 바싹 다가와 속삭였다.

"힘들면 내게 말하시오. 친 혈육을 베는 일은 해 보지 않아서 잘 모르겠지만…… 아마도 쉬운 일은 아닐 거요."

남궁장천은 근간에 철우명의 신세가 어떻게 추락했는지를 알고 있었다. 속으로야 너나 잘하라고 핀잔을 주고 싶었지만 그가 내밀고 있는 우호적인 손길의 의미는 붙잡아둔다 해도 제게 손해날 일은 없어 보였다.

"마음만은 고맙게 받겠소. 허나 이번 일은 내가 직접 해야만 의미가 있소. 내게도, 그 아이에게도……."

흔들리는 마음을 그 한마디로 마저 부여잡은 남궁장천이 철혼의 어깨를 툭 치더니 스치고 지나갔다. 철혼은 실소하고 말았다.

'꼴에 자존심은 남아가지고, 크크.'

닮은꼴의 사내들은 이렇게 잡은 듯 잡지 않은 듯 서로에게 내민 손을 좀 더 의식하게 되었다. 그것만으로 두 사람은 충분히 흡족해했다.

*　　　*　　　*

사흘이 훌쩍 지나갔다. 은빛 천하가 된 백두산의 산정에는 여전히 매서운 바람이 할퀴고 지나갔지만 거기 위에 선 사람들은 가슴이 뜨겁게 용솟음치고 있었다.

심장이 쿵쾅거리는 소리를 제 귀로 들을 수 있을 정도로 사람들은 흥분이 고조됨을 느꼈다. 자오신검의 습득은 천부의 오랜

숙원이었다.

자오신검은 천하를 대표하며 또한 그들의 보호자요, 인도자라는 자긍심이 그들만의 착각이 아니라 하늘이 정한 숙명이라는 사실을 만방에 떨쳐낼 상징물이기도 했다.

누구도 장담하지 못할 그 어려운 일을 해내야 할 사람들이 차례로 제단 앞으로 모였다. 목숨을 걸어야 하는 일이란 게 누구에게나 흔하게 있는 일은 아니다.

지금껏 성공한 예가 단 한 번도 없는 절망적인 상황에 가슴 떨리지 않는 사람이 누가 있겠는가. 평생 몸과 마음을 단련해온 선인들이라 해도 두려움이 전혀 없지는 않았다.

후보자들은 네 명에 불과했다. 그들은 비교적 젊은 층에서 가려 뽑은 인재들이었다. 제게 배정된 처소에 있다가 소식을 듣고 느지막하게 합류한 파천은 한쪽에 조용히 서서 앞으로 전개될 상황을 지켜보고 있었다.

벌써 여기 온 지 사흘째다.

'비무는 어떻게 되었을까?'

만약 여기로 오지 않고 항주에 남아 있었다면 파천은 비무가 끝날 때까지도 참가를 놓고서 고민을 이어갔을 것이다. 마음이 전혀 안 쓰이는 건 아니었지만 지금은 궁금해도 어쩔 수 없는 일이었다. 지금은 여기 일이 더 시급하고 중요했다.

저들 네 선인들 중에 하나가 자오신검을 습득하면 파천은 기회조차 얻지 못할 것이다. 그럼에도 솔직한 심정으로는 희생자가 나오지 않기를 바랄 뿐이었다. 그 말은 곧 굳이 자오신검의 주인이 제가 아니어도 상관없다는 뜻이기도 했다.

호파에서 두 명, 웅파에서 두 명의 선인이 선출되었다. 첫 번째 도전자는 호파의 선인이었다.

그는 심호흡을 한 차례 한 뒤에 말없이 돌아서서 계단을 하나씩 오르기 시작했다.

뒤에서 지켜보는 사람들의 심정도 타들어가는 건 마찬가지겠지만 나머지 세 후보들만큼은 아닐 것이다.

계단의 중간쯤에 도달했을 때였다.

쩌저적— 쩍—!

콰쾅—!

제단의 석실 사방 벽에 실금이 가는가 싶더니 돌연 엄청난 폭발음과 함께 산산조각 나 버렸다. 멀쩡하던 돌 벽이 저절로 터져 나갔을 리는 없다.

그렇다고 선인들 중에 누군가가 구태여 석실을 무너뜨릴 이유도 없었다. 자욱하게 번지는 돌가루 사이로 휘황한 빛이 사방으로 뻗치기 시작했다. 자오신검의 자태가 만천하에 공개되는 순간이었다.

보는 것만으로 평정심을 잃게 한다는 이유로 옛 선인들은 아예 보지를 못하게 했다. 황제의 손을 떠난 자오신검은 요검이자 마검이었을 뿐이었다.

스스로 살아 움직이는 검은 선인들을 미혹했고 수련을 방해했다. 제단과 석실을 만들어 그곳으로 옮기는 것조차도 쉽지 않은 일이었다.

자오신검을 스스로 움직이게 할 수 있는 요사의 혼령을 설득하는 데만 무려 스무 해가 넘게 걸렸다고 하지만 그 전설을 온전히 믿는 사람은 선인들 중에도 별로 없었다.

이들 중에서 가장 나이가 많은 해명선인조차도 자오신검을 직접 보는 건 처음이니 다른 선인들은 말할 것도 없었다. 자오신검에서 뻗치는 붉은 빛은 파천의 마음을 들뜨게 만들었다.

그런데 선인들의 반응은 파천과 달랐다. 그들은 누가 먼저랄 것도 없이 거의 동시에 몸을 움찔 떨더니 한 걸음씩 뒤로 물러나는 것이었다.

해명선인의 입에서 절로 탄식이 흘러나왔다.

"요기가 하늘을 찌르는 도다. 어이할꼬! 저 힘을 뉘라서 감당할 수 있으랴."

해명선인의 그 말은 파천을 어리둥절하게 만들었다.

'저 빛이 요기란 말인가? 그런데 왜 나는 따뜻한 느낌을 받는 걸까?'

석실이 무너진 것이 자연스런 일이 아니라면 자오신검의 힘이란 소리가 된다. 파천은 납득이 가지 않았지만 그것 말고는 달리 설명할 길이 없다는 점에는 동의했다.

잠시 멈췄던 선인의 발걸음이 다시 떼졌다. 조금씩 거리가 가까워질수록 선인의 이마에는 송골송골 땀방울이 맺히기 시작했다. 석실에 가려져 있을 때와는 또 다른 기분이었다. 억지로 등 떠밀려 가는 건 아니다.

그는 자원했고 당당하게 첫 번째 후보자로 결정됐다. 세 종족과의 생존을 건 결전을 앞두고서 피해갈 수 없는 길이라면 주역이 되고자 나선 것이다.

십여 년 전에 타개하신 스승께서 내린 도호가 선덕이었다. 조선국 함길도(咸吉道; 함경도) 출신으로 아홉 살 때 마을에서 창궐한 역병으로 온 가족을 잃고 그 홀로 살아남아 떠돌다가 스승을 만났다.

선덕의 스승은 호파의 선인이긴 했지만 오히려 웅파에 가까운 신념을 지니고 있었고 웅파의 본거지인 백두산에 거하는 걸 즐겨 했다. 그 덕분에 선덕도 웅파의 선인들과 유독 친분이 두터운 편이었다.

선덕선인은 속세를 떠난 지 어언 삼십여 성상이 흘렀지만 아직도 어렸을 때의 기억을 생생하게 간직하고 있었다.

사람 사는 세상이 언제든 지옥이 될 수 있다는 산 경험을 한 탓인지 예전 스승이 했던 것처럼 그 역시 수시로 천하를 떠돌며 굶주리고 병든 사람들을 돌보는 데에 제 힘을 아끼지 않았다.

천부의 선인들 중에서는 비교적 젊은 층에 속하지만 모두의 존경을 받는 선덕선인이 첫 번째 후보로 결정되었을 때 웅파의 선인들마저 수긍했다는 점만 봐도 그의 인간됨이 어떤지 알 수 있는 일이었다.

마지막 계단을 올라 자오신검 앞에 선 선덕은 삶도 죽음도 잊어 버렸다. 부서진 돌조각을 한쪽으로 쓸어내려 공간을 만든 뒤에 꼿꼿하게 서 있는 오만한 신검 주변을 한차례 돌았다.

그는 마지막으로 선인들을 한차례 둘러본 뒤에 신검 앞에 무릎을 꿇고 앉았다.

머릿속에서 떠오르는 잡다한 생각을 치워 버리고 오직 일념으로 세상의 평안을 간구했다. 삶에 대한 마지막 한줄기 미련마저 끊어버리고 나니 두려움도 가시고 아쉬움도 없어졌다.

자오신검은 이제 그저 만물 중에 특별할 것 없는 한 자루 철검처럼 보였다.

마음이 편해졌다. 그리고 두 손을 내밀어 자오신검의 검 자루를 잡았다.

화광이 충천했다. 자오신검은 확실히 요물이 틀림없었다. 잠들었던 요기가 깨어난 탓인지 검신에 감돌던 화기가 춤이라도 추는 듯이 일어나더니 급기야 주변을 송두리째 태워버리는 것이었다.

그 안에 선덕이 고요히 앉아 있었다. 두 손은 벌써 벌겋게 익어버렸고 화염덩어리는 팔뚝을 거슬러 어깨까지 치솟아 올랐다. 그런데도 뜨거움을 느끼지 못하는지 선덕은 고요히 두 눈을 감고 있었다.

이 광경을 목격한 선인들의 입에서 오히려 안타까워하는 신음성이 터져 나왔다. 살타는 냄새가 주변을 진동하는 것도 잠시, 화염은 자그마치 오 장 남짓한 공간을 집어삼키며 모든 것을 태워버리고 있었다.

순식간의 일이었다. 선덕은 그렇게 가고야 만 것이다. 회색빛 하늘이 오늘따라 더 청승맞아 보인 것은 파천의 심경이 그만큼 복잡했기 때문이기도 했다.

두 번째 선인도, 세 번째도, 네 번째도 선덕과 마찬가지로 자오신검의 화기를 다스리지 못했다. 마지막 선인은 냉기로 마주 싸웠지만 겨룸은 오래 가지 못했다. 이제 천부의 양파에서 준비한 후보자는 더 이상 남아 있지 않았다.

한 가닥 기대가 물거품이 된 것도 충격이었겠지만 선인들이 무력하게 생명을 잃은 일이 그들에게는 더 큰 아픔이었다. 세상을 구하겠다는 일념으로 수련에 매진해온 선인들이라지만 수십 년을 동고동락해 온 동지들의 장렬한 최후에 절로 숙연해지는 것도 자연스러운 일이었다.

모든 선인들의 시선이 두 사람에게 모아졌다. 웅파와 호파의 수장들인 해명과 일묘는 선인들의 시선이 무얼 묻고자 함인지 알 것 같았다. 일묘는 눈을 지그시 감고 처음과는 달리 맥이 빠진 목소리로 말했다.

"더 이상의 도전은 무의해 보이오. 자오신검은 인간의 능력으로 다스릴 수 없는 요물이오. 이쯤에서…… 포기합시다. 마지막 한 사람이 성공한다 한들 모두를 잃고 나서 그게 무슨 의미가 있겠소. 더 이상의 희생은 용납할 수 없소. 어찌 하시겠습니까?"

웅파의 수장인 해명도 같은 의견이었다.

"고집을 부려서 될 일이 아닌 건 분명합니다. 자오신검의 주인이 있는 것과 없는 것의 차이는 크겠지만 괜한 욕심에 전력을 남기지 못해 속수무책으로 당하는 것보다는 나을 것입니다. 하는 데까지는 해 봐야지요."

나머지 선인들은 두 수장의 결정에 침묵으로 동의했다.

일묘선인의 시선이 그때까지 한쪽에 물러나 있는 듯 없는 듯 고요히 관망하고 있던 파천에게로 향했다.

허나 그는 끝내 아무런 말도 하지 않았다. 그 뿐만이 아니었다. 그 이후로 선인들은 파천에게 일부러 관심을 기울이지도 않는 것이었다.

선인들은 말없이 조용히 움직였다. 네 선인들이 남긴 흔적을 수습하고 천지 주변으로 흩어져서 가부좌를 틀고는 마치 수행이라도 하는 듯했다. 그런 일련의 행동은 파천을 의아하게 만들었다.

　파천은 제단 위를 오르내린 것만 벌써 다섯 번째다. 마음의 안정을 되찾을 수 없었다. 눈앞에서 선인들이 별 저항도 못해 보고 타들어가는 것을 보았기에 그 충격은 결단코 작다 할 수 없었다. 죽을지도 모르는 길에 나서는 게 두려운 건 아니다. 무언가 아직은 더 준비해야 할 것 같고 미진한 것 같은 산란해지는 마음이 문제였다.
　거기에는 선인들의 무관심도 한몫했다. 석실이 무너질 때 하늘로 솟구쳐 올랐던 대천신응은 그때부터 파천의 뒤를 졸졸 따라다니고 있었다. 위안이라면 그것 하나뿐이었다.
　'막상 한줌의 재로 남아 버릴지도 모른다고 생각하니 나도 겁이 나는 건 어쩔 수 없구나. 파천아, 파천아 너는 아직 멀었다.'
　동료의 죽음을 대하고서도 의연하게 나서던 선인들의 마지막 모습이 그 순간 떠올랐다.
　또다시 밤은 찾아왔다. 선인들은 그때 이후로 묵언수행이라도 하는 듯이 말을 아끼고 서로에 대한 관심마저 차단시킨 듯 별스럽게 행동했다.
　파천은 따스한 대천신응의 등을 침상삼아 팔베개를 하고 누워 있었다. 비스듬히 모로 누운 채 한 손으로는 잔털 사이의 철벽같은 살을 만졌다.
　"금아야, 너도 내가 겁쟁이라고 생각하느냐?"

　서로의 체온에 친숙해진 탓인지 아니면 기분 탓인지 파천은 대천신응을 금아라는 애칭으로 불렀다.
　생각해 보면 파천이 이처럼 완벽하게 외톨이었던 적은 단 한 번도 없었다. 늘 누군가 한 사람은 옆에 있어 주었다.
　그 홀로 결정하고 실행할 때도 최소한 그 결정을 옆에서 응원해 주고 지지해 주는 사람들이 존재했었다. 그런데 지금은 완벽하게 혼자였다.
　"아니지. 내 곁에는 지금 금아 네가 있구나."
　제단 쪽을 슬쩍 쳐다보니 그 위에는 여전히 꼿꼿한 자태로 서 있는 자오신검이 주변을 훤히 밝히고 있지 않은가. 파천은 자리를 털고 일어섰다. 그리고는 하늘을 올려다봤다. 온 하늘의 별들이 자신을 바라보고 있는 것 같았다. 그런 생각을 하다가 피식 웃고야 말았다.
　이제 곧 자정이 된다. 정오에는 화염으로, 자정에는 황금빛으로 변하는 것 때문에 자오신검으로 불린다는 녀석은 지금도 이글거리는 화염을 간간이 쏘아내고 있었다. 마치 자신이 살아 있음을 주변에 알리는 것 같았다.
　그때 문득 파천은 엉뚱한 생각이 들었다.
　"저 녀석도 사실은 무척 외로웠을지도 모르겠어. 수천 년 동안 자신을 어루만져 주는 사람이 하나도 없었으니 그럴지도 모르지. 자, 그럼 시작해 볼까. 금아야, 가보자. 저 고집불통 녀석을 얌전하게 만들어야지."
　금응은 파천의 뜻대로 훌쩍 날아서 제단 위로 올라갔다. 파천이 금응의 등에서 내려오고 나서도 금응은 그곳을 떠나지 않았다.

파천은 심호흡을 하며 자오신검 앞에 무릎을 꿇고 앉았다. 그리고 눈을 감았다. 그 순간 오만가지 생각이 다 들었다.

어렸을 때 겪었던 불운과 슬픔이 다시 고개를 쳐들고 당시에 어린 마음에 품고 있던 천하를 불살라 버리고 싶다는 증오와 분노까지도 생생히 떠올랐다.

할아버지를 만나고 이후 힘들고 고통스러웠던 수련시간이 주마등처럼 스치고 지나간다.

지금에 와서 돌이켜보면 몸은 힘들고 피곤했으나 파천의 길지 않은 생애에 가장 행복했던 때로 기억되고 있으니 사람이란 참 간사한 것인가 보다고 생각했다.

할아버지와 율극 그리고 하나뿐인 친구 상인, 소림사의 자애로운 고승들, 그 모두가 파천의 눈앞을 빠르게 스치고 지나간다.

파천이 감았던 눈을 번쩍 떴다. 결심이 섰다. 이제는 죽거나 살거나 둘 중 하나를 선택해야 하고 혹 살아남게 되면 자오신검의 주인은 자신으로 결정될 것이다.

주변에 흩어져 있던 선인들이 은연중에 자신에게 관심을 보이고 있다는 것은 파천에게는 별 흥밋거리도 못 됐다. 불타오르고 있는 자오신검을 뚫어져라 노려보던 파천이 길게 심호흡을 하더니 아랫배에서 울려나오는 기합성을 터트렸다. 기합성은 백두산 산정 전체를 쩌렁쩌렁 울리게 할만 했다.

마음에 결심이 선 이상 망설임은 없었다. 굳은 살 박힌 두툼한 손이 자오신검의 손잡이를 움켜잡았다.

그 순간 파천은 상상하지도 못했던 충격이 손을 타고 심장까지 단숨에 치달려 오는 걸 느꼈다.

"끄어어어어……."

파천은 어금니가 부서져라 있는 힘을 다해 앙다물었다. 그런데도 신음이 새어나가는 건 어쩔 수 없었다. 자오신검에서 시작된 화기가 몸 안으로 짓쳐들어오자 내단이 전에 없이 확장을 일으키기 시작했다. 몸이 활짝 열렸다.

파천은 사력을 다했다. 내단이 불러 모은 어마어마한 양의 기운을 양손으로 보내 침습하는 화기를 막아보려고 했다. 그렇지만 그 기운은 쉽사리 진군을 멈출 기미를 보이지 않는다.

만년한철이라도 단숨에 녹여 버릴 열기가 손목에서 어깨 사이를 빠르게 오르락내리락한다. 밀고 당기는, 한 치의 양보도 없는 치열한 싸움이 전개되고 있었다. 그런 현상은 멀리서도 구분 갈 정도로 확연했다.

'뜨겁다. 살과 뼈가 모조리…… 녹아버리는 것 같아.'

파천은 힘이 달린다는 느낌이 들자 초조해졌다. 이겨내지 못하면, 이 감당할 수 없는 화기를 다스려내지 못하면 온전히 목숨을 내줘야 한다. 다른 타협점은 없었다.

"으아아아아아. 물러서지 않아. 나는 절대로 지지 않는다. 으아아아!"

파천은 혼신의 힘을 다했다. 상의는 잿더미가 되어 바람에 날리고 팔뚝은 지렁이가 수십 마리는 달라붙은 듯이 꿈틀거리며 요동쳤다. 털이란 털은 모조리 사라져 버린 이후였다.

코에서 콧물인지 핏물인지 모를 끈끈한 액체가 흘러나오고 머리가 어지러웠지만 여기서 멈출 수는 없었다.

파천의 생사를 건 싸움은 선인들의 시선을 한데 사로잡아 버렸다. 그들 중 대부분이 누가 시킨 것도 아닌데 동시에 두 주먹을 불끈 쥐고 긴장하고 있는 모습만 봐도 그들 역시 마음으로나마 응원을 보내고 있음을 알 수 있다.

대천신응이 울부짖기 시작했다.

캬아아옥—! 캬아아옥—!

대천신응의 울음소리는 유난히 길고 컸는데 음색에는 다급함이 묻어났다. 응원하는 것인지 무언가 다른 걸 전달하려는 의도인지 알 길이 없었지만 파천은 화급한 중에도 그 소리를 똑똑히 들었다.

사력을 다했음에도 화기를 억누르기는커녕 점차 거세지고 있다는 건 틀림없는 사실이었다. 여기서 방심하면 자신 역시 한줌의 재로 화할 것이다.

파천은 이런 식으로는 자오신검을 다스릴 수 없다고 판단했다. 그런 판단이 내려진 순간 파천은 전력을 다해 자오신검을 떨쳐냈다.

자오신검은 파천의 손에서 떨어짐과 동시에 제단 깊숙이 박혔지만 이내 스르륵 올라오더니 살아 있는 사람처럼 꼿꼿이 서는 것이었다.

자오신검을 대하기 전만 해도 한낱 쇠붙이 따위가 신검 소리를 들어봐야 뭐 그리 다를까 싶은, 경시하는 마음이 있었는데 이제는 두렵기까지 했다.

일각의 시간이 영겁의 지나침인 듯 길고도 길게 느껴졌다. 숨을 헐떡거리고 있는 파천의 모습이 애처롭기까지 했다. 파천은

아직 실감하지 못하고 있었지만 그를 바라보는 선인들의 시선이
어느새 달라져 있었다.

지금까지 천부의 역대 선인들 중에 자오신검을 손에 붙이고 살
아남은 자가 없었다.

그런데 저 젊은 청년은 약간 초췌해지긴 했지만 무사하지 않은
가. 상의가 홀랑 타버렸다는 점을 제외하고는 너무도 신기할 정
도로 멀쩡했다.

'젠장 이런 식으로는 안 돼. 방법을, 방법을 찾아야 한다. 이 녀
석이 나를 거부하고 있다. 힘으로 다스릴 수 있는 녀석이 아냐.'

지금까지 천부의 선인들이 도전했다가 실패한 이유를 알 것 같
았다. 사람이든 짐승이든 무언가가 자신을 해하려 한다고 생각하
면 본능적으로 그 힘에 대적하게 돼 있다.

더군다나 몸 안에 범인과는 다른 도력을 지닌 선인들이 자오신
검에서 쏟아져 들어오는 화기에 대항했을 것은 보지 않아도 훤히
짐작되는 부분이었다.

고집을 부려도 될 일이 있고 안 될 일이 있다. 파천은 아쉬운
마음을 뒤로 하고 제단을 내려왔다.

여기서 포기하겠다는 뜻은 결코 아니다. 한번 경험해 보았으니
이번처럼 당황하지는 않을 것이다. 충분히 준비를 해서 재차 도
전할 생각이었다.

제3장 요사의 충고

  파천은 제 거처에서 꼼짝도 하지 않은 채 궁리에 궁리를 거듭했다. 인생을 살다 보면 도저히 넘을 수 없을 것만 같은 장벽을 맞닥뜨릴 때가 있다.

  파천도 지금 그런 심정이었다. 넘지 못할 산 앞에서 제 자신이 주제도 모르고 호기를 부린 것 같은 마음까지 들었다.

  '도무지 방법이 떠오르지 않는다. 자오신검이 제 의지를 지니고 있고 날 거부하기로 작정했다면 무슨 수로 다스릴 수 있을까. 설사 억지로 제압했다 해도 그 상태라면 없는 것만 못하지 않겠는가. 굴복시키지 않으면 의미가 없다. 분명 방법이 있을 것이다.'

파천은 배를 까고 뒤로 벌러덩 드러누웠다. 한쪽 벽에서 반대쪽 벽까지 굴러다니면서 머리를 혹사시켜 보아도 이거다 싶은 복안이 떠올라 주질 않는다.

심사가 복잡하니 몸이 피곤해도 도무지 잠이 오지 않는다. 그렇데 뒤척이기를 얼마나 했을까. 얼핏 잠이 들었는데 심상치 않은 기분에 저절로 눈이 번쩍 떠졌다.

섬뜩한 기운이 목을 훑고 지나간 기분에 깬 것인데 그 순간 그는 하마터면 비명을 지르려다가 간신히 입을 다물었다. 목울대가 크게 오르내리는 걸 보니 어지간히도 놀란 것 같았다.

그도 그럴 것이 생전 처음 보는 여자가 손 뻗으면 닿을만한 거리에서 제 얼굴을 빤히 내려다보고 있었기 때문이다.

"누구냐, 너는?"

파천은 상체를 일으켜 뒤로 주춤 물러나 앉으며 상대를 빤히 쳐다봤다.

자신이 아직 꿈을 꾸고 있는 게 아닌가 생각될 정도로 도무지 이 상황이 이해가 가지 않는다.

파천이 알기로 선인들 중에는 여자가 없다. 설사 있다손 치더라도 젊은 남자가 머물고 있는 처소에 불쑥 찾아올 리가 없잖은가. 그래서 내린 파천의 결론은 실로 엉뚱했다.

'이 여자도 나처럼 우연찮게 이곳으로 들어왔나 보군. 그렇다해도 남녀가 유별한 법인데 어찌 같은 방에 들였단 말인가.'

마음의 안정을 되찾은 파천은 상대를 꼼꼼히 살펴보았다. 그리 밝지 않은 유등이었지만 상대의 모습을 살피기에는 부족함이 없었다.

　나이는 제 또래 정도로 보였는데 골백번 고쳐보아도 이족의 여인이 틀림없어 보였다.

　푸른 눈동자와 푸른색 모발만으로도 그리 단정 지어도 무방할 것 같았다. 파천은 좀 전과는 다르게 다소 누그러진 음성으로 물었다.

　"소저는 여기에 어쩐 일로 오셨습니까?"

　아까도 그러더니 이번에도 역시 대답이 없다.

　'벙어리란 말인가.'

　고개를 갸웃거리는 파천을 빤히 쳐다보던 여인이 쌩긋 웃었다.

　'으음, 경황중이라 느끼지 못했는데 이제 보니 일리아나에 버금가는 미인이로구나.'

　서늘했던 방 안의 공기가 한자락 웃음으로 포근해지는 느낌이었다.

　상대에게서 대답이 없으니 더 이상 대화를 이어가기가 난감했다. 그럼에도 또다시 질문을 할 수밖에 없었다.

　"소저, 말을 못하시오? 내가 무슨 말을 하는지 알아듣긴 하오?"

　여인은 웃음기 있는 얼굴로 파천의 얼굴을 찬찬히 뜯어보다가 그제야 입을 열었다.

　"감당할 자신 있어?"

　뜬금없는 말에 파천은 어안이 벙벙해졌다. 무얼 감당할 자신이 있냐고 묻는지 모르니 대답할 말도 궁하다. 어쨌든 여인이 말 못하는 벙어리가 아니라는 사실이 반갑기는 했다.

　말이 통하면 불편한 상황을 정리할 수 있겠단 생각밖에는 안

들었다. 파천은 제 관심사만 얘기했다.

"나 또한 잠시 신세를 지고 있는 처지라 다른 거처를 다시 알아 봐 달라고 청하기도 난감한 입장이니…… 이를 어쩐다? 소저께서 여길 쓰시오. 내가 다른 곳을 알아보리다."

말을 마친 파천이 몸을 일으킨 순간이었다. 눈앞에 있던 여인 이 픽 사라져 버리는 것이 아닌가.

파천의 눈이 동그래졌다. 방안 이곳저곳을 둘러보아도 여인의 종적은 찾을 길이 없었다.

"허, 내가 귀신을 보았나?"

파천은 그 자리에 한참을 멍하니 서 있다가 자리에 풀썩 앉았 다. 그 뒤에도 파천은 방금 자신이 겪은 일이 현실인지 장담할 수 없었다.

자오신검과 대결을 펼치느라 기력이 쇠잔해져서 헛것을 본 것 이라 여기고 넘어가려는데 등 뒤에서 예의 그 음성이 다시 들려 오는 것이 아닌가!

"금아가 널 선택한 이유가 궁금했는데 이제 보니 너는 그 아이 와 관계가 있었구나."

"헉."

입 밖으로 심장이 튀어나오지 않은 게 다행이다 싶을 정도로 놀란 파천은 믿기지 않는 현실을 받아들일 수 없어 천천히 뒤돌 아섰다. 또 그 여자였다.

"당신은…… 귀신이오?"

"산 사람은 아니야."

산 사람이 아니다. 듣기에 따라 그것보다 무서운 말이 또 있으

라. 파천은 얼어붙어 버렸다. 혹 누군가 귀신을 보았다거나 그와 같은 말을 전할 때 파천은 코웃음 쳤다.

심약한 사람이 헛것을 보았거나 제 마음이 만든 허상에 불과하다고 여겼기 때문이다.

파천은 귀신이란 존재를 믿지 않는다. 그런데 멀쩡한 정신에 자신을 귀신이라 자처하는 존재를 대면할 줄이야 어찌 알았겠는가. 파천은 미심쩍어하며 재차 물었다.

"정말…… 귀신이오?"

"내 이름은 요사야."

파천은 귀신도 이름이 있는가 싶어 어리둥절해 있다가 그 이름을 몇 번인가 되뇌었다. 그런데 어디선가 들어본 것 같은 기분이 들지 않는가.

'요사, 요사? 요사라…… 내가 이 이름을 어디서 들었더라? 가만…… 요사라면 바로 요왕의 딸이라는 그 요사? 자오신검에 깃들어 있다는 그 요사란 말인가?'

한번 의심이 생기니 모든 게 미심쩍었다. 그렇다고 방금 보인 것을 신법이라 하기에는 파천의 자존심이 허락지 않는 일이었다. 적어도 제 눈앞에서 그와 같이 완벽하게 은신할 수 있는 신법이란 것이 세상에는 존재하지 않는다고 철석같이 믿고 싶었다. 만약 그런 기절초풍할만한 신법이 존재한다면 파천의 목숨은 상대의 호주머니 속에 있는 것이나 다름없지 않겠는가.

"당신이 바로…… 요왕의 딸이라는 그 요사란 말입니까?"

파천의 말투조차 달라졌다. 황제와 요사의 애틋한 애정지사는 파천의 관심 밖이었지만 그들의 숭고한 희생만은 존경해 마지않아서 그랬을 것이다.

"흐음. 어디서 주어들은 건 있나 보군. 얘기가 쉽겠네. 그리 서 있지 말고 여기 앉아 봐. 너와 이제부터 할 얘기가 많으니깐."

파천은 아직까지도 반신반의하는 마음이 컸지만 어쨌든 그녀가 원하는 대로 그 앞에 말 잘 듣는 아이처럼 얌전하게 앉았다. 귀신이라고 하기에는 너무도 생생한 모습에 파천은 어리둥절하기만 했다.

"그렇게 귀신 보듯 하지 말아 줬으면 좋겠어. 불쾌하니깐."

'조금 전에는 귀신이라고 하더니 귀신 보듯 하지 말라니.'

파천이 속으로 투덜거린 순간 요사는 입을 가리더니 여염집 요조숙녀처럼 웃는 것이 아닌가.

그 모습은 남자의 심장을 뜨겁게 할 만큼 매혹적인 것이기도 했다. 파천은 귀신을 보고서 별 생각을 다한다며 제 자신을 타박했다.

"그건 그렇고 좀 전에 한 말은 무슨 뜻입니까?"

"무슨 말?"

"금아가 날 선택한 이유가 그 아이와 관계있다는…… 생뚱맞은 말을 들은 것 같은데…… 제가 잘못 들었나요?"

"아하 그거? 네 아버지가 혹 길상이 아니니?"

뜬금없이 왜 아버지 타령이란 말인가? 세상에 아비 없는 자식이 어디 있겠는가만 적어도 파천에게는 없는 사람이나 다름없었다.

"내게는 아비가 없소."

"풋, 그래? 어쨌든 네 부친이 고 씨 성에 이름이 길상이 맞다면 금아가 네게 집착하는 것도 무리는 아니지.”

파천은 요사가 괜한 말을 하는 건 아닌 것 같아 살짝 궁금해졌다. 그리고 모친께서 생전에 하신 말씀도 생부는 고 씨 성을 지닌 고려 유민이라 하지 않던가.

자의든 타의든 정든 고향을 등지고 명나라로 넘어온 조선국의 사람이 하나둘일까만 어쩐지 제 생부가 맞을 것 같다는 생각이 들었다.

“흠흠. 계속 얘기해 보시오. 그래서 그게 어쨌다는 거요?”

“길상이는 이곳에서 잠시나마 머문 적이 있지. 선인들의 제자 중에 아직 도호를 받지 못한 풍인이란 아이가 있었는데 그와 함께 친형제나 다름없이 서로를 의지하는 사이였고. 길상이는 선술을 배운 것도 아니고 특별히 재능이 출중해 선인들의 관심을 끌 만한 애도 아니었지만 유독 금아와는 각별했어. 그건 내가 봐도 이상하고 신기한 일이었을 정도였어. 마음이 여리기만 했던 길상이는 풍인이 수련으로 인해 곁을 떠나는 날이 잦아지자 외톨박이로 지내곤 했지. 그럴 때면 영락없는 울보가 되곤 했어.”

고길상은 형인 풍인이 곁을 떠나는 횟수가 늘어나고 길어지자 혼자 있을 때는 제단 위로 올라와 대천신응을 보고 가곤 했다. 함께 지내지만 인간에게 마음을 연 적이 없던 대천신응이 유독 길상에게 정을 주게 된 건 고길상이 시도 때도 없이 제단 위로 올라와 혼잣말을 했기 때문이었다.

길상은 제 주변 사람들이 하나둘씩 불행을 겪고 횡액을 당하는 일이 생기자 그 모든 것이 자기 때문이라고 생각하게 됐다. 언젠가 길에서 만났던 무당이 ‘너는 불운을 몰고 다니는 아이니 사람을 대하는 일을 삼가라'고 했던 말을 철석같이 믿고 있었다.

생각해 보면 그 말이 맞는 것도 같았다. 식구들을 전쟁 통에 잃은 것부터 시작해서 그와 관련되기만 하면 이상한 일에 휘말려 비명횡사하고는 하니 어린 마음에도 제게 그런 불운의 기운이 도사리고 있다고 믿게 된 것이다.

길상은 시시콜콜한 신변잡기에서부터 그간 그가 느꼈을 절망과 슬픔을 모조리 털어놓다 보니 오죽 할 얘기가 많았겠는가. 마치 신세한탄이라도 하는 듯이 대천신응이 듣든 말든 제 얘기를 하고 제단을 내려가곤 하는 길상이었다.

"처음에 금아는 그 아이가 제단으로 올라와서 서럽게 우는 것도, 하루 종일 종알종알 떠드는 것도 귀찮아했어. 그런데 어느 땐가부터 자신도 모르게 길상의 얘기에 귀를 기울이게 되었고 그 아이가 올라오지 않는 날에는 궁금해 하기도 하고 그랬다는 거야. 물론 길상은 금아가 사람 말을 알아듣는다는 건 몰랐을 거야. 금아는 급속하게 길상에게 정을 주었고 마음 약하고 여린 길상이 더 이상 상처 입지 않고 행복하게 지냈으면 하고 바라게 되었지."

그때쯤에는 길상이 대천신응의 발을 만지거나 그 앞에 드러누워 있는 것이 자주 목격되곤 했다.

자기 곁에 누군가 다가오는 걸 병적으로 싫어하던 대천신응이 유독 길상에게만 그리 친근하게 대하는 걸 본 선인들은 그 점을 이상히 여기게 되었다. 물론 그때에도 대천신응은 길상을 등에 태운 적은 한 번도 없었다.

"그러던 어느 날 풍인이 동생인 길상을 데리고 제단으로 몰래 올라왔지. 풍인은 꿈이 큰 아이였어. 자신이 세상을 구할 사람이라고 철석같이 믿고 있었으니 동생인 길상과는 정 반대의 성품이라고 할 수 있었지. 그런 그가 자오신검을 그냥 지나쳤을 리가 있었겠어. 그 아이의 야심을 모르는 바가 아니었지만 나조차도 그 애가 설마하니 그런 시도를 할 줄은 몰랐으니……."

짐작되는 바가 있던 파천이 다급하게 물었다.

"혹시 풍인이란 소년 도사가 자오신검을 만진 겁니까?"

"맞아. 그랬었지. 그 아이는 길상이 지켜보는 바로 그 앞에서 한줌의 재로 변해 버렸어. 처절한 비명을 지르면서 말이야."

그 뒤 얘기는 듣지 않아도 알 것 같았다. 세상에서 의지하는 단 하나의 친인이 비명횡사하고 난 후 길상이란 어린 소년은 그 일조차도 제 탓이라고 여겼을 것이다. 불운을 몰고 다니는 소년. 파천은 그 사람이 제 생부라고 생각하니 그의 우유부단함이 조금은 이해가 갔다.

'그래도…… 용서가 안 돼.'

"초주검이 되다시피 했던 길상이 정신을 차렸을 때 풍인의 흔적이 도처에 남아 있던 이곳은 그에게 지옥이나 다름없었을 거야. 그 아이는 선인들에게 별 말도 없이 산을 내려가 버렸고 금아는 그가 걱정돼 몰래 뒤를 쫓았지. 그 뒤로도 수시로 그 아이가 있는 곳으로 갔다 오곤 했으니 그 마음이 결코 가벼운 것은 아닐 거야."

파천은 그 말을 듣는 순간 대천신응이 제 주변을 맴돌고 있었을지도 모른다는 생각을 하게 되었다.

"나는 금아의 확신이 궁금해졌어. 네가 자오신검을 움켜쥐고 있을 때에 익숙한 느낌을 받게 된 점도 의아해졌고. 이제부터 내가 묻는 말에 거짓 없이 솔직하게 대답해 줬으면 좋겠어. 그러면…… 네가 하려는 일에 도움을 주도록 하지."

요사는 무엇이 궁금했던 걸까? 파천은 굳이 들어보지 않아도 알 것 같았다. 파천은 이내 묻지도 않은 황제와의 인연에 대해서 술술 털어놓았다.

황제가 남긴 것으로 짐작되는 불사신마공을 익혀온 과정과 현재의 상태까지도 낱낱이 밝혔다. 황제의 유품들이 그에게로 전해졌다는 말은 고요하게 가라앉아 있던 요사를 격정에 빠트려 버렸다. 또한 지하세계에서 파천이 보고 겪은 일들과 현재 그의 몸 상태가 어떤지도 하나 빼놓지 않았다.

파천의 얘기를 다 들은 요사는 신기하다는 듯이 쳐다봤다.

"왜 그런 눈으로 보십니까?"

요사는 솔직하게 말했다.

"네 얘기를 듣고 있자면…… 마치 황제가 환생한 듯 착각하게 돼."

"황제는 영영 사라진 게 아니었습니까?"

"그랬지. 맞아. 그랬어. 다시는 돌아올 수 없는 사람이지."

처연해진 요사의 목소리는 그녀가 수천 년이 흐른 지금까지도 황제에게서 자유롭지 못하다는 걸 증명하는 것이기도 했다. 사랑의 감정이 퇴색하지 않고 수천 년을 이어올 수 있다는 사실을 파천은 믿고 싶지 않았다.

하지만 파천이 잘못 본 것이 있었다. 요사는 황제에 대한 열정적인 사랑을 잊어버린 지 오래다.

애틋한 감정은 메말라 버렸고 단지 황제에 대한 옅은 그리움만 남았을 따름이다. 그리운 사람을 다시는 만나볼 수 없다는 안타까움이 그녀를 슬프게 했던 것뿐이었다. 그 감정은 차라리 자기 연민과도 같은 것이었다.

파천은 진실로 궁금했다. 처음 요사에 대한 얘기를 들었을 때부터 갖고 있던 의문이기도 했다.

"왜 당신은 자오신검을 떠나지 않는 겁니까?"

"왜 떠나지 않느냐고?"

요사도 제게 질문을 해 보았다. 왜 떠나지 않는가라고. 대답은 언제나 한 가지뿐이었다.

"확인하고 싶어. 나와 그의 선택이 헛되지 않았다는 것을. 나는 그 대신 지켜봐야 할 의무가 있어. 그는 말했어. 그 자신이 사라져도 이 세상은 다른 누군가에 의해서 지켜질 것이라고. 자신의 의지를 계승한 다른 누군가가 자신이 못 다한 꿈을 이뤄줄 거라 믿는다고 했지. 난…… 그걸 내 눈으로 확인하고 싶어."

요사는 파천더러 네가 바로 그 사람이라고 말하지는 않았다. 자오신검을 차지하는 사람이 이 세계를 지켜줄 거란 말도 하지 않는다. 대신 다른 말을 했다.

"한 번도 가보지 않은 길에는 생소한 것들만 있을지도 모르지. 그래서 두려움을 줘. 갈림길 앞에 서서 어느 쪽을 바라보고 어디를 향해 갈지는 개인의 선택이고 그 선택을 비난할 건 못 돼. 나는 황제가 갔던 길을 모든 사람이 이해하고 있을 거라고는 기대하지 않아. 그가 올바른 선택을 했단 사실이 끝내 밝혀지지 않을지도 모르지. 곁에서 그의 고뇌를 지켜보았던 나조차도 온전히 이해하지 못하는 일을 어찌 세상 사람들이 알아주길 기대할까."

요사의 말은 큰 울림을 지니고 있었다. 파천의 가슴을 울리고 그의 흔들리려는 결심을 굳건하게 만들었다.

요사는 파천의 진심을 알고 싶어 했다.

"너는 왜 그 길 앞에 서 있는 거지?"

"나만이 아닐 겁니다. 많은 사람들이 두 갈래길 앞에서 지난날 황제가 그랬던 것처럼 용기를 내고 있습니다. 여기 선인들만 해도 그렇지 않은가요?"

"그래, 네 말대로 많은 사람들이 생존을 위해서 두려움에 맞서 싸우고 있는 건 맞는 것 같아. 그러나…… 그들 중에 황제의 희생을 제대로 이해하고 있는 사람은 많지 않을 거야. 너는 사람이고 사람이기 때문에 걸어야 할 길이 있어. 현재의 너는…… 네 말이 모두 사실이라면…… 넌 황제와 같은 선택을 했고 그가 걸었던 길을 그대로 되밟고 있어.

사람들이 모르는 사실이 하나 있지. 그가 마지막에 왜 죽음을 택해야만 했는지를 말이야. 나는 그가 그런 선택을 할 수밖에 없다는 걸 이해하면서도…… 한편으로는 애처로웠어. 말리고 싶었지."

요사의 말은 점점 미궁으로 빠져들고 있었다. 파천이 당시의 황제가 어떤 상황에 처해 있었는지를 모르기 때문에 생기는 의문이었다. 요사의 말은 이어졌다.

"너는 세상을 구하겠다는 포부를 지니고 있겠지만 그것이 얼마나 오만하고 무모한 생각인지는 모르겠지?"

파천은 고개를 저었다.

"저는 그저 최선을 다하겠다는 생각뿐입니다. 그 이상은 하늘에 맡기는 심정으로…….”

“아냐, 그런 게 아냐. 할 수 있는 일을 하지 않는 것과 할 수 없는 일을 하는 것의 차이를 알아? 또 해서는 안 되는 일을 하는 것과 반드시 해야 하는 일을 외면하는 고통은?”

요사는 무얼 말하고 싶은 걸까? 파천은 솔직하게 털어놨다.

“내게 무얼 말하고 싶은 겁니까?”

“네 존재가 오히려 세상에 해가 될 수도 있다는 사실을 인정할 수 있겠어? 그것을 인정하는 순간 그간 네가 해 왔던 노력들이 모조리 하잘 것 없는 무가치한 일이 되는데도 그럴 수 있겠어?”

말도 안 되는 소리였다.

“저는 무언가를 가지겠다는 욕심을 품고 있지 않습니다. 제가 세상에 해가 될 일은 없습니다.”

“황제도 그런 말을 한 적이 있지.”

“이상하군요. 황제는 세상을 구한 영웅입니다. 그가 없었다면 당신의 아버지인 요왕이 세상의 주인이 되었을 것입니다.”

“그래, 네 말이 맞아. 그랬을 거야. 그런데…… 요왕도 황제도 할 수 없는 일이 있어. 다른 사람의 마음을 바꿀 수 있을지는 몰라도 정작 자기 자신을 바꿀 수는 없었어. 인간이든 요정이든…… 다를 건 없어. 욕심은 끝이 없고 강해지고 싶은 욕구는 끝내 모두를 파멸케 하고 말지. 그 힘이 미약할 때는 상관없어. 그렇지만 그 힘은 너무도 강해서 나중엔 스스로도 제어할 수 없게 되지. 황제는 그것 때문에 자신을 버린 거야.”

파천의 머릿속에서 무언가가 팡 하고 터지는 소리가 났다. 그건 한 번도 생각해 보지 못한 충격적인 사실이었다.

"황제는 요왕을 굴복시키고 세 종족을 지상에서 영원히 소멸시
킬 수 있었어. 그런데 당시에 이미 황제는 한계 상황에 직면해 있
었지. 거기서 더 나가면 돌아올 수 없다는 걸 그도 알고 있었어.
그런 그의 상태를 이해하고 있는 또 한 존재가 있었지. 그가 바로
요왕이야."

요사의 입에서는 연이어 충격적인 사건의 전말이 흘러나왔다.

"사람들이 자오신검이라 부르는 검의 실체를 알고 나면 실망하
게 될걸?"

들으면 안 될 것 같다는 생각이 들었다. 그런데도 안 들을 수가
없었다. 파천은 요사의 극단적인 말에 대한 반발이라도 하려는
듯이 약간 비꼬며 말했다.

"악마의 검이라도 되나 보죠?"

"그래, 맞아."

파천의 표정이 일그러지는 모습을 지켜보며 요사는 차분하게
입을 뗐다. 그녀 역시 당시의 충격을 잊지 못하고 있었다.

"영원의 샘을 독식하고 있던 12대 정령 중에 하나였던 황제는
그의 권능이 이 땅에서 훼손당하는 것에 자존심이 상했어. 사람
으로서 한계가 분명한 그와는 달리 요왕은 점차 본연의 그가 지
니고 있던 힘을 되찾아가고 있었고. 그런 차이를 못 견뎌하던 황
제는 결국 해서는 안 되는 몹쓸 짓을 하고 말았지. 타나토스로 유
배된 악령들이 아이온에 반기를 들면서 최초로 만들어낸 것이 바
로 자오신검이었지. 그 검은 아이온의 지배자들인 12대 정령 중
의 하나가 강탈해 소지하고 있었고. 황제는 자오신검이 인간인
자신에게 얼마나 해로운지 알고 있으면서도 그 검을 지상으로 소

환했어. 그리고 결과는 짐작대로였어."

요사의 말은 슬슬 결말을 향해 치달려가고 있었다.

"황제는 자신을 둑이 무너져 손쓸 수 없는 상태로 곧잘 비유하곤 했어. 수시로 피를 그리워하게 되고 자신의 권위를 부정하는 모든 하찮음을 파괴시키고 싶은 열망에 몸살을 앓았어. 힘을 쓰면 쓸수록 자오신검을 휘두르면 휘두를수록 그의 상태는 위험 수위에 육박해갔어. 어느 쪽이든 결정을 내려야 하는 순간이 다가오자 그는 자신을 요왕에게 내보였지.

요왕은 그제야 자오신검의 실체를 깨닫게 되었고 그 역시 두려움에 떨었지. 황제가 어찌 변해가고 있는지, 종내에는 어찌 될지, 막바지에 겪게 될 참상이 어떨지 짐작이 됐기 때문이었어. 황제가 요왕과 계약하고 자결하고 나서 요왕이 자오신검을 습득하지 않은 게 지금으로서는 얼마나 다행스러운 일인지 모를 정도야. 묻고 싶어. 너 역시 그와 같아지면 그때는 어쩔 거야?"

요사의 물음은 너 역시 황제와 다름없는 길을 걷고 있는 것이 아닌가에 대한 경고이기도 했다.

파천은 쉽게 대답하지 못했다. 질문으로 당장의 대답을 회피했다.

"자오신검을 가지지 않으면 문제가 없다는 뜻인가요?"

"아니. 자오신검은 좀 더 그 시기를 앞당겨 줄 뿐이야. 네가 그랬잖아. 전대 마왕의 내단을 흡수했다고. 인간에게 내단이 없는 이유는 그것이 자연스럽기 때문이야. 내단을 가질 수 없는 인간의 몸으로 억지로 내단을 형성한 것 자체가……."

요사의 그 뒷얘기는 파천의 귀에 들어오지도 않았다. 자신도 모르는 사이에 모든 게 엉망이 돼 있었던 것이다. 처음엔 내단만 형성하면 모든 게 형통할 줄 알았다.

그 다음엔 내단의 힘을 키워야 강적들을 상대할 수 있다고 해서 또 그렇게 했다. 파천은 살신성인의 군자가 되려고 그 짓을 한 건 아니다. 그는 살아 돌아올 수 없는 길을 가고자 떠났던 것이 아니다.

최선을 다하다 보면 결국엔 모두가 웃을 수 있는 날이 올 것을 믿기에, 그런 신념을 저버리지 않고 웃으면서 여기까지 올 수 있었다. 힘은 가졌으되 그만한 부피의 절망까지 함께 가진 줄은 몰랐던 것이다.

'최악……이야.'

요사의 한 마디가 마지막으로 파천의 멍해진 머리를 둔기로 쪼개듯 치고 들어왔다.

"황제는 극복할 수 있다고 믿었어. 나 또한 그것이 불가능한 일은 아니라는 데에는 동의해. 하지만 황제조차 하지 못한 일이거늘……."

그래서 어쩌란 말인가? 처음부터 만약 이런 사실을 알았다면 시도하지 않았을까? 그래도 했을 것 같다.

불사신마공은 그 자체로 파천의 인생에서 제외되고는 설명할 수 없는 것이었다. 고통 가운데서도 희망을 가질 수 있었던 것도 따지고 보면 목표가 있었기 때문이지 않던가. 파천은 냉정하게 따져보았다.

"어차피…… 한번 살다 가는 것이 인생이고 그 기한은 정해져 있습니다. 만약…… 내 의지로써 이기지 못할 지경이 되면 예전 황제가 그랬듯…… 나 또한 그리 할 것입니다. 이 대답이 듣고 싶었던 것 아닙니까?"

요사는 순순히 인정했다.

"맞아. 그 대답이 듣고 싶었어. 황제의 의지를 이은 자가 너여서…… 참 다행이란 생각이 들어."

요사의 그 말이 위로가 될 리는 없었다. 이왕 닥칠 일이라면 제대로 알고나 당하자는 생각이 문득 치밀었다.

"자오신검은 포기하면 될 것이고…… 더 이상 내단을 흡수하지 않으면 되는 겁니까? 그럼 좀 늦출 수 있나요?"

"안 돼, 그래서는."

이건 또 무슨 염병할 소리란 말인가? 파천은 화가 났다.

"무슨 말이 하고 싶은 겁니까? 그날을 앞당겨 속히 뒈지라고 말하고 싶은 겁니까?"

"넌 자오신검을 얻어야 해. 황제가 그랬듯이. 또한 너는 지금껏 해온 것처럼 전심을 다해 힘을 키워야 해. 그 경계가 어디인지는 너 자신이 저절로 알게 될 거야. 견딜 수 있을 때까지 최선을 다해 네 힘을 완성해."

"왜, 왜 그래야 하죠? 이 세상을 파멸로 이끌라는 뜻인가요? 그걸 원하는 겁니까?"

요사는 냉정을 잃지 않았다.

"왜지 몰라서 물어? 요왕은 누가 상대하지? 그렇게 될 줄 알면서 황제가 자멸의 길을 선택한 이유는 오직 하나, 요왕 때문이었어. 그 방법이 아니면 그를 상대할 길이 없으니깐. 그 당시보다 요왕은 더 강해져 있겠지. 그를 막자면…… 어쩔 수 없어. 이제는

네가 아니어도 요왕 때문에라도 세상은 파멸을 맞을 수밖에 없는
상황이야."

요사는 요왕의 딸이다. 제 아버지 일이건만 저리 냉정하게 말
할 수 있다니 그저 놀라울 따름이었다.

파천의 입에서는 절로 욕설이 터져 나왔다.

"젠장, 썩을 놈의 세상. 뭐가 이리 제멋대로야."

파천의 눈에 물기가 맺혔다. 뭔지 모르게 억울하고 분했다. 생
부는 어린 시절 제가 불운을 몰고 다닌다고 믿었다더니 그런 믿
음이 아들에게까지 영향을 미친 탓인지 파천의 삶은 왜 이리 꼬
이고 엉키는 일이 많은 걸까? 담사황이 이 자리에서 요사의 얘기
를 들었다면 다 때려치우라고 했을 것이다.

'할아버지가 이 사실을 알면…… 얼마나 괴로워하시겠는가.'

* * *

어느 정도 마음을 다스린 탓인지 파천은 한결 차가운 목소리로
말했다.

"당신이 이르는 대로 할 테니 한 가지 약속을 해 주시오."

"내가 할 수 있는 일이라면 무엇이든."

요사도 파천이 가여웠다. 황제의 종말이 다가오던 때를 지켜보
던 것과는 또 다른 기분이었다.

"내게 한 말을 앞으로 누구에게도, 어떠한 상황이 닥쳐도 입 밖
에 내지 않겠다고 맹세하시오."

요사는 파천이 염려하는 바가 무언지를 깨닫고서 더욱 마음이

찡해졌다.

"그러지. 나는 쉬운 여자가 아냐. 함부로 내 모습을 보여 주지 않아."

"방금 그 말 웃으라고 한 소리요?"

파천은 자조적인 웃음을 흘렸다. 그 웃음소리는 점차 처량하게 바뀌어가더니 종내에는 광소로 바뀌었다.

"크크크크…… 킥킥킥킥…… 푸하하하하하."

요사는 준비해온 마지막 말을 했다.

"자오신검은 저항해서 얻을 수 있는 게 아냐. 이 세상의 어떤 힘으로도 자오신검을 억눌러 다스릴 순 없어. 저절로 굴복하게 만들어야 해."

"어떻게 말입니까?"

"모든 걸 순응하고 받아들여. 자오신검의 화기가 잠잠해질 때까지. 그 수밖에 없어."

"쉽군요. 그런 거라면 이골이 났으니."

"과연 그럴까?"

"그 표정은 뭡니까? 여기에도 내가 모르는 함정이 도사리고 있는 건 아니겠지요?"

"어머, 어떻게 알았지?"

파천은 그저 웃을 따름이었다. 이상하게도 요사 앞에서는 그녀가 살아 있다는 생각이 안 들어서인지 화를 낼 수도 없었다.

흘러내린 머리칼을 고운 손으로 쓸어 올리며 요사가 말했다.

"내가 가르쳐 준 방법이 유일하다는 걸 알려줬을 뿐 반드시 성공한다는 얘기는 아니야."

　파천은 이제 맥이 풀려 일일이 반응하기도 귀찮아질 지경이었
다. 이건 해도 해도 너무하지 않은가?
　"그러니깐…… 당신의 말은…… 순응한다고 해서 반드시 성공
하는 것이 아니니 무운을 빈다? 그런 건가요? 차라리…… 이대로
한줌 재가 되는 것이 나로서는 행운일 수도 있겠군요. 큭큭큭."
　"슬프게도 그게 사실이야."
　요사의 진지하고 엄숙한 말은 현실을 극명하게 드러내는 고백
이기도 했다.
　요사는 자오신검의 신력에 의지해 이 세상에 존재할 수 있기에
거길 오래 벗어나 있을 수 없다고 했다. 꽤 시간이 흘렀기에 힘겨
움을 느끼던 요사는 결국 충격에 빠져 있는 파천을 홀로 두고 떠
났다.

*　　*　　*

　제단 위로 다시 올라간 파천은 복잡한 심정이 담긴 눈길로 자
오신검을 내려다봤다. 그것도 잠시, 파천은 이내 마음 속 상념을
지워버렸다.
　자오신검 앞에 선 파천이 이전의 그가 아님을 알아보는 선인은
하나도 없었다. 그냥 보아서는 달라진 점을 찾을 수 없을 정도로
파천은 마음을 추스른 뒤였다.
　정한 마음에 미련은 없다. 아쉬움도 없다.
　두려움이 없다는 건 거짓이리라. 그럼에도 파천은 우화등선하
기 직전의 선인이 마지막으로 세상을 돌아보는 것처럼 별 감정

없는 시선으로 자오신검을 바라볼 수 있게 되었다. 아직 만지지도 않았건만 오늘은 자오신검이 더 기승을 부린다.

저항하지 말라는 요사의 당부를 다시 한 번 떠올려봤다. 반신반의하는 심정이 없지는 않았지만 지금으로서는 의지할 만한 유일한 조언이었다. 요사가 자신을 해쳐서 이익을 얻을 게 없는 이상에는 그녀의 말은 신뢰해서 손해날 일이 없었다.

두 귀가 막히고 눈앞이 흐려지는 것 같았다. 파천은 그를 둘러싼 외부세계와 자신이 완전하게 분리되는 듯한 착각 속에 빠져들었다. 손을 살짝 내민 순간 그런 심정은 더욱 가파르게 파천을 압박했다. 시간도 공간도 순간적으로 정지된 듯했다. 가슴이 먹먹해져왔다.

두 손으로 있는 힘껏 자오신검을 움켜잡은 순간 머릿속이 하얗게 탈색됐다.

"으아아아아악."

화기를 억누르면서 저항했을 때와는 느낌부터가 달랐다. 봇물이 터진 듯 몸 안으로 한꺼번에 쏟아져 들어온 화기는 피와 뼈와 살을 단숨에 태워버릴 듯이 뜨겁고 거셌다. 파천은 저항하지 않았다. 내단의 힘이 저절로 일어나려는 걸 느낀 파천은 필사적으로 그 움직임마저 봉쇄했다.

칠공으로 새까만 피가 흘러나오다 흔적 없이 타버렸고 전신에 난 털이란 털은 순식간에 재가 되어 버렸다. 피부마저 화기에 녹아 물처럼 주룩 주룩 흘러내릴 지경이 되었는데도 파천은 요사의 말을 의심하지 않았다.

아직 자신이 죽지 않았다는 점이 그걸 뒷받침한다고 생각했을 정도로 그가 지닌 확신은 맹목적이었다. 사실 이제 와서 돌이킬 수도 없었다. 자오신검을 얻거나 죽거나, 둘 중에 하나일 수밖에 없었다.

화염에 둘러싸인 파천이 고개를 젖히고 비명을 질러대는 모습은 선인들로 하여금 절로 시선을 돌리게 할 정도로 충격적이었다. 선인들이 하나둘씩 자신의 자리에 가부좌를 틀고서 기원을 하기 시작한 것은 누가 시킨 것이 아니었다.

고통은 파도처럼 몰려왔다가 몰려갔다. 감각이란 것이 아직까지도 남아 있다는 것 자체가 신기할 지경이었다. 파천이 결국 자오신검을 하늘을 향해 뻗었지만 그 순간 그의 무릎도 함께 꺾이었다. 그의 마지막 의지가 고함이 되어 그의 입에서 천둥소리처럼 터져 나왔다.

"으아아아아! 지지 않아. 나는 지지 않아."

무릎을 꿇은 채로 화염덩어리로 화한 파천이 자오신검을 하늘을 향해 뻗고 있는 모습은 지켜보는 사람들의 심금을 울릴 만큼 처절했다. 그러나 그 역시 성공하지 못한 것처럼 보였다.

화염은 파천의 몸을 재료 삼아 화려하게 타오르고 있었다. 의식의 끈을 놓쳐버린 파천은 그 상태로 돌처럼 굳어 있었다.

선인들의 탄식이 흘러나오고 일부에서는 그의 숭고한 도전에 경의를 표하는 심정으로 묵념을 하는 이들도 보인다.

시간이 흐른다.

죽은 자를 향해 산자들이 다가서고 있었다. 그의 시체를 수습하기 위해서였다. 그 순간 해명선인이 무리의 선두가 더 이상 접근하는 것을 제지했다.

뭔가 이상했던 것이다. 새카맣게 타고 재로 화하고도 남을 시간이 흘렀는데 시체는 아직 허물어지지 않고 꼿꼿하게 서 있었기 때문이다.

게다가 화염의 세기는 줄어들기는커녕 시간이 지날수록 더 화려하게 충천하고 있지 않은가. 일 장, 이 장, 삼 장…… 화염은 하늘 끝까지 닿으려는 듯 더욱 더 커져만 갔다.

십여 장 위를 빙글빙글 돌던 대천신응이 다급하게 울어대는 모습도 해명에게는 왠지 그런 수상쩍은 마음을 부채질 하는 것이었다. 일묘선인도 이상한 걸 느꼈는지 해명에게 와서 작은 소리로 속삭였다.

"화염이 줄어들지를 않는구려. 자오신검의 화기는 순식간에 육신을 태워버리는데 이번엔 유난히 오래 가는 것도 이상한 일이구려."

해명도 일묘와 같은 생각을 하고 있던 참이었다.

"그러게 말입니다. 게다가 보십시오. 저렇게 큰 화염이 타오르고 있는데 전혀 열기가 느껴지지 않습니다."

해명의 말에 일묘도 손바닥을 앞으로 내밀어 보더니 고개를 끄덕였다.

"좀 더 지켜보는 것이 좋겠습니다. 시체를 수습한다고 가까이 갔다가 봉변을 당할지도 모르겠소."

이제 선인들은 말없이 지켜볼 따름이었다. 어서 불길이 사그라져 파천의 시체를 수습할 수 있기를 바랄 뿐이었다.

그렇게 시간은 무심하게 흘러갔다.

한 시진, 두 시진……

결국 밤이 오고 다시 새벽이 되었다. 그런데도 화염은 줄어들기는커녕 점차 커져만 갔다.

화염은 꼬박 사흘 낮밤을 채우며 타올랐다. 화염덩어리 안에 사람의 형체가 그대로 남아 있는 걸 보면 재가 된 것은 아닌 게 분명했다. 선인들이 웅성거리기 시작한 것은 모두가 지쳐갈 때쯤이었다.

화염의 색깔이 붉은색에서 황금빛으로 바뀌고 있었다. 거의 자정이 다 된 시간이었다. 자오신검이 자정에는 화염 대신 황금빛으로 바뀐다는 것은 알려진 사실이지만 무언가 태울 것이 있는 동안은 그런 변화의 조짐은 없었다.

오직 성난 것처럼 온 세상을 태워버릴 듯이 화염줄기만을 줄줄이 내뿜고 있었는데, 이제 와서 갑자기 그런 변화를 보이니 선인들을 놀라게 한 것이다.

그것은 별 의미 없는 변화일지도 모른다. 그러나 적어도 한 사람에게만은 천지가 개벽하고 삶과 죽음을 결정짓는 매우 중요한 변화였다.

놀랍게도 아직 살아 있는 파천은 점차 정신이 또렷해지는 걸 느꼈다. 몸에서 사라졌던 감각이 되살아나고 제일 먼저 귀가 활짝 열렸다. 그 다음에는 눈이 열리고 순차적으로 다른 감각들이 살아나기 시작했다.

고통스러웠던 열기는 이제 오히려 시원한 청량감을 주고 있었다. 온몸을 휘감으며 불어오기 시작한 바람은 따스한 온기를 담

고 있었다. 그 상태에서 파천은 제 손에 쥐어진 자오신검을 처음
으로 제대로 살펴볼 수 있었다. 화염이나 황금빛에 가려 보이지
않던 자오신검의 모습을 최초로 본 순간이기도 했다.

검의 길이나 너비는 여타의 검들과 별반 다를 게 없었다. 그것
보다는 그 재질과 형태가 특이했다. 깨알같이 작은 글자들이 모
여서 검신을 이루고 있었다.

검신에다 글을 새긴 것이 아니라 하나, 하나씩의 글자들을 붙
여서 만든 것 같았다. 한 번도 본 적이 없는 해독 불가능한 기호
들인지라 의미가 있는 글자인지 아닌지조차도 알 길은 없었다.

또한 검의 재질은 시커먼 먹을 칠해놓은 듯 번들거렸는데 돌
같기도 하고 나무 같기도 했다. 분명 흔한 쇠는 아닌 게 틀림없었
다.

'이게 자오신검의 본모습이었다니.'

그걸로 나무 조각 하나 제대로 자를 수 없을 것 같은데 어찌 그
와 같은 경천동지할 위력을 발휘하는지 모를 일이었다. 요사의
말은 사실이었던가 보다.

파천은 자신이 살아남았을 뿐만 아니라 자오신검의 주인이 되
었음을 확신할 수 있었다. 자오신검이 제게 속삭이는 것 같지 않
은가. 너와 나는 하나라고.

긴장감이 풀린 탓일까? 파천은 그 상태로 스르륵 무너져 내렸
다. 황금빛에 휩싸인 자오신검이 파천의 손에서 떨어졌다. 그 주
변에는 파천이 소지하고 있던 황제의 보물들이 그을음 하나 없이
말짱한 모습으로 빛을 발하고 있었다.

제4장 새로운 길

　파천은 눈을 뜨자마자 벌떡 일어나 앉았다. 곁에는 청우도사가 꾸벅꾸벅 졸고 있다가 파천이 일어나는 기척에 깜짝 놀라더니 기쁨을 감추지 못한 채 말했다.

　"정말로 깨어나셨군요. 천황께서는 사조님의 말씀처럼 하늘이 준비하신 천인이신가 봅니다."

　이건 또 무슨 소리인가? 청우는 자신에게 공자라고 불렀지 천황이라고 하지는 않았다. 자신이 잠들었던 사이에 무슨 변화가 있었기에 호칭마저 달라졌더란 말인가. 파천은 궁금했지만 지금은 그게 문제가 아니었다.

　"도사님, 제가 며칠이나 잤습니까?"

"사흘하고 반나절이 지났습니다. 아주 쿨쿨 잘도 주무시더군요."

그동안에 청우도사가 곁을 지켜 왔었다는 걸 알면 파천은 미안함에 고개도 들지 못했을 것이다. 파천은 저도 모르게 긴 한숨을 토해내고 말았다.

"왜 그러십니까? 무슨 걱정거리라도 있으신지요?"

청우도사의 조심스런 질문에 파천은 고개를 저었다.

"아닙니다. 이제는 시간이 흘러서 마음을 졸여 봐도 의미 없는 일입니다. 도사님께 본의 아니게 큰 신세를 졌네요. 감사합니다."

파천이 사의를 표하자 청우는 머리를 벅벅 긁으며 겸연쩍어했다.

"별 말씀을 다 하십니다. 아, 내 정신 좀 보게. 천황께서 깨시면 알리라 하셨는데 제가 깜빡했습니다. 잠시만 기다리십시오. 금방 갔다가 오겠습니다."

문이 닫히자마자 다시 열렸다. 청우가 얼굴만 들이밀고서 또다시 머리를 긁적이며 물었다.

"식사를 준비해 올리겠습니다. 무얼 좋아하시는지 잘 몰라서 그러는데…… 육식을 즐겨 하십니까?"

이곳의 선인들이나 도인들은 육식을 하지 않지만 청우도사는 세속의 사람들이 육식을 가리지 않는다는 걸 들은 적이 있기에 그리 물은 것이다.

생명을 유지할 최소한의 양만 섭취하면 그만인 습관을 세속의 생활에 익숙한 파천에게도 강요할 수 없다는 마음씀씀이가 청우에게서 느껴졌다. 파천은 마음이 따뜻해져서 절로 미소 지었다.

"평소 도사님이 드시던 것이면 족합니다."

"그럼 조금만 기다리십시오. 제가 솜씨는 없지만…… 정성을 다해 올리겠습니다."

파천이 다음 말을 하기도 전에 문이 닫혀 버렸다. 파천은 어린 나이에 어찌 저럼 생각이 깊고 의젓한지 모르겠다는 생각을 했다.

'많이 돼봐야 열서너 살을 넘지 않았을 것 같은데 생각하고 말하는 것만 보면 나이를 짐작할 수 없을 정도로 의젓하니…… 세속의 욕심에 물들지 않은 탓이겠지. 바른 수행을 한 사람에게서는 청아한 향기가 나는 것 같구나.'

파천은 이내 자신의 몸 상태를 점검해 보았다. 피부 곳곳에 아직 진물이 남아 있어 따끔거리긴 했지만 운신을 못할 정도는 아니었다.

파천은 이불을 젖히고 밖으로 나왔다. 웅파의 도사들이 걸치고 있는 무명옷을 급한 대로 입혀 놓은 것 같았다. 파천은 제 행색이 영락없는 웅파의 도사와 다름없다고 생각했다.

차가운 바람이 불었다. 그 순간 파천은 머리가 시원하다는 느낌에 저도 모르게 손을 가져갔다.

손이 머리에 닿는 순간 파천은 울지도 웃지도 못할 상황에 처하고 말았다. 머리털이 하나도 없다. 깨끗하게 면도한 머리처럼 반질반질했다. 어떻게 된 연유인지를 깨달은 파천은 절로 한숨이 나왔다.

"시원해서 좋군."

제 달라진 모습을 지인들이 본다면 어떤 표정을 지을지 궁금할

지경이었다.

청우도사가 소반에 차려온 음식은 삶은 감자 몇 개와 산나물이 전부였다. 파천은 배가 고팠기 때문이기도 하지만 정말 별미라고 할 정도로 맛이 있었는지라 게 눈 감추듯 먹어 치웠다.

파천에게 음식을 차려주고 나간 청우도사는 해명선인을 부르러 간다며 나갔다. 파천은 방 안에 있자니 답답했는지라 다시 초옥 앞으로 나왔다.

청우도사를 앞세우고 한달음에 달려온 해명선인은 초옥 앞을 서성이고 있는 파천을 대하자 기쁨을 감추지 못했다.

"깨어나셨군요. 어디 불편하신 데는 없으신지요?"

"없습니다. 덕분에 무사한 것 같습니다."

"별 말씀을 다 하십니다. 그래, 이제는 어찌 하실 생각이십니까? 담 도우의 출관을 보고 내려가실 생각이신지요?"

파천은 여기 남아서 할아버지의 무사귀환을 확인하고 싶은 마음이 가득했지만 그러기에는 그가 해야 할 일이 너무 많았다. 담 사황과 천마와 혈마 그리고 그들을 따라왔다가 엉겁결에 함께하게 된 불마성과 환희궁주의 도전은 파천 그 자신에게 큰 자극이 됐고 용기를 줬다. 그들이 자신에게 바라는 건 결코 백두산에 남아서 자신들을 기다려 주는 건 아닐 것이다.

'나는 내가 할 일을 해야 한다. 그래야 후에 할아버지 앞에 자랑스럽고 떳떳하게 나설 수 있지 않겠는가. 천황은 천황의 길을 가야 하는 것이다.'

파천은 몸이 완전히 회복되는 대로 떠나겠다고 얘기했다. 그러자 해명은 섭섭해 하면서도 그의 처지를 이해하기에 말리지는 않는다.

"긴히 드릴 말씀이 있습니다."

어렵게 운을 뗀 해명선인은 지금 현재 천부의 선인들이 처한 난처한 상황을 애기했다.

"천황께서 자오신검을 거둔 이상 저희들은 울지도, 웃지도 못할 상황에 처하게 됐습니다. 선조들의 유지를 받들자면 자오신검의 주인이 되신 천황을 천부의 지도자로 섬겨야 합니다."

자오신검을 취하는 사람이 나오면 그를 지도자로 삼고 세 종족의 발호를 막으라는 유지가 있었다고는 해도 그것은 어디까지나 후대의 분발을 촉구하고자 하는 뜻이지 정말로 외부인에게 천부의 운명을 맡기라는 뜻은 아니었을 것이다.

선대의 유지란 것이 상황에 따라 달리 해석하고 받아들일 수도 있겠지만 대다수의 선인들은 너무도 순수한 사람들이었다.

선인들 사이에서 파천을 지도자로 삼아야 하는 것이 마땅하다는 의견들이 나오기 시작하자 양파의 수장들도 당황할 수밖에 없었다. 이런 예기치 못한 상황을 전해들은 파천은 얼떨떨해할 뿐 가타부타 말을 하지 못했다.

천부의 두 수장이 결국 의견을 모았다는 부분까지 듣고 나자 파천은 일묘선인이 순순히 받아들였다는 점이 수상쩍었다. 해명선인이야 처음부터 호감을 갖고 대해 줬으니 그럴 수도 있겠다는 생각이 들었지만 일묘선인의 반감은 쉽게 꺾일만한 것이 아니지 않던가. 파천의 승낙을 기다리던 해명선인이 한 가지를 더 첨언했다.

"천부와 무림의 근본은 같아 보이지만 많은 부분에서 차이가

있습니다. 천황께서는 천부를 수하에 두기 전에 먼저 하셔야 할
일이 있습니다. 굳이 마음에 걸리시면 거절하셔도 좋습니다.”
　파천이 거절할 것이라고는 생각지 않는 것 같았다. 파천은 곰
곰이 생각에 잠겨 있었다.
　‘마다할 일은 아니지만 좋아할 일만도 아니다. 이들은 선대의
유지에 따르려는 생각이겠지만 자오신검의 주인에 대해 굴복하
는 것뿐 나란 사람에 대해서는 전혀 아는 바가 없지 않은가. 후에
나와 뜻이 나뉜다면 그때는 어찌 할 것인가. 이들은 자기들 사이
에서도 입장차가 있다. 내가 시키는 일들이 부당하다고 느낀다면
반발하고도 남을 사람들이지.’
　파천은 그럼에도 천부의 전력을 거두어두면 손해보다는 득이
많으리란 점도 인정할 수밖에 없었다.
　“제가 해야 할 일이 뭡니까?”
　해명선인은 만면에 웃음을 띠며 진심으로 반겼다.
　“천부의 선술에 대해 얼마간이라도 체득해 두셔야 합니다. 이
는 일묘선인이 내건 조건이기도 합니다.”
　‘결국 순순히 내주겠다는 뜻은 아니었군.’
　천부의 전력은 제대로 확인한 바가 없지만 저들이 뜻을 하나로
모으지 못한 채 무림에 영향을 미치게 되면 큰 혼란을 빚을 수 있
었다.
　그리 되면 파천의 행보에도 상당한 지장을 초래할 게 뻔했다.
파천은 기분이 묘해졌다. 당대의 천황인 자신이 천부의 지도자가
될 줄 누가 짐작이나 했겠는가.
　‘천마교는 천마의 것이고 혈마교는 혈마의 것이다. 천부야말로

내가 최초로 거둔 친위세력이 될 수도 있겠구나. 물론 이들을 완전히 내 사람으로 만들어야 한다는 전제가 뒤따르긴 하지만 향후 이보다 든든한 지원세력이 어디 있겠는가.'

파천은 이왕 결정한 이상 제대로 장악해야겠다는 생각을 품게 되었다.

＊　　　＊　　　＊

막상 대면한 일묘선인은 해명선인의 전언과는 다른 태도를 보였다. 그는 조건부 승낙을 했었고 그가 내건 조건이란 것이 천부의 선술을 이해하는 선에서 그치지 않았다.

사실대로 말하면 승낙하지 않을 거라 생각한 탓이겠지만 파천은 자신을 대하는 일묘의 태도가 그리 썩 달갑지만은 않았다.

"기한은 열흘을 드리겠습니다. 웅파에서는 포기했으니 저희 호파만 염두에 두시면 됩니다. 웅파의 도움을 받아도 좋습니다. 저희가 최종적으로 지목한 선인을 제압해 보인다면 천부의 지도자로 받드는 것에 누구도 불만을 표하지 않을 겁니다."

우리를 수하에 두려면 그만한 능력을 보이라는 뜻이었다.

일묘선인의 그런 태도는 파천이 보기에도 온당해 보였다. 오히려 웅파의 무조건적인 호의가 비정상적이라 할 만하지 않겠는가.

호파는 웅파와 달리 외부인인 파천이 자오신검의 주인이 되었다고 해서 무작정 따를 순 없음을 확실히 한 셈이었다. 파천은 일묘선인을 똑바로 쳐다보며 입을 열었다.

"열흘도 필요 없고 하루면 되오. 내일 정오에 이 장소에서 마무

리 짓도록 합시다. 그리고 미리 밝혀두거니와 나는 무른 사람이
아니오. 나를 따르겠다는 맹세는 자오신검이 아닌 내게 해야 할
것이고 선조들의 유지 때문이 아니라 진심에서 우러나와 고개를
숙여야 하오. 앞으로 헤쳐 나가야 할 풍랑이 어떤지 다들 짐작하
실 테니 긴말은 않겠소. 여러분의 생명을 책임질 선장은 오직 한
사람뿐이고 설사 파도 속으로 배를 처박아 넣더라도 순순히 따라
와 줘야 하오. 그럴 각오가 아니면 지금이라도 늦지 않았으니 번
복할 기회를 주겠소."
　일묘선인도 당차게 대꾸했다.
　"그 정도 각오는 돼 있습니다."
　"후회해 봐야 소용없다는 것도 알고 있겠지요?"
　"물론입니다."
　"한번 결정되면 다시는 무를 수 없다는 것도 아시지요?"
　"물론입니다."
　"좋습니다. 그럼 내일 이 자리에서 뵙지요."
　파천이 돌아선 순간 일묘선인의 눈가에 근심이 서렸다.
　'만만치 않은 사람이다. 속인으로서 저만큼 죽음에 담담할 수
있는 사람이 어디 흔하겠는가. 죽음을 극복한 사람보다 무서운
건 없다. 저자는 적어도 세상에 두려운 것이 없는 사람이야. 아무
래도 내가 해명의 술수에 넘어간 것 같구나.'
　일묘는 지금의 복잡한 상황을 타개할 방법이 떠오르지 않자 일
단은 해명의 제안에 따르기로 한 것이다. 호파에서마저 내부적으
로 선조의 유지를 거부할 명분이 없다는 얘기들이 조금씩 흘러나
오고 있었다.

그 때문에 그가 반대할 구실을 만들어 보려고 계책을 쓴 것인데 오히려 자신이 말려들어가고 있다는 기분이 들지 않는가.

'최악의 경우 선술로 제압한 뒤에 능력의 부족함을 스스로 느끼게 해서 기를 꺾어두면 설사 지도자로 삼는다 해도 얼마든지 내 뜻대로 움직일 수 있으리라 여겼거늘…… 내가 도리어 함정에 빠진 것이 아닌지 모르겠구나.'

일묘는 상대의 기세가 만만치 않은 것을 보고 어쩌면 자신이 오판했는지도 모르겠다는 생각을 하게 됐다. 어쨌든 이제는 돌이킬 수도 없는 일이었다. 이왕 이렇게 된 것 제대로 콧대를 눌러주는 수밖에 없었다.

만 하루는 어떤 이에게는 그다지 특별할 것 없는 평범한 시간일 수도 있다. 매일 긴장감 없는 무료한 나날을 보내는 사람이라면 더욱 그럴 것이다.

그러나 여기 이 사람 파천에게는 하루라는 시간을 과거의 어느 때보다도 더 치열하게 보낼 수밖에 없는 이유가 생겼다. 그는 지하세계에서 벗어난 뒤로 제 능력에 대해 불안했던 적은 없었다. 지금도 그건 마찬가지였다.

문제는 지금 맞상대해야 할 사람이 무공과는 생소한 선술이란 것을 사용한다는 점이었다. 적어도 그것이 어떤 것인지 정도는 알고 있어야 방비할 수 있을 것 같았다.

파천은 그 때문에 도움을 청했고 해명선인은 기꺼이 발 벗고 나섰다.

어떤 일은 설명만으로 부족한 것들이 있다. 몸으로 직접 겪어

보면 가장 확실하게 와 닿는 법이다. 해명도 그 점을 잘 알고 있었다. 웅파의 선인들 중에 파천을 위해 선택된 사람들은 대표적인 웅파의 기둥들이었다. 웅파의 선술은 방어적인 측면에 특화돼 있다.

해명선인은 말하는 내내 벽파선인을 추켜세우길 주저하지 않았다.

"벽파도우의 체술은 우리 웅파에서도 최고라 할 만합니다. 무공에서도 신법이 있지만 본파의 체술은 활용에 있어서 궤를 달리합니다. 한번 보여주시겠소?"

벽파선인은 검게 그을린 얼굴에 검버섯이 가득한 촌노의 모습을 하고 있었다. 등까지 꾸부정해서 그를 두고 선인이라 볼 사람은 많지 않을 것이다.

파천은 그때 질풍노조가 떠올랐다. 그가 천부에서 익혔다는 경공은 무림사를 통틀어 최고라고 할 만했다. 오죽하면 천황 담사황마저도 백기를 들 정도겠는가.

벽파선인은 장난스럽게 말했다.

"기본적인 것은 생략하고 핵심만 보여 드리지요. 저를 한 번 찾아보십시오."

그 말을 끝으로 그는 그 자리에서 거짓말처럼 종적을 감춰버렸다. 파천의 입꼬리가 슬며시 말려 올라갔다. 귀신을 속일만한 기절초풍할 은신술이라도 기운까지 감추지는 못한다.

호흡을 멈추고 심지어 심장박동까지 일시지간 멈추는 달인들이 있지만 몸에서 미세하게 방출되는 기운까지 차단하는 건 사실상 불가능했다.

그리하자면 내력을 쓰지 않아야 하는데 그리해서 어찌 은신술을 쓰겠는가.

미세한 기의 흐름을 감지하는 능력이 누구에게나 있는 건 아니기에 그 정도로 고절한 은신술이라면 분명 탁월한 효력을 발휘할 것임에는 틀림없었다. 파천은 적어도 은신술 정도로 자신의 이목을 속일 수는 없다고 자신했다.

그는 천천히 집중했고 공간을 잘게 나누며 관찰하기 시작했다. 일단 청각에 포착되는 것은 없다. 시야에도 잡히지 않는다. 소리와 형태로 알 수 없다면 기운을 감지하는 수밖에 없었다.

'이럴 수가…… 완벽하게 종적을 감췄다. 과연…… 근처에 있긴 한 건가?'

파천은 식은땀이 흐를 지경이었다. 해명이 히죽 웃고 있는 것을 확인하고는 더 초조해졌다.

아무리 애를 써보아도 찾을 수가 없자 파천은 두 손을 들고 말았다. 좀 더 시간을 들인다면 혹 찾을 수 있을지 모르지만 이만한 시간을 들이고서도 찾지 못했다면 실패했다고 보는 것이 맞다.

상대는 충분한 시간을 벌었고 그 시간이면 몇 번의 암습을 하고도 남았을 시간이었기 때문이다. 미리 알고 있으면서도 이러하거늘 만약 몰랐다면 감쪽같이 속을 수밖에 없었다.

파천이 못 찾겠다고 하자 그제야 벽파선인이 모습을 드러냈다. 놀라운 건 그가 나타난 장소였다.

그는 놀랍게도 처음에 있던 위치에서 한 발도 움직이지 않았던 것이다. 그것은 더더욱 있을 수 없는 일이었다. 감탄이 절로 나온다.

“대체 어찌 하신 겁니까?”

“자, 잘 보십시오. 천천히 전개해 보겠습니다.”

벽파선인의 몸이 서서히 투명해지는 것이었다. 피부만이 아니었다. 모발도, 걸치고 있는 옷까지도 이슬처럼 투명해지더니 급기야 완전히 사라져 버렸다.

“허…… 참으로 눈으로 보면서도 믿을 수 없는 일이로군요.”

해명선인이 그처럼 침을 튀기며 자랑할 만했다. 벽파선인의 음성이 들려왔다.

“이 체술에는 한 가지 치명적인 약점이 있습니다.”

벽파선인의 음성이 들려오는 순간 그의 입이 있음직한 위치가 우글쭈글해지는 것이 보였다. 형체가 완전히 드러나지는 않아도 저 정도라면 마음을 놓고 있다가 오히려 역으로 당할 수도 있겠다 싶었다.

“보시는 바와 같이 움직이는 순간 수면에 파문이 일 듯 공간이 일그러집니다.”

벽파는 그 상태로 이리저리 움직여 보였다. 그의 말대로 그가 움직이는 대로 공간이 쭈글쭈글해지고 있었다. 파천은 손을 내밀어 벽파선인이 서 있음직한 곳을 더듬었다. 만져진다.

'흠, 결국 이 체술이란 것은 눈속임에 불과한 것인가?'

이게 만약 눈속임에 불과하다 해도 이 정도로 완벽하다면 실전에서 무서운 위력을 발휘할 것이다. 파천은 만족스러웠다. 이것 한 가지만 보아도 천부 선인들의 능력이 가히 짐작이 가지 않는가.

벽파선인은 그 외에 몇 가지 체술을 더 선보였는데 그 모두가 기상천외한 것들뿐이었다. 그중에서도 파천의 호기심을 자극한 것은 분신술이었다. 무공에서도 분신술이 존재한다.

허나 그것들은 대부분 빠른 속도로 환영을 만들거나 형태는 있지만 실제적인 위력은 없는 경우가 많았다. 그런데 벽파선인의 분신술은 파천이 지금껏 이해하고 있던 분신술과는 차원이 달랐다.

그는 여섯 개의 분신을 차례대로 만들었는데 그 모두가 실재했고 각기 제멋대로 움직였다.

다른 말을 동시에 뱉어내 파천을 놀라게 만들기도 했다. 그런데 그것에도 단점이 존재했다.

이번에는 해명이 설명했다.

"벽파도우의 분신술은 본신이 기동하지 못한다는 약점이 있습니다. 분신의 위력은 뛰어나지만 그 순간 본신이 공격받으면 치명적인 상태가 될 수 있겠지요. 또한 분신의 행동반경이 본신에게서 백 장을 벗어날 수가 없는 것도 위력을 감소시키는 요소입니다."

파천은 이러한 선술들이 근본적으로 어떤 원리에서 가능한지가 궁금했다. 해명은 빙긋 웃으며 대답은 않고서 다른 선인에게로 파천을 이끌어갔다.

"그건 차후에 설명 드리겠습니다."

그가 데려간 곳에도 어김없이 눈에 익은 선인 한 사람이 수련에 매진하고 있었다. 이들은 깨어 있는 시간의 대부분을 수련에 할애했다.

웅파와 호파의 운명을 결정할 지도자 선출이 엉뚱하게도 외부

인인 파천의 등장으로 인해 매듭지어지려 하자 웅파의 선인들은
예전처럼 다시 수련에 몰두하기 시작했던 것이다. 그들의 관심은
오직 제 선술의 부족함을 메우고 위력을 배가하는 데에 초점이
맞춰져 있었다.

파천의 기억이 틀리지 않다면 이번의 선인은 용천이란 도호를
쓰는 분이었다. 그런데 다들 그를 용천이라 하지 않고 '애기'라
고 했다.

왜 애기라고 하느냐고 물으니 그의 스승이 애기라고 불러서 그
게 익숙해져서라고 했다. 볼이 유난히 애기처럼 발그스름해서 그
리 별명이 붙은 줄 알았더니 그건 아닌 것 같았다.

용천선인은 모가 난 바위에 머리를 거꾸로 한 채로 해명과 파
천을 맞이했다. 그는 그 상태로도 전혀 불편함이 없는 것 같았다.
이번에는 또 어떤 신묘한 선술을 보여줄까 기대하고 서 있는데
두 선인이 아무런 말도 행동도 없자 파천은 의아해지기 시작했
다.

파천은 질문을 하려다가 그만두었다. 귀찮아졌기 때문이다. 결
국엔 해명이 설명을 하겠거니 싶었다. 그런데 몸에서 이상한 반
응이 일어나기 시작했다. 만사가 귀찮아지고 권태로워졌다. 그것
뿐만이 아니라 슬슬 졸리기 시작했다.

'내가 왜 이러지?'

파천이 하품을 하는 것을 본 해명선인이 웃으며 그제야 입을
열었다.

"졸리지요? 그것이 용천도우의 선술입니다."

파천은 해명이 뭐라고 떠드는 것 같은데 그 소리도 잘 들리지

않았다. 어느새 그는 그 자리에 웅크리고 앉아서 꾸벅꾸벅 졸고 있었던 것이다. 있을 수 없는 일이었다. 해명이 용천선인에게 눈짓을 했다.

"그만 하면 됐네. 그만 하시게."

"천부의 지도자라면 이 정도는 견뎌야 하는 것 아닙니까? 실망이 큰데요?"

파천은 잠깐이지만 꿈을 꾼 것 같았다. 하필이면 할아버지께서 죽장으로 머리통을 있는 힘껏 내리치는 꿈을 꾸었다. 그는 정신이 번쩍 났다.

파천이 두 눈을 뜨며 몸을 벌떡 일으키자 용천선인이 놀라움을 금치 못했다. 그는 속으로 인정할 수 없다고 생각했고 오기가 생겼든지 해명선인의 바람과는 반대로 파천을 아예 재워버릴 심산이었다.

이번에도 파천은 참기 힘든 졸음을 느꼈다. 그것은 순식간에 찾아오는 것이라 전신이 단번에 축 늘어지는 느낌이었다. 그때 파천은 깨달았다.

'이것이…… 저 선인의 선술이로구나. 참으로 무섭다.'

몰랐으면 모를까 알고 있는 이상에는 파천도 쉽사리 당하지는 않았다. 그는 유별나게 승부욕이 강한데다 어렸을 때부터 불사신 마공을 연성하며 의식의 끈을 놓쳐서는 안 된다는 강박관념에 시달려 오지 않았던가.

자연히 저항하는 정신력이 특별히 뛰어난 편이었다. 이런 걸 짐작 못한 용천선인은 아까와는 달리 애를 먹고 있었다. 분명 이쯤에서 곯아떨어져야 정상인데 상대는 눈이 찢어져라 휘둥그렇게 뜨고 있으니 예삿일은 아니었다.

용천선인은 순순히 패배를 인정했다.

"제가 졌습니다. 천황께서는 저항하는 힘이 유달리 강하시군요."

용천선인의 칭찬에 파천은 고개를 휘휘 내저었다. 맑은 정신으로 돌아오고 나서도 후유증이 느껴질 만큼 그는 전신이 무력해지는 느낌에서 완전하게 벗어나지 못한 상태였다.

"아닙니다. 그 반대입니다. 이런 선술이 있을 거라고는 생각도 못했습니다."

잠을 재우는 선술이라. 생각만 해도 기가 막히는 일이었다. 삶과 죽음이 결정되는 긴박한 전장에서 쿨쿨 졸고 있다가는 언제 목이 떨어질지 모르지 않겠는가.

적을 무력화시킨다는 점에서 이보다 무서운 것이 또 어디 있겠는가. 반대로 긴장 때문에 잠을 자지 못하는 아군에게는 단잠을 자게 해 체력을 회복시킬 수 있다는 장점도 있었다.

이외에도 해명은 여러 가지 선술들을 소개시켜 줬고 대부분의 선인들은 이처럼 자기만의 독특한 비술 한 가지씩은 가지고 있다고 했다.

백랑이란 선인의 선술은 상대를 결박시키는 것이었다. 움직이지 못하도록 한다. 이 또한 기대했던 것과 다른 엉뚱하고 기상천외한 선술이었다. 백랑선인은 선술을 펼치는 동안 자신도 꼼짝하지 못했다.

충사선인은 입으로 크고 둔중한 소리를 냈는데 그 소리는 아군의 잠재력을 격발시키는 효능이 있다고 했다. 넓은 공간에 퍼지

게 하면 효과가 그만큼 떨어지지만 만약 한 사람에게 집중하게 되면 놀라운 위력을 발휘할 수 있다고 했다. 파천은 그때 한 가지 생각을 하게 되었다.

'호파가 살상력에 중점을 둔 선술을 연마했다 했으니 웅파의 선인들과 짝을 지워주면 무서운 조합이 될 수도 있겠다. 서로의 부족함을 보완하면서 더 강해질 수 있는 선술들이지 않은가.'

해명이 보여준 선인들 모두가 이처럼 기발하고 괴상한 선술들만 익힌 건 아니었다.

무공과 흡사한 것들도 상당수며 대개의 선인들은 특화된 것을 제외하고도 자기 몸 하나쯤은 보호할 수 있는 선술도 기본적으로 익히고 있었다.

파천은 해명선인의 특기가 무언지가 궁금해졌다.

"선인께서는 어떤 선술을 주로 연마하셨습니까?"

"저는 내세울 게 없는 보잘 것 없는 것을 익혔습니다."

괜히 겸양하는 것처럼 보였다. 단지 연배가 높다는 것만으로 웅파의 수장이 되었을 리는 없지 않겠는가.

"그럼 한 번 보시겠습니까?"

순간 해명의 뱃속에서 속이 안 좋으면 나는 꾸르륵거리는 소리가 연신 들려오기 시작했다. 그러더니 그의 피부가 회색빛으로 바뀌는가 싶더니 알아볼 수 없게 변형이 되는 것이 아닌가. 원래의 해명의 인자한 모습은 찾을 길이 없었고 거기엔 돌로 된 석상이 하나 떡하니 자리 잡고 있었다. 석상이 된 해명이 그 상태로 입을 열었다.

"저는 제 몸을 석화시키는 선술을 배웠습니다. 웬만한 타격에는 흠집도 나지 않는 단단한 몸으로 변하지요.”

그가 주먹을 휘두른 순간 그가 겨누었던 바위가 산산조각 나 버렸다. 해명은 말했다.

“여기에도 몇 단계로 구분이 됩니다. 처음에는 회색이었다가 청색으로, 다시 검은색으로 바뀔수록 더욱 단단하고 강해집니다. 최종적으로는 붉은 돌로 바뀌게 됩니다. 보잘 것 없지요?”

참으로 단순하면서도 무식한 선술이었다. 적어도 해명선인이 경각심을 가지고 있는 한은 그에게 상처를 입히는 일은 어지간한 방법으로는 안 될 것 같았다.

“자, 저를 한번 쳐보십시오.”

파천은 그래도 될까 싶어 걱정이 됐으나 해명이 워낙 자신 있게 말하는지라 안심하면서 손을 댔다. 파천의 손바닥이 해명의 오른팔을 치는 순간 관절 부분이 우지끈 소리를 내며 부러졌다.

돌이 깨지는 소리가 아니라 나무가 부러지는 소리가 났다는 점이 이상했지만 지금 그런 것에 관심을 둘 상황이 아니었다. 문제는 해명의 상태였다. 파천은 놀라 어쩔 줄 몰라 하며 해명을 바라봤다.

“이, 이걸…… 어쩌지요? 괜찮으십니까?”

해명은 제 팔 한쪽이 부러져 날아갔는데도 웃고 있었다.

“허허허. 역시 예상대로 힘이 엄청나시군요. 저는 괜찮습니다. 자, 보십시오.”

지금까지 많은 놀라운 선술들을 보면서 여러 번 놀라고 감탄을 연발했듯이 이번에도 역시 파천은 제 눈을 의심해야만 했다. 부서졌던 돌조각들이 다시 척척 들러붙더니 원래대로 돌아오는 것이 아닌가. 파천이 놀라는 기색을 보이면 보일수록 해명의 뿌듯함은 커져갔다.

"제 몸은 석화된 상태에서는 부상을 입지 않습니다. 단번에 가루가 되지 않는 이상에는 말입니다."

두 사람은 해명의 거처로 돌아왔다. 파천이 그렇게도 궁금해하던 부분을 이제야 들어볼 수 있었다.

"모든 열쇠는 마음입니다."

기대했던 대답과 달리 공허한 말이 해명에게서 나오자 파천은 실망감을 금치 못했다.

"세상사가 그렇듯이 선술 역시나 밝혀진 부분과 밝혀지지 않은 부분이 공존합니다. 인간이 이 땅에 존재하는 한 영원히 풀리지 않을 숙제가 바로 이 마음이란 것이겠지요. 옛 선인들에게서 전해진 선법은 마음을 바라보는 것에서 시작되었습니다. 마음의 작용이 현상에 미치는 영향은 지대합니다. 사람의 얼굴이 마음먹기에 따라 달라질 수 있다는 사실을 아십니까?"

"그런 얘기를 듣긴 했습니다."

"태어난 얼굴은 제각각이지만 후에 그 얼굴을 가꾸고 만드는 것은 자기 마음입니다. 특별한 집중 없이 일상생활의 마음가짐만으로도 이런 변화가 생기거늘 하물며 이미 검증된 수련법을 따라 집중력을 높인 선인들의 선술은 어떨까요."

딱히 반박할 말은 아니지만 선술에 대해서 문외한인 파천이 듣기에는 뜬구름 잡는 소리로 들리는 것도 사실이었다.

"만물은 각각 고유 값을 지닌 성질이 있는데 이를 본질이라 한

다면 그 본질이 상호작용하여 나타날 수 있는 경우의 수를 현상
이라 할 수 있습니다. 마음은 본질을 꿰뚫고 현상을 읽는 눈입니
다. 반응하고 해석하고 이해하는 작용을 하지요. 역으로 마음의
작용이 현상에 영향을 끼치기도 합니다. 본질을 바꿔놓을 수는
없지만 경우의 수, 즉 조합을 바꿔놓을 수는 있습니다."

어쩌면 선술이란 것이 무림인들이 그렇게도 알기 원하던 심도
에 관한 핵심일 수도 있겠다는 생각이 문득 들었다.

'무공에서 보자면 단계의 끝에서나 만날 수 있는 마음의 길을
이들은 처음부터 맞닥뜨리는 것의 차이일까?'

해명의 이어진 설명을 듣고 나서도 흐릿했던 윤곽이 또렷해지
지는 않았다. 오히려 더 오리무중이 되는 것을 느꼈다.

"처음에 누군가는 우연찮게 이 마음의 작용에 눈을 떴을 것입
니다. 그로부터 시작된 수련법이 후대에 전해지면서 점차 체계를
잡아간 것이지요. 그 수련법은 매우 간단합니다."

해명은 그에게도 있었던 어린 시절을 떠올렸다. 그는 스승에게
서 선술을 처음 접했을 때 그 황당무계함에 놀라지 않았다고 했
다.

어려서 그만큼 순수했기 때문이었는지도 모르겠다. 나이 들어
서 선술을 익히자면 진도가 더딘 것도 웬만해서는 딱딱하게 굳어
버린 고정관념을 깰 수가 없기 때문이었다.

"될 때까지 합니다. 뭔가 변화가 생길 때까지 끈질기게 물고 늘
어지는 것이 요체라고 한다면 허망한 답변이 될까요. 허허."

파천은 어이가 없을 뿐이었다.

"정말로…… 간단하군요. 그러다 안 되면 어쩝니까?"

"허허 그럴 일은 없습니다. 제가 말한…… 될 때까지란 기한이 없는 것이기 때문이지요. 마음을 단련하는 가장 효과적인 방법은 몸에서 자유롭게 되는 것입니다. 몸에 얽매여 있으면 마음은 큰 힘을 얻지 못합니다. 그래서 선행되어야 하는 것이 오감을 차단하는 수련입니다."

파천도 그런 경험을 해 보지 않은 건 아니다. 육신의 고통은 의지를 굳건하게 만드는 작용을 하는 건 분명했다.

"더 이상 고통을 느끼지 않고 자기 몸에 대한 집착에서 벗어났을 때 마음의 힘은 비약적으로 커지고 가장 순수한 상태가 될 수 있습니다. 그때부터는 경험에 따른 확신이 있기에 더딜지라도 중단하는 일은 없게 되는 것이지요. 비로소 현상을 관조할 수 있게 됩니다. 이 단계를 일러 탈아지경(脫我之境)이라고 하지요. 자유롭게 자기 자신에게서 벗어날 수 있을 때 원하는 것만 볼 수 있는 마음의 상태가 되는 것이지요."

파천은 자오신검을 손에 쥐고 있었다. 이제 그에게 자오신검은 더 이상 무섭고 꺼려지는 요물이 아니었다.

그의 손에 닿아 있는 동안에는 안정을 찾은 것인지 화염을 뿜어내지도 않았다.

파천과 자오신검은 현재 완벽하게 일치해 있었고 그의 의지가 일어나지 않는 한은 외견상으로만 보자면 그저 기괴하게 생긴 장식품쯤으로 오인할 것이었다.

파천은 자오신검을 매만지며 심각하게 질문했다.

"무언가를 안다는 것과 그것을 실제로 할 수 있는 것의 차이는 큽니다. 무공은 기를 통해서 발현됩니다. 기라는 놈을 매개체로 물리현상을 일으키는 것이지요. 선술의 원리가 마음으로 움직인다고 해두죠. 어쨌든 그 마음이 뭔가를 자극해야 변화가 생기는 것 아니겠습니까?"

무림인인 파천이 할법한 질문이었다. 그때 해명이 파천이 듣고 싶었던 핵심을 건드려줬다.

"기는 최소단위가 아닙니다. 기는 더 작은 것으로 쪼개질 수 있습니다. 기는 복합적이고 유기적인 힘의 덩어리입니다. 무공은 이 덩어리인 기를 몸 안에 축적해 비슷한 성질의 기를 자극해 변화를 주는 원리입니다."

설명이 좀 희한하긴 했지만 얼추 맞는 것 같았다. 파천은 고개를 끄덕일 수밖에 없었다.

"선술은 그 기의 단위를 더 쪼개고 들어가는 겁니다. 본질을 찾아내는 것이지요. 그래서 의도적으로 내공을 쌓는 일은 하지 않습니다. 그럼에도 불구하고 저희들 몸에도 무림인의 내공과 흡사한 도력이 몸 안에 쌓이게 되지요. 무림인의 그것을 돌이나 물에 비유하자면 저희는 안개 같은 형상이라고 할 수 있습니다. 이것들은 마음의 작용에 따라 동시에 움직입니다. 자, 여기 돌조각이 생겼습니다."

해명선인은 손바닥 위에 주먹만 한 돌조각을 만들어냈다. 별 집중도 없이 순식간에 해낸 일이었다.

"허공중에는 눈에 보이지는 않지만 여러 성질을 지닌 작은 알갱이들이 무수히 떠다닙니다. 그것들을 끌어와 결합시키면 이렇게 특정한 사물이 되는 것이지요. 그럼 이 돌조각은 무(無)에서 유(有)가 된 것이라고 오인하기 쉬운데, 사실은 그게 아니지요.

상존하는 여러 가능성 중에서 제가 특정한 조건을 부여한 것이고
그 순간 본질의 결합으로 이렇게 현상이 되었습니다."

해명은 파천이 선인들을 통해 목격한 그런 현상들이 이런 과정
을 통해 이뤄진다고 했다.

"몸을 빌려 사용할 때는 기존의 성질을 중화시켜 변화시키는
것이기에 더 힘든 집중력과 도력이 소모됩니다. 저희도 이 우주
의 섭리와 법칙을 모두 이해하고 있는 것은 아닙니다. 단지 그 중
에 아주 작은 부분만을 들여다본 것일 따름입니다."

파천은 더 이상 놀라지 않았다. 일반 사람들이 보았을 때 무인
들의 무공이란 것도 그리 보일 것이다.

파천은 지금껏 그가 체험했던 무공과 술법, 기공술과 선술 등
이 형태만 다를 뿐 근본은 같은 것이 아닐까를 생각하게 되었다.

동일한 그릇에 담긴 물에서도 갈증을 푸는 물과 사람을 죽이는
독약과 사람을 기분 좋게 취하게 만드는 술이 나오는 것처럼 쓰
임새에 따라 형태가 달라진 것일지 모르겠다는 생각을 한 것이
다.

해명은 그 뒤로도 파천의 이어지는 의문들에 일일이 대답을 해
줬을 뿐만 아니라 호파의 최강자라 할 수 있는 일묘선인의 장기
에 대해서도 설명을 잊지 않았다. 또한 그것을 어찌 방비하는 것
이 가장 효율적인 것까지도.

파천은 해명의 처소에서 물러나오며 깊은 수심에 잠겨 있었다.
파천은 하나의 영감을 끈질기게 물고 늘어졌다. 그래서 내려진
결론은 의외의 대답으로 돌아왔다.

'나만의 무공을 만들자. 예전 황제가 그랬던 것처럼 내가 지닌

힘을 가장 효율적으로 쓸 수 있는 나만의 무공을 완성하는 것이
야말로 강해질 수 있는 첩경인 것 같다.'
　파천에게 천부의 선인들이 준 자극들은 새로운 영감의 보고나
다름없었던 것이다.
　해명은 청우도사에게 일러 파천의 시중을 들게 했다. 청우는
파천이 어디로 가든 방해하지 않고 뒤만 졸졸 따라다녔다. 천지
가 내려다보이는 암반 위에 좌정을 하고 앉은 파천을 삼 장여 뒤
에서 지켜보고 있는 청우는 그 나이 또래의 소년들과는 다른 의
젓함을 내보이고 있었다.
　파천이 한창 명상에 잠겨 있는데 귓속으로 여인의 부드러운 음
색이 흘러들어왔다.
　"도사 흉내를 낸다고 도사가 될 수 있는 건 아니야. 쓸데없는
짓으로 시간을 허비하지 마."
　파천은 그 음성이 요사의 것임을 알고는 이마를 찡그렸다. 대
답이 없어서인지 요사는 다시 종알거렸다.
　"도사들의 잡소리는 한 귀로 들었다가 한 귀로 흘리는 게 좋
아."
　좀 심한 말이라는 생각마저 들었다. 뒤에서 듣고 있을 청우가
신경이 쓰일 정도였다.
　그러나 요사의 그 말은 오직 자신에게만 들리고 있음을 파천은
아직 알지 못했다.
　"다 맞는 말이지만…… 저들은 쉬운 길을 괜히 어렵게 가는 사
람들이지. 생각해 보면 황제가 있던 시절의 선인들은 그들이 지
니고 있는 능력을 실전에서 활용할 줄 몰라서 세 종족에게 몰살

을 당하다시피 했어. 그래서 약점을 보완해 실전을 위해 만들어
진 형태가 무공이야. 그런데 그걸 다시 과거로 회귀시키고 있으
니 내가 볼 때는 헛짓거리일 뿐이야. 그나마 호파의 무공이 실용
적이라 할 수 있지만 웅파의 도사들 중에는 제 혼자서는 아무것
도 못하는 자들이 꽤 많아. 제 자신을 지키는 데에는 효율적일지
모르지만 적을 죽이는 데에는 젬병이야. 그저 참고만 해. 네가 지
닌 내단의 힘은 무공과 선술의 단점들이 제거된 가장 완벽한 형
태를 지니고 있다는 것만 알고 있으면 돼."

파천은 결국 대답을 하지 않을 수가 없었다.

"정말 그럴까요?"

삼 장여 뒤에 떨어져 있던 청우는 파천이 아무것도 없는 허공
을 향해 갑자기 엉뚱한 말을 하자 고개를 갸웃거렸다.

요사는 확신에 차 있었다.

"내가 인간들과 함께 지낸 지 수천 년이야. 무공과 선술에 대해
나만큼 아는 이가 또 있을까?"

그러고 보니 그랬다.

"네가 해야 할 일은 네 몸속을 채우고 있는 그 어마어마한 힘을
어찌 실전에 활용할 것인지를 연구하고 몸으로 체득하는 일이
야."

"안 그래도 그럴 생각이었습니다."

"그런 생각이었다면 괜한 참견을 했나 보군. ……그건 그렇고
넌 왜 내게 꼬박꼬박 경어를 쓰는 거지? 좋든 싫든 네가 살아 있
는 동안에는 함께 지내야 하는데 피차 편하게 대하면 좋잖아. 괜
히 거리감 느껴지게 딱딱하게 굴 거야?"

장난스런 요사의 말투에 파천은 잠시 어리둥절해 있다가 결국에는 피식 웃고 말았다.

파천은 눈을 떴다. 눈앞에 찰랑거리는 천지의 수면 대신에 요사의 얼굴이 떡하니 자리 잡고 있는 것이 아닌가. 파천은 화들짝 놀라며 뒤로 움찔 물러섰다.

그 순간 요사의 모습은 사라졌지만 음성은 여전히 파천의 귓속으로 파고들었다.

"황제 역시 예전에는 이 땅의 선인 중 한 사람이었지. 이런 선인들의 수행은 죽음 뒤에 빛을 보게 되는 건 엄연한 사실이지만 현세에서 저들을 어찌 전사라 하겠어, 안 그래? 당장 네게 필요한 건 자오신검에 귀를 기울이는 거야. 자오신검에 집중해 봐. 그럼 네가 갈 길을 알려줄 테니."

요사는 준비된 말을 파천에게 일러주고 있었다. 그녀는 황제의 전령사 역할을 하고 있었던 것이다. 요사는 기실 파천에게도 말하지 못한 비밀을 하나 더 간직하고 있었다.

그것이야말로 요사가 수천 년이란 긴 세월을 자오신검에 남아 있게 한 진정한 이유기도 했다. 요사는 지금도 끊임없이 갈등하고 있었다.

'나는…… 네게 분명히 경고했어. 파멸을 극복하고 못하고는 이제 내 권한 밖의 일이야. 그렇지만, 그렇지만…… 나 역시 편치는 않아. 정말 잘하는 일인지도…… 모르겠어. 허나 한 가지 분명한 사실은 있어. 너 하나와 황제가 지키고 싶어 했던 이 세계를 동시에 지킬 수 없다면 나는 언제든 널 버릴 준비가 돼 있어. 아무쪼록…… 이겨내 줬으면 좋겠어. 그게 내가 바라는 일이야.'

요사는 알고 있었다. 그 일은 황제도 하지 못했다는 것을.

요사의 마지막 충고는 확실히 효과가 있었다. 그렇지만 그것은 파천에게 적지 않은 충격을 줬고 심각한 후유증까지 남겼다.

결계라는 것이 있다. 특정한 지역을 외부와 단절시키거나 기운의 침범을 막기 위해 만드는 것이 주를 이루지만 실제로 결계의 종류는 헤아릴 수 없이 많으며 그 목적 역시 그만큼 다양하다.

마을에 사고가 자주 나는 지역에 큰 바위를 세워 사기를 억누르는 것이나 절이나 비석 또는 건물을 특정지점에 세우는 것도 일종의 결계의식 중 하나라고 볼 수도 있다. 이처럼 사물의 위치가 바뀜으로 해서 특정 공간의 기의 흐름을 바꾸거나 차단시키는 걸 결계라고 한다.

이런 일반적인 공간의 결계 외에 시공간을 모두 포함하는 결계가 있는데 이를 펼치기 위해서는 특정한 시간대의 유난히 강하고 특별한 사념을 필요로 한다.

이는 펼치기도 힘들뿐더러 유지하기도 쉽지 않아 이런 결계를 대하는 건 흔치 않다. 이곳 천부에서 담사황 일행이 찾아와 도움을 청했을 때 해명선인은 천부에 전해져 오는 침묵의 결계 속에 그들을 넣기로 결정했었다.

그것은 시전자의 세심한 주의가 필요해서 자칫 실수라도 하는 날에는 그 안에 있는 자들은 영영 현세로 빠져나오지 못하는 결과를 초래하기도 한다.

그런 이유로 지금껏 그 효과가 지대함에도 불구하고 시도하는 일이 그다지 많지 않을 정도로 잊고 있던 결계였다. 침묵의 결계는 피시전자로 하여금 무한대의 시간과 공간에 갇혀 있다는 착각을 일으켜 짧은 시간 동안 긴 세월의 흐름을 느끼게 한다.

그걸 시전하기 위해서 웅파의 선인들 중 스물네 명이 돌아가면서 결계의 주변을 감시하며 혹 자연적인 현상에 의해 결계가 훼손되는 일이 없는가를 살필 정도로 위험했다. 파천은 멀리 보이는 계곡을 바라보며 다짐에 다짐을 했다.

'할아버지께서는 지금 저기에 목숨을 걸고 들어가셨다. 천마와 혈마는 그나마 내공이라도 온전한 상태이지만 할아버지는 내력도 없는 상태로 오직 정신력 하나로 버티고 계실 것이다.'

파천은 요사의 충고대로 자오신검에 의식을 집중했다가 침묵의 결계가 이런 것이 아닐까 싶은, 비슷한 경험을 한차례 하고 난 후였다.

그는 이런 일이 멀쩡한 대낮에 일어날 수 있다는 사실에 처음에는 곤혹스러워하다가 약간의 두려움도 함께 느끼고 있었다. 그것은 미혹의 장이었다.

파천은 그 시도를 계속해야 할지 아니면 여기서 중단해야 할지에 대해서 솔직히 확신이 서지 않을 정도였다. 의식이 여러 개로 분열되는 경험은 그에게 낯설었다.

굳이 심각한 후유증을 낳을지도 모를 이런 위험천만한 시도까지 하면서 제 힘을 완성해야 하는가에 대한 회의도 살짝 들었다. 그때 한 가지 생각이 머리를 스치고 지나갔다.

'그래. 깨달음은 나와 같은 범인들이 누릴 수 없는 기회다. 평생을 수행한다 해도 끝자락도 밟아보지 못하는 일이 다반사겠지. 인간의 짧은 생애를 감안한다면 역사상 과연 몇 사람이나 진리의

실체를 엿보고 깨달음을 얻을 수 있었겠는가. 황제도 그런 고민
을 했을 것이다. 자신과 다른 후인을 위해 이런 배려를 해놓은 것
을 보면.'

　할아버지와 천마 등이 자진해서 들어갔다는 침묵의 결계가 내
려다보이는 곳 위에서 파천은 생각을 정리하고 있다. 파천이 일
부러 이곳을 찾아온 것은 자신의 흔들리는 마음을 다잡기 위해서
였다.

　후회하지 않을 자신이 섰을 때에 파천은 돌아섰고 제 처소로
돌아왔다. 그때까지도 청우도사는 뒤를 따르고 있었다.

　자오신검을 내려다보는 파천의 눈길은 여간 복잡한 게 아니었
다. 그것도 잠시, 파천은 다시 호흡을 가다듬고 의식을 자오신검
에 집중하기 시작했다. 반개한 눈으로 자오신검을 오랫동안 쳐다
보다가 그 형상이 마음에 새겨질 때쯤에 눈을 스르르 감았다.

　'허억.'

　아까와 같았다.

　자신은 거대한 불구덩이 속에 들어앉아 있고 그 안에는 몇 개
의 구렁이가 서로를 희롱하며 꿈틀거리고 있었다. 그리고 그 사
이에 허공으로 난 계단이 있는데 그런 계단은 정확히 세 개였다.
파천은 옆을 바라봤다.

　거기엔 자신과 꼭 닮은 두 사람이 더 서 있었다. 서로가 서로를
인식했다고 느낀 시점에 파천의 의식은 세 개로 분리됐다.

　세 명의 파천은 각기 다른 생각을 하고 있었다. 첫 번째 파천은
무슨 이유인지 갑작스럽게 구렁이를 향해 공격을 퍼부었고 다른
파천은 그 자리에서 아무것도 결정하지 못하고 안절부절 못하고

있었다. 마지막 파천만이 계단을 올라갔다. 계단을 오르는 파천을 바라보고서 용기를 얻은 탓인지 두 번째 파천도 바로 옆에 있는 계단을 따라 발을 성큼 내딛는 것이었다.

‘여긴 어딜까?’
계단 끝에 있는 문을 밀고 들어섰는데 거기에는 아무것도 없었다. 땅도 없고 바다도 없고 하늘도 없었다. 깜깜한 어둠 속에서 차츰 희미하게나마 반짝이는 별들이 빛을 발하더니 그 주변에서 갑자기 크고 화려한 빛줄기가 파천을 향해 쏟아지는 것이었다.
그 빛을 등지고 파천에게로 천천히 다가오는 형체가 하나 있었다. 허공에 두둥실 떠 있던 파천은 다가오는 형체가 벌거벗은 사람이라는 것을 가장 먼저 인식했다.
그자는 머리에 두 개의 뿔이 솟아나 있었다. 그자의 체격은 파천의 두 배는 족히 넘어 보였다.
그가 가까이 다가올수록 그의 몸집은 점차 커져갔다. 가까워졌을 때는 파천을 한 발로 밟아 짓이겨버릴 수 있을 정도로 거대해져 있었다.
그가 말했다.
“네가 나의 주인인가? 생각했던 것과는 달리 왜소하군.”
무슨 뜻일까? 파천은 상대의 말을 이해할 수 없었다. 그래서 물었다.
“너는 누구지?”
“나를 모르나?”
“모르겠어. 여긴 어디고 너는 또 누군지 도무지 모르겠어.”

"여긴 내가 태어난 곳이야. 그리고 나는…… 네 생명을 받는 대신 너의 종이 되기로 했지. 기억을 떠올려봐. 너는 두려움에 젖어 내게 속삭였어. 거부하지 말고 받아들이라고. 널 주인으로 인정하면 네 생명을 주겠노라고. 기억을 떠올려봐."

숯불에 달군 벌건 인두가 심장에 콱 들어박히는 기분이 들었다. 파천의 심장은 그 순간 비명을 지르며 빠르게 뛰기 시작했다. 귀로 천둥소리 같은 북소리가 들려오기 시작한 것도 그때부터였다.

"자오신검? 네가 자오신검인가?"

"이름은 중요하지 않아. 그 이름은 두 번째 주인이 붙여준 이름이었던 것 같지만. 자, 내게 무얼 바라는지 이제 말해 봐. 나를 깨운 이유를 얘기해 봐. 뭘 원하지?"

그는 스스로를 자오신검이라고 말하고 있었다. 머리가 어지러워진다. 이제 보니 그의 몸에는 깨알같이 작은 기호들이 빽빽이 들어차 있는 것이 아닌가. 우람하게 뻗은 뿔에조차도 기호들이 가득했다.

＊　　　＊　　　＊

그것은 꿈이 아니었다. 의식을 되찾은 파천은 세 가지의 각기 다른 경험들을 차례로 떠올려 보았다. 하나는 자오신검을 만난 것이었다. 자오신검은 자신이 태어난 상황을 재연해 보였다. 파천은 그에게서 죽음을 보았다. 그리고 전능한 힘의 실체를 엿보았다.

두 번째는 황제를 만난 것이다. 그는 자신의 무력함을 저주하며 갈등하고 있었다. 해서는 안 될 일이란 걸 알면서도 그는 자신이 결국 그 짓을 하고야 말 것이라며 괴로워하고 있었다.

그리고 그는 제 말처럼 자오신검을 불러왔고 내단을 형성하는 일을 주저하지 않았다. 황제는 전쟁의 신이라도 된 양 이기고 또 이겼다. 그렇지만 그는 끝내 자신이 쳐놓은 함정에 빠져 죽음을 택하고야 말았다.

황제가 파천에게 이르길 제 발자취를 지우라고 했다. 극복하는 길은 요왕에게 물어보라는, 의미를 알 수 없는 말도 했다. 파천은 그와 더 많은 대화를 하고 싶었지만 기다려 주지 않았다.

마지막으로 뇌리에 선명하게 남아 있는 기억은 셋 중에서 구렁이를 죽이고 있던 파천이 경험한 사건이었다.

구렁이를 죽이고 나니 거기에 가려져 있던 구덩이 하나가 나타났다. 파천은 구덩이로 무작정 뛰어내렸다. 거기에서 파천이 본 것은 그 자신이 다른 사내 하나와 싸우고 있는 전경이었다.

'나는 자오신검을 들고 있었어. 그 자오신검은 사내의 심장을 찌르고 목을 잘라냈어. 그에게서 쏟아져 나온 피를 뒤집어쓰고 미친 듯이 웃고 있었어. 너무 끔찍했다. 나는 절대로 그리 되지는 않을 것이다.'

파천은 두려움을 떨쳐내고 용기를 내어 다시 자오신검에 의식을 집중했다. 지옥문을 열고 들어서는 심정이 이럴까 싶을 정도로 께름칙했지만 파천은 그 일을 여기서 중단할 수가 없었다.

제 5 장 정의맹

정오의 태양 아래 두 사람이 마주섰다. 일묘선인은 하루 사이에 다른 사람을 보는 것같이 달라진 파천의 모습에 긴장하는 신색이 역력했다.

'그 사이에 무슨 일을 겪었기에 사람이 저리 달라질 수 있단 말인가? 혹…… 침묵의 결계를 또다시 열었단 말인가? 아니야, 아닐 것이다. 거긴 하루 만에 나올 수 있는 곳이 아니다. 게다가 그 위험천만한 곳에 들여보낼 만큼 절박한 상황도 아니지 않은가.'

일묘는 해명선인이 자오신검을 얻은 천황을 침묵의 결계 속으로 밀어 넣었을 리는 없다고 생각했다.

설사 천황이 원했다 해도 말이다. 거긴 더 이상 포기할 것이 남

아 있지 않은 절박한 사람들이 찾는 곳이지 자오신검의 주인이
갈 곳은 아니었다.

호파나 웅파의 선인들은 오늘의 대결이 어떤 의미를 지니고 있
는지를 알기에 저마다 긴장의 빛을 지우지 못한다.

일묘선인이 그리 본 것처럼 파천은 확실히 달라져 있었다. 모
든 사람에게는 특유의 풍기는 분위기가 있는 법인데 그것은 외모
와 성격, 말투 따위가 어우러져 결정된다.

파천은 기세가 달라져 있었다. 어제까지만 해도 강한 기세를
뿜어내는 중에도 은연중에 부드러운 기운이 감싸고 있었던데 반
해 오늘은 거세고 투박한 기운이 차지하는 비중이 압도적으로 커
졌다.

파천은 오연하게 말했다.

"준비가 됐으면 이만 시작합시다."

상대의 기세에 휘말리는 기분을 털어내기 위함인지 일묘는 더
우렁차게 말했다.

"준비가 다 되었소. 내가 손을 쓰면 반격할 기회도 없을 터이니
천황께서 먼저 손을 써보시지요."

짐짓 여유를 부리는 일묘선인과는 달리 파천은 이번 대결에 그
다지 부담감을 느끼지도 않는지 순순히 고개를 끄덕이는 것이었
다. 그에게서는 긴장의 빛이 조금도 보이지 않았다. 그 점이 또
일묘를 자극했다.

'뭐지? 저 자신감 넘치는 모습은.'

마음에 걸리는 부분이 없지 않아 있던 일묘는 염치불구하고 그
점을 짚었다.

"물론 자오신검을 쓰실 생각이겠지요?"

그의 속마음은 뻔히 노출된 셈이었다. 자오신검의 위력에 기대어 승부를 결할 생각이냐는 말이 아니고 무엇이랴. 일묘가 기대했던 것과는 다른 대답이 파천에게서 흘러나왔다.

"하루 동안 나는 새로운 무공을 얻었소. 다섯 초식으로 된 것으로 불사신마공을 바탕으로 해서 자오신검으로 펼치는 것이오. 굳이 이것이 아니어도 승부에는 지장이 없을 것 같소만. 정 원하신다면 그리 하겠소."

일묘는 자존심이 상했다. 겨우 하루 만에 만들어낸 얼치기 무공 따위를 비장의 수법인 양 말하는 것도 그렇거니와 그 말이 모두 사실임을 짐작케 하는 저 당당한 표정도 마음에 안 들었다.

일묘는 언제 그랬던가 싶게 근심 어린 기색은 털어버리고 노한 기색을 보였다.

"전력을 다하시오. 천부의 선술에서 비롯된 아류인 무공 따위로 본류를 이길 수는 없는 법. 무공이 얼마나 하찮은 것인지를 보여주겠소."

우열을 확실히 가릴 수 없을 정도의 박빙의 대결에서는 먼저 냉정을 잃는 쪽이 확실히 불리하다.

그래서 상대를 얕잡는 말로 격장지계를 쓰기도 하는데 파천은 굳이 그런 의도를 지니고 있는 건 아니었지만 어찌하다 보니 그런 모양새가 돼 버렸다.

일묘는 두 손을 합장하며 눈을 지그시 반개했다. 웅파의 선인들이 즐겨 입는 무명옷과는 달리 고급스런 홍포를 걸친 일묘에게서는 일대종사에게서나 보여지는 범접치 못할 기세가 줄줄이 뿜어지고 있었다.

그 기운은 장중하며 위압적이어서 웬만한 사람은 앞에 서 있는 것만으로도 오줌을 지릴 만했다. 합장한 손 사이에서 막강한 기운이 소용돌이치는 순간 그의 몸은 바람결을 타고 붕 떠올랐다.

상대는 이미 공격을 시작할 태세인데도 파천은 고요하게 마음을 가라앉히고만 있었다. 그는 자오신검을 한 손에 잡고 가만 서 있을 따름이었다.

그런 모습은 보기에 따라 무척 오만하게 비칠 수도 있었다. 아니나 다를까,. 웅파의 선인들 사이에서도 파천이 상대를 경시하는 것이 아닌가라는 우려의 소리들이 흘러나왔다.

구경꾼이 되어버린 선인들은 호파와 웅파를 가릴 것 없이 한데 섞여서 멀리 떨어져 있었다. 두 사람의 격전이 매우 치열할 것으로 예상되는지라 자그마치 백여 장 정도쯤 간격을 벌리고 있었다. 해명 옆에서 청우도사가 근심이 가득한 얼굴로 말문을 열었다.

"사조님, 천황께서 선공을 양보하시려는 것 같습니다. 괜찮을까요? 일묘선인의 천뢰공은 대적할 자가 드문 최강의 선술이지 않습니까?"

해명의 대답은 엉뚱했다.

"어제까지만 해도 나 또한 천황을 걱정했다만 오늘은 생각이 좀 달라졌구나. 나는 지금 오히려 일묘선인이 걱정이 된다."

청우는 설마 그럴 리야 있겠나 싶었다.

"너는 안 보이는가 보구나. 천황의 배후에 여태껏 한 번도 본 적이 없는 패도적인 기운이 서려 있음을."

해명의 말처럼 파천의 배후에서는 과연 저것이 무슨 기운일까 싶은 정체모를 기세가 꿈틀거리고 있었고 그제야 그걸 본 일묘선인은 께름칙함을 떨어내기 위해서 마음을 다잡았다.

'일단 어떻게 나오는지 시험해 봐야겠다.'

합장하고 있던 일묘선인의 손이 갈라지는 순간 하늘에서 별안간 몇 줄기의 낙뢰가 떨어졌다.

파천이 선 곳을 정확히 노리고 떨어진 낙뢰는 결코 우연적인 게 아니었다. 놀랍게도 일묘선인의 선술은 천지간에 가장 강하다는 벽력을 자유롭게 다루는 것이었다.

콰르르르릉—!

벼락이 떨어지고 나서야 천둥소리가 울렸다. 마른하늘에 날벼락이 치고 있는데 그것이 사람이 일으킨 것이라 한다면 과연 누가 믿을 것인가!

사전에 일묘선인의 선술이 뇌전을 인공적으로 만드는 것이란 걸 들어 알고 있던 파천은 담담함을 유지하고 있었지만 가만 서서 낙뢰를 시험하는, 바보 같은 모험을 할 수는 없었다. 그는 위치를 바꿔가며 낙뢰를 정통으로 맞는 것을 아슬아슬하게 모면했지만 완전하게 그 범위에서 벗어나지는 못했다.

전신을 감싸고 있던 호신강기가 스치기만 했는데도 찢어져 버렸다. 바닥에 사람이 드나들 수 있을 정도의 구멍들이 숭숭 뚫리더니 급기야 뒤집어지며 튀어 올랐다.

그 일대는 새카맣게 타버렸다. 저걸 맨몸에 맞았다가는 누구라도 무사할 수 없을 것이다.

전신이 팽팽하게 조여지는 긴장감을 파천은 즐기고 있었다. 파천이 호기롭게 외쳤다.

"이번에는 내 것도 한 번 받아보시오. 첫 번째 초식, 생사탄(回旋彈)이오."

팡—!

공기가 찢어지는 소리와 함께 자오신검이 지나가는 곳 주변이 송두리째 휘말려 버렸다. 장관이었다.

형태만으로는 이기어검술이었지만 위력 면에서는 천양지차였다. 더군다나 자오신검이 빠른 속도로 회전하면서 날아가는 모습도 다른 점이었다.

그 속도는 낙뢰에 버금가는 것이었고 화염에 둘러싸인 자오신검의 위력은 말하지 않아도 짐작할 수 있었다. 파천은 일묘를 희롱이라도 하는 듯이 동일한 초식을 거푸 여덟 번을 펼쳤다.

일묘선인은 치욕을 느꼈다. 상대가 전력을 다하고 있는지 아니면 그렇지 않은지를 모를 정도로 일묘선인이 머리가 나쁜 건 아니다. 자오신검이 제 몸을 멀찍이 비껴나간 것이 일곱 번이나 반복되자 드디어 울분을 토했다.

"보자보자 하니깐 감히 나를 어찌 보고서!"

일묘선인이 바빠졌다. 그는 두 가지 수법을 연달아 시전했다. 첫 번째는 파천이 점하고 있는 공간과 그가 피할 위치까지 예상해 낙뢰를 떨어뜨린 것이었고 또 하나는 둘의 중간쯤의 땅거죽을 솟아오르게 하여 방패처럼 사용한 것이다. 확실히 일묘선인은 호파의 수장다웠다.

파천의 몸놀림은 여전히 기민하기 짝이 없었다. 그의 신형은 여기저기에서 동시에 나타났다 사라진다고 착각이 들 정도로 매

번 다른 위치에서 초식을 펼치고 있었다. 번개가 무색할 속도의
움직임이었다.

파천은 일묘선인이 끌어온 벽력의 위력이 생각보다도 더 대단
하다는 것을 솔직히 인정했다. 저걸 맞았다가는 불사신마공을 완
성한 자신이라도 온전할 수 없을 것 같았다.

허나 그건 어디까지나 몸에 직격되었을 때의 문제였다. 벽력이
아무리 강하다 해도 맞히지 못하면 무슨 소용이 있으랴. 그게 비
해 파천은 언제든 일묘선인의 심장을 뚫어 버릴 수 있었다.

불사신마공의 첫 번째 초식인 생사탄은 단단하게 뭉친 땅거죽
의 벽을 무시무시한 회전력으로 박살내며 전진했고 급기야 일묘
선인의 지척까지 다다랐다.

한편 일묘선인은 자오신검의 속도를 계산하며 몸을 움직여 피
하려고 했는데 그것은 오산이었다. 땅거죽을 돌파하는 순간 어쩐
일인지 속도가 느려진 게 아니라 더 빨라졌기 때문이다.

순식간에 눈앞까지 짓쳐들어온 자오신검을 본 순간 일묘선인은
아차 싶었다.

누가 봐도 자오신검이 일묘선인의 몸통을 뚫어버릴 것이라 여
겨지는 긴박한 상황이었다. 아니나 다를까, 호파 선인들의 입에
서도 순간 탄식성이 터져 나온 것만 보아도 알 수 있는 일이었다.

그때 모두가 감탄할만한 놀라운 임기응변을 일묘선인이 보여줬
다. 오른쪽 팔뚝을 밖으로 내밀어 자오신검을 받아냈다. 그걸로
끝났다면 감탄을 자아내기엔 부족했을 것이다.

일묘선인은 자오신검이 팔뚝에 닿는 순간 신형을 빠른 속도로
회전시켜 진행하던 방향으로 흘려보낸 것이다. 그렇게 간신히 치

명적인 상황은 모면했다 해도 그의 팔이 무사할 리가 없다고 생
각될 상황인데 그의 팔은 여전히 무사했다. 파천도 감탄했다.

'그 짧은 순간에 수증기를 얼려 빙벽을 만들다니, 저 정도라면
과히 걱정을 하지 않아도 되겠군.'

해명의 칭찬이 괜한 게 아니었다. 해명은 일묘선인이야말로 양
파를 통틀어 최강자일 거라 하지 않았던가. 해명도 일묘를 상대
하면 방어는 가능해도 그를 물리칠 순 없다고 인정한 바 있었다.

일묘는 선인들 중에서도 가장 다방면의 선술에 정통해 있었다.
그는 물론 벽력을 끌어와 주변을 초토화시키는 무시무시한, 최강
의 선술을 지니고 있었지만 그것 외에도 오행신공과 여타의 선술
에도 타의 추종을 불허할 만큼 뛰어난 경지에 올라 있다고 했었
다.

과연 겪어보니 그 말이 사실임이 여실히 드러나지 않는가. 위
기에 몰아넣기는 했지만 별 소득이 없이 돌아온 자오신검을 파천
은 다시 꽉 잡으며 외쳤다. 아직 일묘는 자세조차 바로잡지 못하
고 있을 때였다.

"이번 초식은 유성우(流星雨)라고 이름 짓겠소."

땅을 찍고 하늘 높이 솟아오른 파천이 땅을 향해 거꾸로 몸을
뒤집은 순간 자오신검을 내리긋는 시늉을 했다.

"위험하다."

"저, 저것……."

"대, 대단해."

"이미 인간의 한계를 넘어 섰구나."

지켜보고 있는 선인들에게서 연달아 감탄성이 터져 나온 것도

무리는 아니었다. 하늘에서 땅을 향해 화염의 비가 내리는 것 같지 않은가. 낙뢰를 연상케 할 정도로 거대한 화염 덩어리들이 장대비처럼 쏟아져 내리는 장관에 모두는 입을 딱 벌리고 말았다.

심지어 일묘선인조차도 어찌 방비해야 할지 일시지간 생각을 떠올리지 못했을 정도였다.

그가 알고 있는 어떤 선술로도 저 미증유의 위력을 고스란히 받아낼 순 없었다. 피하는 수밖에 없는데 그 범위가 너무도 넓어 피하기에도 늦었다.

'오직 한 가지 방법뿐이다.'

그는 하는 수 없이 굴욕적이긴 하지만 땅 속으로 파고들었다. 그의 몸은 마치 허물어지는 모래처럼 무너지더니 땅과 하나가 되었다. 그 위를 화염덩어리들이 사정없이 때렸다. 거대한 폭발음들이 연달아 울렸다.

귀가 멍멍해질 정도였다. 일묘선인이 방금 전까지 있던 지역은 초토화되었다. 땅이고 암반이고 가릴 것 없이 뒤집히고 부서져 있는 광경은 이곳에 마치 하늘의 분노가 집중된 것 같은 느낌을 줄 정도였다.

파천은 일묘선인이 무사하다는 걸 알고 있었다. 그는 사실 일묘선인을 제압할 생각이지 그를 다치게 할 생각은 조금도 없었다. 조금 과한 공격이긴 했지만 이 정도로 속수무책으로 당하리라는 생각은 하지 않아도 좋았다.

'이번에 끝내야겠군. 아무 소리 못하게 압도적인 우위를 보여줘야 한다. 그러지 않으면 두고두고 피곤해진다.'

파천은 여전히 허공중에 두둥실 떠 있었다. 자오신검을 두 손

으로 콱 움켜잡은 채 허공을 딛고 오연하게 서 있는 그 모습은 천
신이나 다름없었다.

 푸확—

 땅속에서 솟아나온 일묘선인은 자존심에 상처를 입었다. 그의
꼴은 말이 아니었다. 몸이고 얼굴이고 가릴 것 없이 흙덩이를 달
고 있는데다가 신형까지 비틀거리는 걸로 봐서는 완전히 피해내
지도 못한 것 같았다.

 그 역시 이 대결을 더 이상 끌고 싶지 않았다. 상대의 위력은
한순간의 방심으로도 치명적일 정도로 위력적이었다. 그는 무슨
일이 있어도 이겨야 했다.

 그러자면 무리를 하는 한이 있어도 한수에 끝장을 봐야 한다.
그는 땅속에서 바깥으로 튀어나오는 순간 마지막 한줌의 도력까
지 끌어올렸다.

 바로 그때 파천의 자오신검이 점차 자라나고 있는 모습을 발견
했다. 뭔지 모르지만 일묘선인은 불안했다.

 "불사신마공의 세 번째 초식은 검신강림(劍神降臨)이라 하면 어
떨까 싶소."

 검신이 제 검에 내려온다는 뜻인지 아니면 제가 곧 검신이라는
뜻인지 모를 말을 하는 파천이 오만하게 비칠 만도 했다. 하지만
그 초식의 속뜻은 사실 따로 있었다.

 자오신검의 정령을 만나고 그에게서 받은 인상은 검신(劍神)이
었다. 검의 신이란 게 있다면 바로 저런 모습이 아닐까 싶을 정도
의 강렬한 인상이 파천에게 그런 초식명을 붙이게 만들었다. 그
런걸 알 리 없는 일묘선인은 오기가 발동했다.

청우도사는 발을 동동 굴렀다. 파천이 저렇게 여유를 부릴 때가 아니지 싶었다.

청우의 생각처럼 어느새 파천이 점유하고 있는 공간 일대에는 거대한 벽력들이 연달아 몰아쳤다. 수십 개의 낙뢰가 번쩍이는 걸 본 해명은 탄식을 했다.

'일묘선인이 전력을 다 기울였구나. 이번 고비를 넘길 수 있다면 천황의 승리가 될 것이다.'

그러나 웬일인지 파천은 뇌성과 벽력이 휘몰아치는 공간에서 이번에는 피하지도 않은 채 꼼짝도 않고 있었다. 무슨 생각이 있어 그러겠거니 하는 심정으로 바라보곤 있었지만 당최 납득할 수 없는 대응이었다.

자오신검은 어느새 쑥쑥 자라나서 자그마치 십여 장의 크기로 늘어나 있었다. 그러고서도 멈추지 않을 기색이었다. 파천은 자오신검을 하늘을 향해 세우고 있었는데 공교롭게도 낙뢰들이 자오신검을 동시에 때리는 것이 아닌가.

일묘선인이 의도적으로 그렇게 할 이유가 없는 이상 그것이 파천의 소행임은 누구라도 알 수 있는 일이었다. 하지만 어떻게? 모든 사람이 그런 의문을 지니게 되었을 때 가장 답답해 한 건 일묘선인이었다.

지금 일묘선인은 사력을 다하고 있었다. 낙뢰 하나를 만드는 건 어려운 일이 아니다. 낙뢰 수십 개를 동시에 만드는 건 그조차도 몇 번 시도해 보지 않은 일이다.

그런데 지금 일묘선인은 수십 개의 낙뢰를 거듭해서 생성시키고 있었다. 한마디로 피똥을 쌀 노릇이었다. 그런데 그 모든 낙뢰들이 제 의지와는 상관없이 모조리 자오신검으로 빨려 들어가고 있지 않은가. 어찌 된 영문인지 모르니 속은 새카맣게 타들어간다.

일묘의 안타까움처럼 지금 자오신검은 벽력을 모조리 흡수하고 있었다. 파천은 사실 첫 번째 초식 하나만으로도 일묘를 제압할 수 있었다. 승부는 진즉 가려진 것이나 진배없었다.

이기기는 하되 상대가 수긍할 수 있도록, 압도적인 우위로 눌러버려야만 소득이 있다고 파천은 판단했고 그의 생각은 제대로 맞아 떨어지고 있었다.

검신강림은 어떤 기운이든 삼켜버리며 그 기운을 흡수하여 더 커져가는 공전절후(空前絕後)의 무공이었다. 파천의 내단이 발휘하는 미증유의 거력과 자오신검이 결합하면서 빚어낸 결과였다.

파천은 그 거대한 검을 파리채 휘두르듯 가볍게 휘둘렀다. 허나 당하는 입장에서는 그야말로 이보다 더 고약한 악몽이 또 있을 순 없었다.

십여 장이 넘는 거대한 검이 자신을 향해 떨어지는 장면을 상상해 보라. 기진맥진해 있던 일묘선인은 눈앞이 아득해졌다. 그는 인정하기 싫었지만 결국에는 인정할 수밖에 없었다.

일묘선인은 제 능력으로는 도저히 어찌 해 볼 수 없는 상대 앞에서 눈을 질끈 감고 말았다.

처분에 맡기는 수밖에 없다는 심정으로. 일묘는 검신강림의 핵심을 꿰뚫어본 것이다. 자오신검은 단지 크기만 커진 게 아니다.

'저 속에 함유된 힘은…… 이 산을 쪼개고도 남을 정도다. 이건…… 황제의 전설에서 전하는 바로 그 무공이다.'

그와 같은 생각을 한 사람은 일묘뿐만이 아니었다.

"황제의 재래다."

그런 소리들이 선인들에게서 터져 나온 것이다. 해명은 하늘을 이고 있는 것처럼 무거운 짐을 그제야 내려놓을 수 있었다.

일묘도 마찬가지였겠지만 천부의 양파 수장들은 이 시대를 자신들이 책임져야 한다는 막중한 부담감에 시달리고 있었다. 그 짐을 내려놓고 나니 마치 하늘을 날것처럼 전신이 가벼워지는 것이 아닌가.

'이런 날이 올 줄이야.'

한편 선인들이 넋을 잃으며 감탄을 연발하고 있을 그 시점에 파천이 내리친 거검은 일묘선인이 눈을 감는 순간 거짓말처럼 멈춰 섰다.

멈추었음에도 불구하고 한 줄기 돌풍이 일묘의 몸을 휘청거리게 할 만큼 세차게 몰아쳤다. 파천은 자오신검을 원래의 모습으로 환원시킨 뒤에 천천히 허공을 밟고 땅으로 내려섰다.

파천은 승자의 기쁨을 만끽하기보다는 한마디를 했을 따름이었다.

"이제 나를 인정하시겠소?"

일묘선인의 어깨가 축 늘어지더니 고개마저 떨어뜨렸다. 다시 고개를 들었을 때 그의 눈에는 어제와는 다른 눈빛으로 바뀌어 있었다.

"황제의 후계자를 하늘이 정하셨거늘 어찌 제가 따르지 않을 수가 있겠습니까. 목숨을 바쳐 보좌하겠습니다."

두 사람에게로 선인들이 다가왔다. 일묘와 해명이 서로 눈을 맞추더니 동시에 무릎을 꿇었다. 그것이 신호가 되었다. 선인들은 누가 시킨 것도 아닌데 자발적으로 무릎을 꿇었고 한목소리로 외쳤다.

"우리를 이끌어 주십시오."

옛 선인들이 황제를 따랐듯이 이 시대의 천부 선인들 역시 황제의 후인으로 공인된 파천을 따르기로 맹세한 것이다.

파천도 기대하지 않았던 상황에 다소 놀라기는 했지만 기쁜 건 사실이었다. 가슴 벅찬 광경에 파천의 가슴이 절로 뛰었지만 한편으로는 양 어깨가 더 무거워진 것도 부인할 수 없는 사실이었다.

*　　　*　　　*

항주에 있어야 할 사람이 엉뚱한 곳에 나타났다. 어떤 자리에 있어도 단숨에 사람들 눈을 사로잡아버릴 튀는 외모 덕분에 그를 한 번이라도 본 사람이라면 기억 속에서 쉽사리 지우지 못할 것이다.

잠마지존 나극찰!

그는 검성과의 비무를 내팽개치고 엉뚱한 곳에서 씩씩거리고 있었다. 이곳은 어딘가? 흙을 다져 쇠판과 청석을 깔아 만든 연무관이었다. 이곳을 거쳐 간 사람은 셀 수 없이 많았다.

그중에 천하인의 이목을 끌고 있는 사람은 거의 없다. 그들은 사람들의 눈길을 끌어서는 안 될 이유가 있었고 그들에게 목줄을 채워 놓은 사람의 명령이 있기 전에는 세상에 자신을 내보여서는 안 됐다.

나극찰은 인정할 수 없었다. 눈앞에 놓인 현실을 인정하는 순간 나극찰은 제 존재를 부정해야만 했다. 자신의 꿈과 목표가 이렇게 맥없이 무너지는 꼴을 봐야 한다면 차라리 싸늘한 시체가 되는 것이 낫겠다는 생각이었다.

"믿을 수…… 없다. 이건 사술, 사술이야."

이곳은 항주와는 상당히 떨어져 있는 악양 인근이었다. 중원지리에 낯선 나극찰은 물론 여기가 악양 근처라는 사실도 몰랐다.

여기까지 오게 된 사연을 풀어놓자면 다소 엉뚱했다.

늦은 밤, 다음 날 비무를 위해 평소와는 달리 일찍 침소에 든 나극찰을 향해 멀리서 천리전성을 보낸 이가 있었다. 그는 발칙하게도 천하인들 전부를 눈 아래로 보는 잠마지존 나극찰에게 도전을 해 왔다. 나극찰은 콧방귀를 끼며 대꾸도 하지 않았다. 허나 이어진 얘기는 나극찰을 자극했다.

중원최고의 고수를 가리자는 소리에 마음이 움직인 건 아니었다. 절대적인 힘을 완성한 자신의 잠마투살기를 비웃는 소리가 거슬렸던 것이다. 제 콧대를 꺾어주겠다고 장담하는 정신 나간 놈을 잡아다 껍질을 벗겨버려야겠다는 생각이 들었다.

처음에는 웬 미친놈의 헛소리라고만 여겼고 전음을 차단하고 잠을 청했다. 그런데 그 순간 전음은 그의 머릿속에서 울려나왔다.

소림사가 자랑하는 혜광심어와 같은 수법이었다. 솔직히 그 수법 하나만 따져본다 해도 범상치 않은 것이었다. 물론 이 정도를 능숙하게 펼칠 고수라면 천하에 최소 수십 명은 될 것이다.

문제는 적어도 환혼자급의 고수가 의미 없는 도발을 하진 않을 거란 판단이 신경을 날카롭게 만들었다는 점이었다. 자신이 누군지 알면서, 적어도 현재 진행되고 있는 비무출전자들 중에서도 검성을 제외하고는 상대가 없을 것이란 평을 듣고 있는 자신에게 감히 겁도 없이 대결을 청한다는 것이 마음에 걸렸다. 어차피 잠이 싹 달아난 마당에 이놈을 어찌 처리할까를 잠시 고심해 봤다.

'잠을 방해했으니 내 너의 사지를 부러뜨려 버르장머리를 고쳐놓겠다.'

그런 마음으로 상대를 찾아 처소를 나섰는데 그자는 정작 큰소리 친 것과는 달리 상대를 하기는커녕 일정한 거리를 두고 도주를 하는 것이 아닌가.

놀라움은 그 다음에 찾아왔다. 금방 따라잡을 줄 알았는데 상대는 약이라도 올리듯이 여유 있게 자신을 따돌리고 있었던 것이다.

전력을 다해 보아도 거리를 좁힐 수 없게 되자 적어도 경신술에 있어서만은 자신보다 아래가 아니라는 사실을 인정할 수밖에 없었다.

그놈의 오기가 뭔지. 정체도 모르고 의도도 모르는 신비인을 따라 항주에서 악양까지 전력으로 달려왔으니 둘 다 대단한 공력의 소유자들임에는 틀림이 없었다.

문제는 거기에서부터였다. 한적한 산길로 접어든 암행인의 종적이 갑자기 사라진 순간 나극찰은 뭔가 잘못되었음을 그제야 깨닫게 되었다. 하지만 천생의 오만함은 자신이 함정에 빠졌다는 것을 인식하고서도 코웃음을 치게 만들었다.

자욱한 안개가 낀 미로를 헤매다 들어온 곳이 바로 여기였다. 기관이 발동되자 꿍음을 울리며 철문들이 차례대로 닫히는 소리가 났다. 철문을 부수고 되돌아나간다는 건 나극찰의 자존심이 허락지 않는 일이었다.

　자신을 함정으로 이끈 것이 놈이든 놈들이든 간에 모조리 찾아내 대가를 치르게 하겠다는 생각만 간절해졌다. 나극찰은 잠시 망설였지만 기어코 더 깊숙한 곳을 향해 발걸음을 떼어갔다.

　그를 이끌어 오던 예의 음성이 밖이 아닌 안에서 들려왔고 이는 나극찰의 걸음을 이끌기에 충분했다.

　나극찰은 막다른 곳으로 들어온 순간 주변 벽 앞에 장식물처럼 설치돼 있는 다양한 종류의 병기들을 보고 이곳이 연무관임을 알아챌 수 있었다.

　그리고 나극찰은 그곳에서 평생 한 번도 겪지 않을 것이라 믿어 의심치 않던 상황을 겪고야 말았다. 자신이 이런 처지에 놓일 것이란 건 꿈에서조차 생각해 보지 않은 일이었다.

　당면한 현실을 믿지 않으려는 나극찰의 심장에 재차 차갑고 날카로운 비수를 꽂아 놓는 이가 있었다.

　"현실은 냉엄한 것이지. 자신이 최고라고 믿는 사람일수록…… 패배란 받아들이기 힘들지. 허나 이건 네가 받아들여야 할 현실이다. 자, 어떤가, 다시 한 번 해 보겠나? 백 번을 해 본다 해도 달라질 건 없겠지만."

　나극찰은 피 토하는 심정으로 외쳤다.

　"닥쳐라. 잠마투살기는 천하무적이다. 나는 패하지 않는다."

　"그래? 그럼 다시 한 번 확인시켜 주는 수밖에. 해 봐."

　연무관 상단의 의자에 앉아 나극찰을 조롱하고 있는 사람은 태존이었다.

　태존의 옆에는 이곳까지 나극찰을 이끌고 온 영준한 청년이 서 있었다. 그는 언젠가 황금루의 개파를 축하하는 비무대회에 나타나 예사롭지 않은 안목으로 비무 결과를 예측해 파천의 눈길을 사로잡았던 바로 그 청년이었다.

이십여 년 전만 해도 십대고수 중 한 사람이라던 귀수신옹을 종처럼 부리고 심지어 거만하게 드러누워 안마를 받았던 신비한 청년이 실은 태존의 비밀스런 심복 중 한 사람이었던 것이다.

그는 잔혼(殘魂)이란 이름을 태존으로부터 받았다. 태존의 정식 기명제자에는 포함되지 않았지만 마혼이 왼팔이라면 잔혼은 오른팔이라 할 수 있는 사람이었다.

잔혼은 초지일관 무례하기 그지없는 나극찰을 태존께서 왜 이리 너그럽게 대하는지 모르겠다는 심정이었다. 결론은 하나였다.

'태존께서 이자를 중용하시려나 보군. 야생마 같은 자를 길들이는 건 쉽지 않을 텐데. 인재를 아끼는 태존의 욕심은 끝이 없구나.'

태존은 나극찰의 심기를 살살 건드렸다.

"너는 기껏 그 정도 하찮은 실력으로 천하를 가지려 했더냐? 천하를 가져본들 금방 빼앗길 것을, 안간힘을 쓰며 아득바득 기어오르는 네 욕심이 똥통에서 꼼지락거리며 기어오르는 구더기와 같다는 걸 알려면 넌 더 크고 넓은 세상을 보아야 한다. 그걸 보고 나면, 진정 이 하늘 아래에 어찌할 수 없는 강자들이 숨 쉬고 있다는 걸 깨닫게 될 것이고 그 순간 넌 살아 있는 걸 저주하게 되겠지."

나극찰은 아무 소리도 들리지 않았다. 그는 꿈꿔왔다. 광활한 평원에 시체들이 산처럼 쌓이고 피가 내처럼 흐르는 곳에서 비장한 모습으로 적수의 심장을 으깨버리고 가장 높고 위대한 권좌에 오르는 꿈을. 그랬다.

적어도 그런 승부처라면 설사 이기지 못하고 마지막 한 걸음을 앞두고 정상에서 굴러 떨어진다 해도 후회가 없을 것 같았다. 이왕이면 자신이 모든 걸 차지하면 좋겠지만 왕왕 인생은 그처럼 호락호락한 것이 아니니깐.

'이건 아니야. 이런 외진 곳에서…… 아무도 보는 이 없는 이런 곳에서 내 꿈이 꺾인다는 건 있을 수 없어. 나는…… 이런 결과를 얻으려고 그렇게 치열하게 살아온 게 아니지 않은가. 말도 안 돼. 나는 지금 꿈을 꾸고 있는 게 틀림없어. 지독한 악몽을 꾸고 있는 거야.'

부정해 봐도 눈앞에 펼쳐진 모습은 지금 이것이 현실이라고 강변하고 있었다. 태양마교의 숙원이 응집된 극점을 정복했다.

잠마투살기를 완성한 자신을 꺾을 수 있을 사람은 없을 것이라 생각했다. 중원무림쯤은 가볍게 평정하고 세 종족과의 혈전에 마지막 열정을 불사르겠다고 생각했거늘. 이건 너무도 잔인한 하늘의 장난이었다.

나극찰은 산산조각난 자신의 꿈을 부둥켜안았다. 벌겋게 충혈된 눈으로 태존을 노려봤다. 그의 목소리는 흔들리는 마음을 대변하듯 끊임없이 떨리고 있었다.

"너는 누구지? 대체 누구관대 나보다…… 강할 수 있지. 그리고 조금 전의 그 무공이 무엇이기에 잠마투살기를 종잇조각처럼 찢어버릴 수 있지?"

태존은 나극찰이 현실을 인정하기 시작하자 자리에서 일어났

다. 그는 조금 전 손짓 한 번에 나극찰을 날려버렸었다. 그것도
앉은 채로.

그는 느릿하지만 장중한 몸짓으로 얼굴을 가리고 있던 금면탈
을 벗어젖혔다. 탈에 가려져 있던 얼굴이 드러난다.

저걸 사람의 얼굴이라 할 수 있는가. 시퍼렇게 물든 피부는 고
목의 껍질처럼 울퉁불퉁했고 골이 깊이 패여 있었다. 새빨간 자
위와 노란 동공은 마치 독사의 것으로 착각될 정도였다. 산발한
붉은 머리털에서는 신비한 청녹색 빛 무리가 뭉쳐져 있었다.

단연코 저런 외모를 지닌 사람은 존재하지 않는다. 나극찰은
그런 생각이 뇌리를 스친 순간 전신을 부르르 떨었다.

"너, 너는…… 사람이 아니구나. 세 종족 중 하나인가?"

"그렇다고 할 수도 있고…… 아니라고 할 수도 있다. 본좌에게
그따위 하잘 것 없는 종족 구분의 잣대를 들이대는 건 무의미한
일이지."

나극찰은 충격이 심했던 나머지 미쳐버리기라도 한 사람처럼
키득키득 웃기 시작했다.

"크크크크크크하하하하하하……."

태존은 가만 내버려 두었다. 그는 지금 제자들에게도 보이지
않았던 진면목을 내보이고 있었다. 태존은 근래에 두 사람을 눈
여겨보았다.

그 하나는 이미 제 손 아래에서 새로운 존재로 거듭나고 있는
중이었고 나머지 하나가 나극찰이었다. 나극찰의 기질은 태존의
관심을 끌었다.

마혼이나 바로 옆에 있는 잔혼을 처음보고 마음에 들어 했을

때처럼 태존은 나극찰이란 길들여지지 않은 야생마를 손아귀에 넣고 싶었다.

자기 사람으로 만들어야겠다고 한번 욕심을 부리기 시작하면 반드시 손에 넣고야 마는 태존의 성격은 이번에도 끈질긴 집착을 보였다. 잔혼이 보기에 나극찰은 절대로 남 아래 있을 사람이 아니었다. 스스로 인정하지 못하면 결단코 뜻을 꺾을 위인이 아닌 것 같았다.

'시간 낭비야.'

잔혼이 부정적인 견해를 보이고 있는 것과 달리 태존은 나극찰의 웃음소리가 잦아들기 시작하자 감춰뒀던 본심을 드러내기 시작했다.

"본좌를 따르라. 무한하고 위대한 힘을 네게 주리라. 그 누구에게도 꺾이지 않을 위대한 힘을."

나극찰은 중얼거렸다.

"누구에게도 꺾이지 않는 위대한 힘이라고?"

"그래. 나는 널 위대한 전사로 탈바꿈시켜 줄 수 있다. 애들 장난 같은 무공이 아니라 세 종족의 극강한 강자들과 능히 겨룰 수 있는 초월적인 힘을."

"크크크. 좋군. 잠마투살기로도 나는 더 이상 상대가 없을 것이라 여겼는데…… 그보다 더 강한 힘이 있다니."

"따르겠느냐?"

"나는…… 나 나극찰은…… 개가 되고 싶은 생각은 없어. 주인을 향해 꼬리를 흔드는 것으로 제 할 일을 다 했다고 믿는, 길들여진 개가 되고 싶지는 않다. 지존을 꿈꾸던 내가…… 네게 패했다는 이유만으로 뜻을 꺾으리라 보는가. 나보다 강하다는 이유, 그것 한 가지만으로는 안 된다. 나를 복종시키려면 내 마음을 얻어야 한다. 반드시 모든 면에서 나보다 큰 사람이어야 한다."

나극찰은 끝끝내 태존의 제안을 거절했다. 그럼에도 태존은 분노하지 않았다. 그는 확신하고 있었다. 나극찰은 결국 제 수하가 될 수밖에 없는 운명임을.

"시간을 주겠다. 곧 이 세상은 아비규환(阿鼻叫喚)의 지옥이 열릴 것이고 세상 그 어디도 안전한 곳이 없어지게 된다. 그때가 되면…… 본좌의 그늘이 그리워질 것이다. 네 힘의 미약함을 깨닫고도 결단을 못 내린다면…… 어쩔 수 없는 일이겠지. 본좌가 널 잘못 본 것일 테니."

태존은 나극찰을 순순히 돌려보냈다. 이는 잔혼도 예상하지 못한 일이었다.

곁에 붙잡아 두고서 선택을 강요하는 것이 아니라 자유롭게 풀어준다는 건 태존에게 어울리지 않는 자비심이었다. 나극찰이 비틀거리는 걸음으로 사라지고 나자 잔혼이 물었다.

"어찌 그를 돌려 보내셨습니까? 그가 입을 열어 무림인들을 자극한다면 계획에 차질이 생깁니다."

"그럴 일도 없겠지만 설사 그리 된다 해도 문제 될 건 없다. 내 근심은 오직 하나…… 사르곤과 그와 함께 잠적한 친위세력뿐이다. 그에 대한 대비책이 세워지는 날…… 세상은 본좌 아래 있을 것이다."

잔혼은 토를 달지 않았다. 그럼에도 속으로는 근심이 되는 건 어쩔 수 없었다.

태존은 이후 세 손님을 영접했다. 잔혼은 태존의 뒤에 시립했다. 잔혼은 이들을 처음 보는 것이 아니다. 오늘로 두 번째였는데 저번과 마찬가지로 이번 역시 기분이 썩 좋지 않았다.

이 셋 앞에 있으면 마치 천적을 눈앞에 두고 있는 기분이 드는 것이었다. 태존의 동업자들이라지만 언젠가는 맞서 싸워야 할 것 같은 더러운 기분이 드는 것이었다.

'서로 마음을 감추고 손을 내밀고 있지만 마음속에는 모두 더러운 욕심이 가득하다. 그래서 그럴 거야, 아마도.'

그렇게 위안을 해 보는 게 고작이었다.

셋은 각기 요정과 용족과 마족의 실력자들이었다. 잔혼이 알고 있는 사실은 그게 전부였다. 그들이 언제부터 지하세계를 벗어나 태존과 왕래해 왔는지는 잔혼도 알 길이 없었다.

그들은 모두 인간의 모습을 하고 있었지만 숨어 있는 본성까지 바꾸지는 못했다. 가끔 잔혼과 눈이 마주칠 때가 있었는데 그럴 때면 자신을 마치 먹잇감 정도로 여기는 것 같은 경멸의 시선을 보내곤 했다.

요정족의 실력자를 향해 태존이 의심의 눈초리를 보냈다.

"장담하던 것과는 달리 너무 더딘 것 아니오? 아직도 사르곤의 종적을 찾지 못했다니…… 이해할 수 없는 일이구려. 혹 다른 생각을 품고 있는 건 아니겠지요?"

"무슨 그런 말씀을 하십니까. 아닙니다. 사르곤에 대한 추적은 요왕이 직접 지시한 것이었고 그런 이유로 제 쪽에서 드러내놓고 전력을 동원할 입장이 못 돼서 그렇소. 조만만 좋은 소식이 있을 것입니다."

"요왕이 사르곤을?"

"네. 그 역시 몸이 달아 있습니다."

태존은 나머지 둘을 바라봤다.

"알고 있었소?"

용족의 실력자가 고개를 끄덕였다.

"최근의 일입니다. 그렇지 않아도 그것 때문에 우리 쪽에서도 말들이 많습니다. 서로 눈치만 보고 있는 이런 민감한 때에 요왕이 우리와 마족은 안중에 두지도 않고 선수를 쳤으니…… 그 배경에 촉각을 곤두세우고 있는 실정입니다."

마족의 실력자가 의견을 보탰다.

"만약 지금 단계에서 요왕이 사르곤을 표면에 내세우게 된다면, 그리고 사르곤이 요정족의 실권을 장악하게 된다면 마족과 용족은 동맹체제로 갈 것이 자명한 일이오. 그리 되면 우리 계획에도 큰 차질이 생기오."

태존도 인정했다.

"지당한 말씀이오. 그리 되어서는 안 되오. 세 종족은 지상에 나올 때까지 대결구도를 유지하고 있어야 하오. 우리 측 전력을 최대한 유지한 채로 상잔을 하려면 그런 구도가 아니면 안 되오."

이번에는 태존에 대해 추궁하는 소리가 흘러나왔다.

"당신 쪽은 믿어도 좋소? 어지간하면 이런 소리는 안 하려 했지만…… 해야겠소. 듣자하니…… 지상에서는 아직 이렇다 할 전쟁이 없었다 하는데 나는 그 점이 수상쩍소. 지상의 전력이 온전히 보존된다면 우리 쪽의 동맹을 막을 수가 없게 되오. 설마 그 사실을 망각한 건 아니겠지요?"

태존은 걱정 말라고 안심시키며 핑계를 댔지만 좌중을 안심시
키기엔 설득력이 부족했다. 잔혼은 실내를 빠져나오며 긴 한숨을
내쉬었다.

'과연 저들과의 밀약이 우리에게 어떤 이득을 줄 것인가. 우리
전력은 보존하고 적의 전력을 소진시키는 것이 핵심이다.

그러자면 감춰두는 것이 최선인데 태존께서는 벌써 너무 많이
내보이셨다. 저들은 우리 전력의 절반 이상을 꿰뚫어보고 있다.
만약…… 저들이 등을 돌리는 날에는 가장 먼저 우리가 표적이
될 터. 과연…… 태존께서는 그럴 때에 대한 대비책이 있는 것일
까?'

잔혼은 그 점이 불안했고 그래서 불만이었다. 잔혼은 광명정대
한 사람은 아니었지만 무림을 통합하여 세 종족과 정면승부를 하
는 편이 낫지 않겠느냐는 쪽의 견해를 지지하고 있었다. 그러나
감히 잔혼은 그런 뜻을 드러낼 수가 없었다.

＊　　　＊　　　＊

항주로 들어선 파천은 한달음에 악왕묘 앞으로 갔다. 마음이
급했다. 그러나 파천의 다급함을 비웃기라도 하듯 악왕묘 앞은
휑했다. 맴돌다 사라지는 바람만이 파천을 반겼다.

대천신응을 타고 백두산으로 간 지 열흘이 흘렀으니 맹주 선출
은 끝났을 법했다. 그렇다 해도 이렇게 쓰레기 쓸어 담듯 깨끗하
게 비워져 있을 수는 없었다. 맹주를 선출하는 것은 정의맹 창설
의 첫 번째 단추를 채우는 일일 뿐이다.

직급과 직제를 개편하고 소속문파들의 의견을 경청하고, 무엇보다 정의맹의 노선을 결정하는 일에만도 상당한 진통이 따를 것이었다.

신임 맹주의 권한이 막대하여 설사 맹주가 독단적으로 이끌어갔다 해도 적어도 이 자리에서 처리해야 할 일은 산더미였을 것이다. 그런데 깨끗했다.

무슨 큰 사단이 벌어진 것이 아니라면 정의맹 전체 인원이 다른 곳으로 이동했다는 뜻이 된다. 파천은 일단 소식을 알아보기 위해서 와룡장으로 뛰어갔다.

청천벽력이 따로 없었다. 열흘이란 시간이 짧은 건 아니지만 그리 긴 시간도 아닌데 어찌 그 사이에 이런 사건들이 벌어졌더란 말인가.

와룡장의 충실한 벗을 자처하고 있는, 그 때문에 졸지에 신임 장주인 파천의 시종 노릇을 하게 된 천잔마검 유백송을 앞에 두고 파천은 이맛살을 잔뜩 찌푸리고 있었다.

"다시 말해 봐라. 차근차근 천천히…… 알아듣게 얘기해야지. 말을 씹어 먹지 말고 정확하게 뱉으란 말이야."

유백송은 답답했다. 하긴 자신이 마음이 급한 나머지 몇 마디를 흘려 말한 것 같긴 한데 그렇다고 전혀 알아듣지 못할 만큼 횡설수설한 것 같지는 않았다.

"맹주는 모든 이의 예상처럼……"

"검성이 맹주가 됐다는 소리는 아까 했고. 그 다음."

"비무대회에 출전한 사람들, 그러니깐 환혼자들의 상당수가 맹주가 된 검성을 전폭적으로 지지하고 나섰습니다. 정식절차를 밟아 맹주가 된 데에다 막강한 배경까지 지녔으니 누가 그 앞에서 숨소리조차 제대로 낼 수 있었겠습니까. 저도 자세한 내막까지는 모릅니다만…… 정파의 명숙들이 검성의 직제와 조직 개편안을 만장일치로 받아들였다고 합니다. 수뇌부의 요직은 모조리 환혼자들 위주로 채워졌고 오대세가 가주들이 구색을 갖추는 선에서 정해졌다고 하더군요."

"그리고?"

"구파일방의 원로와 명숙들은 일선의 요직에서는 제외되었고 꽤 비중 있는 직책을 맡은 자도 수뇌회의에 참석하지도 못하는 한직으로 밀려나고 말았습니다. 평의회라고 하던가. 정파의 명숙들 대부분이 거기에 소속돼 있다고 들었습니다. 그 외에도 오혈신교를 비롯한 중도세력들은 말직에 간신히 배정을 받았어도 불만의 소리조차 내지 못했다고 하더군요. 대충 제가 들은 건 거기까지입니다."

파천은 그것보다 더 궁금한 게 있었다.

"다들 어디 간 거지? 설마 벌써 사사혈맹과 한바탕 싸움이라도 하러 떠난 건가?"

유백송은 답답함을 금치 못했다.

"지금 무림을 떠들썩하게 만들고 있는 소문도 못 듣고 어딜 쏘다니고 계셨던 겁니까? 거리에서 나무칼 들고 병정놀이 하는 꼬마 애들도 아는 소식을 말입니다."

파천이 인상을 썼다. 유백송은 더 이상 비난을 했다가는 천황이 정말로 화를 낼 수도 있겠다 싶었던지 입을 꾹 다물었다. 삼대

살성으로 위명이 자자했던 때도 있었거늘 지금 눈앞에 있는 사람한테 그건 내밀어 봐야 약발도 먹히지 않는 하잘 것 없는 허명이지 않던가. 유백송은 속으로 앓는 소리를 냈지만 순순히 대답했다.

"검성이 직제 개편까지 완료하고 나서 제일 먼저 한 일이 뭔지 아십니까? 혈마교 총단을 급습했습니다. 아니지요. 급습이라 할 순 없겠네요. 사자를 미리 보내 항복을 권유했으니."

믿을 수 없는 말에 파천은 입을 딱 벌렸다.

"왜?"

"그야 모르지요. 낸들 검성의 마음속을 들어갔다 나온 것도 아니고 그 속이야 누가 알겠습니까."

파천은 가슴속이 답답했다.

"그래서? 그래서 어찌 됐느냐?"

"어찌되고 말고도 없지요. 혈마교 고수들이 만만한 상대는 아니지만 그렇다고 정파연합인 정의맹을 상대로 반나절인들 제대로 버티겠습니까. 안되겠다 싶었는지 꽁지가 빠져라 도망갔습니다. 아마도 혈마교 역사상 총단을 비워두고 도주한 건 처음일 겁니다."

파천은 머리를 짚었다.

'검성은 정말 그 속을 모를 사람이로군. 정파가 한데 뭉친데다 합류한 환혼자들의 수도 만만찮으니 욕심을 부릴만한 상황이긴 하지만…… 마도를 구슬려 볼 생각은 않고 힘으로 밀어붙이다니. 아무리 혈마가 없다지만 자존심 강한 혈마교 수뇌들이 순순히 무릎을 꿇었을 리가 없지. 으음 이대로 두었다가는 천하를 피바람으로 몰아넣겠구나. 검성을 제어하지 못하면 천하가 반 토막이 날지도 모른다. 이런 식으로 사사혈맹과도 부딪힌다면 어마어마한 사상자가 날 것이다. 젠장.'

파천은 자신이 전면에 나서야 할 시기가 왔음을 직감했다.

"저, 그런데 한 가지 물어봐도 됩니까?"

"뭐?"

"꼴이 그게 뭡니까?"

"내 꼴이 왜?"

"머리가, 머리가, 큭큭."

이제 보니 유백송은 파천의 머리털이 하나도 없는 것을 보고 아까부터 실쭉거리며 웃었던가 보다. 파천은 티를 안 내려고 했지만 괜히 머리에 손이 올라갔다.

'젠장, 뭐라도 덮어쓰던가 해야지 이거야 원.'

"아, 그만 웃어!"

버럭 고함을 질러보는 것으로 파천은 쑥스러움을 대신했다.

제6장 천황의 신위

유백송의 말 대로였다. 혈마교의 현판은 정의맹으로 교체돼 있었다. 이는 혈마교를 인정하지 않겠다는 뜻을 명백히 한 것이나 다름없었다. 총단을 빼앗긴다는 것만큼 치욕적인 일이 어디 있겠는가.

이제 혈마교, 아니 마도와 정의맹은 둘 중에 어느 하나가 없어지기까지 치열하게 싸워야 할 처지가 된 것이다. 검성이 왜 이런 무리수를 뒀는지는 그의 말을 직접 들어보기 전까지는 도무지 짐작조차 가지 않는 일이었다.

와룡장의 총관은 파천이 한 약조대로 정의맹에서 요구하는 경비를 충당하고 집행하느라 새로운 정의맹 총단에서 거의 살다시

피 하고 있었다. 총관을 만나 사정을 들어본 뒤에 검성을 만나기 위해 그의 집무실로 향하려는데 파천의 앞을 막는 사람이 있었다.

"멈추시오. 신분과 목적을 밝히시오."

낯선 사람이었다. 파천이 한 번도 본 적이 없는 인물이었다. 혈마교 총단 건물들 중에서 가장 크고 화려한 곳은 두 군데였다. 혈마의 처소로 사용되던 태모전과 혈마교주의 집무실과 의사청이 있던 혈영전이었다. 둘 중에 현재 검성이 머물고 있는 곳은 혈영전이었다.

옛 현판은 부숴 버렸는지 보이지도 않았고 새로운 현판은 아직 내걸리지 않은 상태였다. 그 앞은 외부경계를 서는 무사들이 철통같이 경비하고 있었다.

"본인은 와룡장의 장주요."

"무슨 일로 오셨소? 선약이 되어 있소?"

와룡장이 정의맹의 군자금을 책임지고 있다는 걸 모르는 사람이 누가 있으랴. 그런데도 와룡장주를 외부인 취급한다는 것만 봐도 상대가 와룡장에 대해 그다지 대수롭지 않게 생각하고 있거나 그도 아니면 별다른 조치가 없었다는 뜻이 된다. 파천은 이맛살을 찌푸리긴 했지만 아랫사람과 실랑이를 할 수는 없는지라 점 잖게 대했다.

"맹주께 전해 주시오. 그러면 지시가 내려올 게요."

"안 되오. 돌아가시오. 선약이 없다면 들여보낼 수 없소."

"어허, 이런 답답한 사람을 보겠나. 가서 맹주께 고하면 될 것을 왜 이리 고집을 부리는가."

"이 사람이 지금 어디서 행패를! 어서 썩 물러나지 못할까. 이곳은 지엄하신 맹주님께서 계신 곳이거늘 명나라 황제라도 미리 선약이 있거나 맹주의 부르심이 없이는 드나들 수 없는 곳이오. 정히 맹주를 뵙기를 원하면 접빈청에 가서 공식적인 절차를 밟으면 되오."

파천은 할 말을 잃어버렸다.

'심각하다. 이래서야 검성의 개인 친위세력일 뿐이지 어디 정파의 연맹이라 할 수 있겠는가. 게다가 이런 식이면 아랫사람들의 의견이 맹주한테까지 전해지기도 힘들지 않겠는가. 귀 막고 눈 막고 제 머릿속에 그려놓은 대로만 가겠다는 심산인가. 정말 이 모든 게 검성의 뜻이라면…… 그자는 자격이 없다.'

크게 틀어져 있다는 건 단박에 알 수 있는 일이었다. 파천은 하는 수 없이 물러날 수밖에 없었다. 하자면 힘을 앞세워 밀고 들어가는 거야 여반장(如反掌)이지만 괜히 여기서 소란을 부렸다가는 큰 소동이 일어날 것 같았다. 게다가 자신은 아직 정의맹에서 공식적인 직책도 받지 못한 상태지 않은가.

파천은 밤이 이슥해지면 몰래 침투해서라도 맹주를 만나기로 작심하고 일단은 물러나왔다. 그가 다음에 찾은 곳은 혈마의 침전이 있던 태모전 앞뜰이었다. 맹주전과는 달리 비교적 수속이 간단했다. 다행히 이곳에서 마주친 사람들은 파천의 눈에도 익은 사람들이었다.

그런데 분위기가 이상야릇했다. 오대세가 고수들은 활개치고 다닌다는 인상을 받은데 반해 구대문파의 명숙들은 선입견을 갖고 보아서인지 주눅이 들어 있는 것 같았다.

　검성은 정의맹의 조직을 단순화시켰다. 비무를 통해 1급에서 9급까지의 승급 심사를 완료한 상태였는데 맹주가 되자마자 아홉 단계도 많다고 생각했던지 그것보다 더 단순한 직제로 바꾼 것이다.

　기구도 할 수 있는 한 최소로 축소했다. 맹주 아래에 친위세력이자 수사와 감찰권까지 독점하고 있는 집법청(執法廳), 의사결정기관이라 하지만 실은 맹주와 집법청이 집행하는 일을 평가하고 조언하는 것이 전부인 평의회(評議會), 주력부대인 삼군(三軍)으로 구성돼 있었다.

　삼군은 중정군(中正軍)과 좌의군(左義軍), 우평군(右平軍)이란 별칭으로 불렸다. 각군에는 군장과 부군장을 두었다.

　정의맹은 크게 전투부대와 집법기구로 이원화했고 그에 맞게 직제를 편성했다.

　열 명의 말단 조직의 수장인 십호장(十戶長)에서부터 백 명을 이끄는 백호장(百戶長), 천 명을 이끄는 천호장(千戶長)의 직위가 그 첫 번째였고 삼군 소속이 아닌 경우 군장과 동급인 지휘사령(指揮使令), 부군장과 동급인 참군사령(參軍使令), 천호장과 동급인 감군사령(監軍使令), 백호장과 동급인 위군사령(衛軍司令), 십호장과 동급인 사령(使令)이란 직책을 두었다.

　집법청은 환혼자들로 이루어진 최고의 수사기관이자 감찰기관이었다. 삼군의 군장과 부군장 역시 환혼자들 차지였다. 평의회는 검성의 지지 세력이었던 오대세가 측 고수들의 발언권이 지대하여 나머지는 눈치나 보는 수준이었다.

　실상 평의회는 있으나마나한 구색 맞추기에 불과했다. 삼군에 배속하기에는 여러모로 껄끄러운 각파의 수뇌들을 배려한 것에 불과했다. 그래봤자 맹주의 충실한 거수기 노릇에 불과하겠지만.

그런 줄 알면서도 명문대파의 수뇌들은 그런 조치를 감지덕지 하고 있으니 세상사 모를 일이다. 힘 앞에 무너진 것은 권력과 지위만이 아니다.

자존심과 명예까지도 쓰레기통에 처박힌 것이다. 결국 정의맹은 맹주의 명령에 따라 일사불란하게 움직일 수밖에 없는 체제를 갖춘 셈이었다. 검성이 그렇게 원하던 조직이 완성된 것이다.

물가에 심은 나무는 쉬이 시들지 않는다. 검성은 나무를 황량한 사막에 심어도 물을 끌어오기만 하면 된다고 믿는 사람이었고 정의맹은 그런 체질로 차츰 길들여질 것이다.

자신의 생각을 형편에 맞춰 유연하게 바꿀 수 없는 사람이 검성이니 그가 맹주로 있는 한 형편을 맹주의 소신에 맞춰나가야 한다. 그가 하라면 하고 하지 말라면 말면 된다.

파천은 그런 분위기를 누가 가르쳐 주지 않아도 저절로 느낄 수 있었다.

'며칠 사이에 이처럼 조직을 장악할 수 있다니. 어쨌든 검성이란 사람은 참 대단하구나.'

감탄만 하고 있을 순 없었다. 여기 돌아가는 속사정을 알아야 했고 그리고 지인들의 사정이 어떠한지도 파악해야 했다. 파천을 반갑게 맞이한 사람은 평의회 소속의 사령으로 배정받은 것을 치욕으로 생각하는 악다문이었다.

모용상인의 의형 중 첫째이자 오룡 중 하나인 그가 삼군에 배치되지 않고 평의회에서 노인들 뒷수발이나 하고 있다는 것은 어딘가 어울리지 않는 일이었다.

게다가 사령이라면 십호장, 즉 열 명을 수하로 두는 말단조직의 수장이다. 오룡은 정파의 후기지수들 중 최고수들이고 그런 그들은 무공수위만으로 따져도 최소 백호장급인 위군사령은 될 수 있었다.

악다문은 파천을 알아보고 반가운 마음에 부리나케 뛰어왔다.

"장주님, 이게 어찌 된 일입니까? 장주님께서 갑자기 종적을 감추시는 바람에 많은 사람들이 걱정했습니다. 별일 없으셨습니까? 무사하신 것을 뵈니 마음이 놓이는군요."

파천은 그간의 일을 세세히 밝히기가 곤란해 사정이 있었다고만 했다. 그는 생각지도 않았던 악다문을 만나서인지 상인이 어디에 배속되어 있는지를 먼저 물었다.

"휴우, 모용 아우의 처지를 생각하면 한숨부터 나오는군요."

"무슨 일이 있었습니까?"

"철우명이 경비무사들을 해치고 탈출한 사실도 모르시지요?"

파천은 의아함을 감추지 못했다.

"그는 내공이 억제되어 그런 재주를 부릴 수 없거늘 어찌……."

"그러게 말입니다. 그 때문에 정의맹이 창설 되고나서 그와 관련이 있는 사람 전원이 감시대상으로 분류되었고 몇 차례 취조까지 받은 걸로 알고 있습니다. 혐의가 없다고 밝혀졌음에도 아직 복원됐다고 볼 수도 없는 형편입니다."

'그런 일이 있었더란 말인가.'

"가 보시겠습니까?"

"네, 수고스럽더라도 안내를 부탁드리겠습니다."

대전을 벗어난 악다문은 혹여 다른 사람의 귀에 들어갈까 조심하며 소리 낮춰 말을 이어갔다.

"우리 의형제들은 말할 것도 없고 구파일방과 오혈신교의 정예들은 모두 뿔뿔이 흩어져 배속되어 있습니다. 게다가 기준이 무공의 고하만으로 정한다더니 막상 결과는 그렇지도 않습니다. 승급심사는 무시된 것이나 진배없습니다. 천호장급인 감군사령까지는 얼추 맞춰 가는가 싶더니 그 밑으로는 아주 개판입니다."

오룡 중에 둘은 심지어 사령도 되지 못했다며 툴툴거렸다. 사령은 말하자면 조장 정도의 직책이다. 무림인들치고 명예욕이 없는 사람이 드문 법이다.

무공 수련을 해서 남들보다 강해지고자 하는 욕망의 바탕에는 출세해서 가문이나 사문의 위명을 드날리고 싶은 심리가 깔려 있다.

직제편성이 끝났을 때 사람들의 관심은 어느 문파에 어떤 고수가 천호장과 감군사령에 임명되었는가에 모아졌다. 그런데 확정이 되고나니 웃지도 울지도 못할 상황이 연출되고 만다.

악다문은 당시를 떠올리며 맹주의 처사를 비꼬았다.

"집법청 나으리들은 최하가 참군사령이고 평의회는 제갈세가주만 지휘사령이 되셨고 나머지 분들은 참군사령에 임명되셨습니다. 심지어 정도십성 분들조차도 제갈세가주보다 직급이 낮은 형편이니 말해 무엇 하겠습니까. 누가 보아도 형평성에 문제가 있는 조치이거늘 꿀 먹은 벙어리들처럼 불만이 있어도 입 밖에 내지 못하고 있는 실정입니다. 삼군의 수장인 군장들과 참모들인 부군장마저도 환혼자들로 채워졌고 당금 무림의 명숙들은 천호장을 놓고 경쟁하는 처지가 된 것이지요.”

파천은 천호장이 몇 명인지 궁금했다. 천호장의 수만 알아도 정의맹 전력을 가늠할 수 있지 않겠는가. 악다문은 천호장이 열 두 명이라고 했다.

‘그럼 만이천여 명이 넘는군. 사사혈맹이 더 늘어나지 않았다면 사천 명 남짓이거늘 인원만으로는 족히 세 배가 넘는구나. 결국 정파는 하급무사들까지도 버리지 않았단 소리군.’

악다문이 데려간 곳은 원래 혈마교에서도 최 하위직이라 할 수 있는 마장의 하인들이 쓰던 곳이었다. 마구간에서 청소나 하고 말을 조련하던 사람들의 거처니 허름한 것은 당연했다.

토벽으로 된 마장 옆의 건물들 사이에서 욕설이 튀어나왔다.

“개자식들, 죽으면 썩어 문드러질 육신인 건 마찬가지면서 어지간히 잘난척 해대는군. 칼질 나부랭이 좀 익혔다고 잘난 척 하기는. 더러워서 여길 때려치우던가 해야지. 카악 퉤.”

가래침을 뱉으며 마장 밖으로 나오던 중년인이 흠칫 놀란다. 파천과 악다문 앞에서 얼어붙은 중년인은 눈치를 슬금슬금 살피며 허리를 숙여 보였다. 그는 얼른 이 자리를 외면하기 위해 걸음아 나 살리라는 심정으로 뛰어갔다.

마장 끝 쪽에 다 허물어져가는 건물이 하나 보였다. 거기는 원래 사람이 기거할 만한 곳이 아니어서 방치돼 있던 곳인데 얼마 전부터 기거하는 사람들이 생겨났다. 마장에서 일하는 인부들도 그들의 처지가 딱해 보였던지 근처만 지나면 혀를 끌끌 차곤 했다.

파천은 악다문 뒤를 따르면서도 설마 저런 곳에 모용상인이 있을 거란 생각은 못했다. 악다문이 입구 앞에 서서 인기척을 냈다.

"흠흠. 모용 아우 있는가?"

설마 하던 일이 현실로 다가오자 파천은 이 어처구니없는 일을 어찌 받아들여야 할지 몰라 당황했다. 모용상인이 누구던가. 오백 명의 정파 후기지수들 중에서 일찍이 자타가 인정하는 최고의 인재로 두각을 드러냈으며 온갖 방해와 견제에도 불구하고 오룡의 하나가 되지 않았던가.

게다가 그는 전대 소림사 방장이자 정도십성의 한 사람으로 정파인들의 추앙을 받던 성승 굉지대사의 속가제자이자 현임 모용세가 가주이기도 했다.

그런 그가 말똥 냄새나는 마장에 연이어 붙어 있는 다 허물어져가는 토벽 사이에서 기침을 해대고 있으니 파천의 눈에서 불똥이 튄 것은 당연한 일이었다.

"형님…… 쿨럭, 쿨럭, 오셨습니까? 들어오세요. 제가 몸이 성치 않아서 쿨럭, 쿨럭…… 나가뵙지 못해 죄송합니다."

악다문은 파천을 바라보더니 긴 한숨을 쉬었다.

"저는 여기서 그만 가보겠습니다. 들어가 보십시오."

악다문은 눈시울을 붉히며 돌아섰다. 의형제 중 막내인 모용상인이 저 꼴이 되었는데도 아무런 힘이 되어주지 못하는 자신의 신세가 한탄스러울 따름이었다.

악다문은 마장의 모서리를 벗어나며 가래침을 탁 뱉었다.

"더러운 세상! 세상이 어찌 돌아가려고 이 따위란 말이냐. 의인은 탄압받고 기회주의자들만 득세하는 세상이구나."

토벽 사이로 한 사람이 간신히 들어갈 만한 틈이 보였다. 그리고 그 안에는 쇠솥 두 개가 걸려 있는 아궁이가 보이고 그 뒤편에 대나무로 대충 얽어 자리를 만들어 둔 나무 침상이 보였다. 그 위에 모용상인이 누워 있었다. 파천은 기가 막혀 말이 안 나왔다.

반쯤 몸을 일으키려던 모용상인도 파천을 알아보았다. 그의 몰골은 형편없었다. 얼굴은 얼마나 매질을 당했는지 퉁퉁 부어 있었고 드러나 있는 손과 발도 멍투성이다. 그걸 본 파천의 눈가에 눈물이 핑 돌았다. 그리고 그 분노는 모조리 검성과 오대세가 사람들에게로 향했다.

'썩을 놈들!'

세상이 공평하지 않다는 건 익히 알고 있던 사실이지만 제 꿈을 위해 혼신의 힘을 다해 달려왔던 하나뿐인 벗 모용상인에게 이런 일이 생겨서는 안 된다.

'적어도 이놈이 이런 꼴이면 말이 안 되지 않은가. 누구보다 정의롭고 선한 이놈이, 이놈이 이런 꼴을 당하다니…… 그것도 정파인들의 연합이라는 정의맹 한복판에서. 모든 게 엉망이다. 이건, 이건 아니다. 이건 정말…… 세상이 미치지 않고서야 어찌 이런 말도 안 되는 일이 버젓이 행해질 수 있단 말인가.'

손톱이 살 속을 파고들어 피가 흘러내리도록 파천은 억누르고 또 억눌렀다. 적어도 친구가 보는 앞에서 분노하거나 슬퍼할 순 없었다. 그건 상인을 더 아프고 비참하게 만드는 짓이라고 생각했다.

"살아…… 있었으니…… 다행이다."

파천의 그 한마디 말에 모용상인이 눈물을 왈칵 쏟아냈다. 참고 참았던 눈물이 의지를 밀어내고 쏟아져 나온 것이다. 눈물은 흘리고 있었지만 그는 억지로 웃고자 애썼다.

"살아 있다 뿐이냐. 너 오기만을 기다렸다. 이 빌어먹을…… 쿨럭, 쿨럭, 세상을 갈아엎을 힘은 내겐 없다. 친구야. 나 너무 분하고 억울해서…… 피똥을 싸면서도 버텼다."

파천은 모용상인을 끌어안았다. 등을 토닥이는 손길에 힘이 들어갔다.

"잘했다, 잘했어. 잘 참아냈어. 살아 있으면 반드시 좋은 날 온다. 이제 시작해야지."

"시작하려고?"

"그래. 네 말대로…… 갈아엎어야겠다. 순리대로 차근차근 풀어나가려고 했지만…… 그러기엔 모든 게 너무 엉망이야."

"할 수 있겠냐? 들입다 생고생만 하다 마는 거 아닐까 크크. 쿨럭 쿨럭."

"내가 누구냐? 네 친구 파천이 아니냐? 해 보자. 아니 할 수 있다. 반드시, 반드시 해 보이마."

"그래. 너라면 할 수 있을 거야. 믿어. 까짓 최악의 경우라도 죽기밖에 더하겠냐."

둘은 잠시 그 상태로 부둥켜안고 있었다. 엉망진창인 몸이지만 그래도 따뜻한 온기가 전해져왔다. 살아 있는 것이다. 그거면 충분했다. 파천은 그 사실이 이처럼 고마울 수 있다는 사실을 처음 알았다.

자칫했으면 하나뿐인 친구를 보지도 못하고 보낼 뻔했다고 생각하니 속에서 불길이 치솟아 올랐다. 그런데 파천을 다시 만나니 힘이 솟는지 그가 농담을 하는 것이 아닌가.

"그런데 너 머리가 왜 그 모양이냐? 설마하니 나 몰래 불가에 귀의한 건 아닐 거고. 혹시 누구한테 머리채라도 붙들릴만한 짓을 한 거냐?"

"짜식 살만한가 보네. 농담도 하고. 그 얘기는 차근차근 하자."

모용상인을 안고 나온 파천은 그를 와룡장으로 옮겼다. 모용상인이 사라진 걸 알게 되면 분명 또 그것을 꼬투리 잡아 더 깊은 수렁으로 끌어내리려는 사람들이 있을 것이다. 그는 세가출신들에게는 미운털이 박혀 있다.

세가들이 득세하고 있는 현재 누가 감히 그를 돌아볼 수 있겠는가. 게다가 그는 철우명 사건에 연루되는 바람에 소림사조차 편을 들어 주지 못했다.

자신을 비호하는 순간 소림사까지 함께 나락으로 떨어질지도 모른다는 두려움 때문인지 모용상인은 그들이 편들어주는 것도 거북했고 부담스러웠다.

그런데 이상하다. 친구인 파천은 설사 죽음을 함께 나눠진다 해도 전혀 미안하지 않다. 아니 정말 그리 된다면 미안하긴 할 것이다. 그러나 그는 왠지 모르게 파천에게 믿음이 간다. 그라면 이 답답한 가슴을 시원하게 뚫어줄 것 같았다.

파천은 바쁘게 움직였다. 이럴 때 눈치껏 알아서 움직여 주는 광마존이 그리웠고 천마의 공백이 크게 느껴진다. 또한 백두산에 두고 온 천부의 선인들이 이럴 때 아쉬웠다.

그에게는 현재 수족처럼 부릴 수 있는 사람이 유백송 하나뿐이었다. 비록 당장 전력으로 가동하진 못하지만 제게는 천하제일의 정보력이 있었다. 또한 자신에게 호의적인 정파의 명숙들이 위안이 됐다. 그거면 충분했다.

환희궁의 궁도들이 총동원돼 파천이 찾고자 하는 사람들을 추적해나갔다.

"퇴각한 혈마교의 주력을 천마교 총단으로 이끈 것은 광마존이었습니다."

천향루주의 그 말에 파천은 그날의 긴박했던 상황이 언뜻 상상이 됐다. 광마존은 혼자서 고군분투 했을 것이다. 어쩌면 그에게 가장 큰 힘이 된 것은 혈마가 끌어 모은 낭인무사들이었을지도 모르겠다는 생각마저 들었다.

파천이 찾아내고자 하는 사람들은 우선 철우명과 접촉했다는 이유만으로 모용상인과 같은 비참함을 겪었을 사람들에 관한 소식이었다. 다행히 죽은 사람은 없었다. 사람들의 관심이 집중돼 있기 때문만은 아니었다.

철우명의 탈출이 그에게서 죽을 뻔했던 사람들과 관련이 없을 거란 사실은 정황상 어린아이라도 유추해낼 수 있는 일이었다. 그럼에도 괜히 트집을 잡은 건 모용상인이 표적이었을 가능성이 가장 컸다.

이참에 아예 모용세가를 뿌리째 뽑아버리려는 의도였을 것이다. 그런 발상을 해낸 사람들이나 이를 묵인한 검성이나 치졸하긴 마찬가지였다.

행방을 찾지 못한 이는 한 명뿐이었다.

'일리아나, 그녀는 대체 어디로 간 것인가?'

그녀의 행방만은 끝내 묘연했다. 하긴 그녀는 그다지 걱정이 되지 않는다.

'일리아나라면 어떤 악조건 속에서도 제 몸 하나는 지킬 수 있는 실력자이니.'

이제 어떻게 이 판을 엎을 것인가를 생각해내야 했다.

'조력자는 없다. 나 혼자서 해야 한다.'

파천의 고민은 깊어져갔다. 밤이 이슥해질 때까지 고민을 거듭하던 파천이 결국 와룡장을 떠났다. 그는 모용상인에게 태양신단을 먹이고 의원을 붙여두고, 그것도 안심이 안 돼 유백송에게 곁을 떠나지 말 것을 당부했다. 그리고 그는 바람처럼 어둠속으로 빨려 들어갔다.

*　　*　　*

평의회의 의사청에 홀로 남아 있는 사람이 있었다. 그는 오늘 검성을 만나 새로운 소식을 듣고 하마터면 그 자리에서 언성을 높일 뻔했다.

그 순간 제가 누리고 있는 특권이 끝날 것이란 생각을 끄집어내지 못했다면 그는 생애 최대의 실수를 할 뻔했다. 검성의 집무실을 물러나오면서도 내내 드는 생각은 한 가지뿐이었다.

'미쳤다.'

검성은 범상한 사람은 아니다. 그의 사고방식이나 언행이 평범했다면, 누구나 예상 가능한 정도였다면 정의맹이 이처럼 완벽하고 철저하게 단 한 사람에게 장악되는 기현상은 벌어지지 않았을 것이다.

그는 그런 점에서 확실히 타의 추종을 불허하는 과단성이 있었다. 그 점을 제갈세가주는 높이 사는 편이었다. 그런데 오늘 들은 애기는 정도를 벗어난 수준이지 않은가.

'어찌 그럴 수 있단 말인가. 너무 위험한 사람이다. 어찌 그런 자들과 야합을……'

생각할수록 기가 막힐 따름이었다. 무엇보다 화가 나는 건 그런 결정이 내려지기까지의 과정을 오직 그 혼자만 독점한 채 숨겼다는 점이었다.

'남궁세가에 검성의 마음을 흔들어 놓을 비장의 수단이 있었다는 것도 의외야. 그들의 잠재력은 대체 어디까지인가.'

검성이 낮에 사람을 보내 만찬에 초대했다. 그 자리에는 몇 사람의 유력인사들이 함께 동석했는데 그 모두가 검성의 측근이라 할 수 있는 추종자들이었다.

그 자리에서 검성은 식사를 다 끝내기도 전에 별 대수롭지 않다는 듯이, 지나가는 말처럼 폭탄을 던져 놓았다. 사람들의 표정은 아주 가관이었다.

"목전에 두고 있는 전쟁은 협정만으로 억제할 수 없고 그리되어서도 안 되오. 완벽한 힘의 우위, 그것만이 통합을 조속히 이뤄낼 것이라 믿고 있소. 그래서 나는 가능한 한 더 많은 전력을 포섭하길 원하고 내 그늘아래 머물고자 한다면 설사…… 신원이 확실하지 않다고 해도 받아들일 용의가 있소."

평소의 검성이라면 이쯤에서 좌중이 예상치 못했던 폭탄발언을 할 것이라고 제갈세가주는 예상했다. 아니나 다를까, 검성은 한마디 말로 그 자리에 있던 사람들을 동시에 얼어붙게 만들어버렸다.

"남궁세가에서 매우 구미가 당기는 제안을 했소. 그들은 놀랍게도 매우 훌륭한 조력자를 두고 있더구려. 그들은 우리 전력을 단번에 상당한 수준까지 끌어올려줄 동지들을 규합해 왔소. 본좌는…… 남궁세가의 제안을 무조건 수용할까 싶소만……."

끝말을 흐리며 제갈세가주를 쳐다보는 검성과 그런 검성의 태도가 무엇을 뜻하는지를 모를 리 없는 제갈세가주 사이에 어색한 침묵이 잠시 감돌았다. 제갈세가주는 이 자리가 가시방석이나 다름없었다.

계획에도 없던 만찬 초대가 실은 자신을 위한 자리임을 알았기 때문이고 하필이면 그 주제가 필생의 경쟁자인 남궁세가와 관련된 사안이란 점이 제갈세가주의 마음을 무겁게 했다. 제갈세가주는 그런 마음과는 달리 최대한 표정을 부드럽게, 입술은 가볍게 했다.

"남궁세가가 규합한 전력이 어디를 가리키는 것입니까? 또한 그들이 제안한 것은 무엇이관데 맹주님께서 이리 뜸을 들이시는지요?"

검성은 제갈세가주를 똑바로 쳐다보며 느릿느릿 말을 이어 갔다.

"남궁세가는 낭인시장의 배후세력인 팔관회와…… 천하제일의 청부조직인 살막, 그리고 철우명이 관련돼 있던 그 배후조직까지 통째로 이끌고 왔소."

망치로 후두부를 후려친들 이보다 더 큰 충격은 아닐 것이다. 다른 사람들도 마찬가지였지만 특히 제갈세가주의 충격은 이만저만 큰 게 아니었다.

있을 수 없는 일이었다. 그 다음에 이어진 검성의 말은 더더욱 믿고 싶지 않은 얘기였다.

"남궁세가는 오직 한 가지만을 원했소. 전통적으로 오대세

가를 대표해온 남궁세가가…… 정의맹 내에서도 그 역할을
충실히 수행할 수 있도록 맹주인 내가…… 특별한 권한을 보
장해 달라는 것이었소. 그 일환으로…… 평의회 의장직을 남
궁세가주에게 주기로 했소."

　이미 검성은 결정을 내린 후였다. 지금은 자신에게 통보를
하는 것뿐이었다. 어쩜 저런 말을 얼굴 표정 하나 안 바꾸고
태연하게 뱉어낼 수 있단 말인가.

　지금껏 개처럼 충성해온 제갈세가와 나머지 삼대세가를 한
순간에 똥밭으로 굴려버리고 있지 않은가. 그런데 더 잔인하
고 비통한 것은 그런 걸 알면서도 자신은 섭섭한 기색조차 보
여서는 안 된다는 점이었다.

　검성이 휘두르고 있는 절대권력을 성취하기까지 일부분 기
여한 자신이 이제 와서 후회하는 것도 우스운 꼴이었다.

　제갈세가주는 마치 그 소식을 기다려 왔던 사람처럼 환영
한다는 말을 해야만 했고 그 말을 하는 동안 얼굴에는 미소가
떠나지 않게 각별히 신경을 써야만 했다.

　검성의 웃음소리를 들으며 나오는 내내 제갈세가주의 얼굴
은 똥 씹은 표정처럼 일그러져 있었음은 언급할 필요도 없
다.

　다시 곰곰이 되씹어보아도 남궁세가가 어찌 그런 비밀스런 세
력들과 연계할 수 있었는지 답이 안 나온다. 제갈세가주는 머리
를 싸맸다.

　"이 자리도 이제 내일이면 남궁세가에게 내줘야 할 판이로군.
화무십일홍(花無十日紅)이라더니 고작 사나흘 달콤한 꿈을 꾸고자
그리 기를 쓰고 애를 태웠단 말인가."

　제갈세가주는 그러나 희망이 전혀 없지는 않았다.

"다른 건 몰라도 철우명과 관련된 사안은 쉽게 성사되기 어려울 것이다. 분명 평의회에서도 반발에 부딪히게 돼 있다. 정파의 반역자로 낙인찍힌, 심지어 사문에서조차 파문당한 그를 다시 받아들인다는 건 누가 봐도 있을 수 없는 일이지 않은가. 과연 남궁세가와 검성의 뜻대로 될지는…… 두고 볼 일이다."

그의 독백에는 사실 확신이 서려 있지 않았다. 처음부터 검성의 반대편 자리를 고수하면서 견제해 오던 구파일방이 환혼자들의 대거 합류로 목소리에 힘이 빠져 버린 순간부터 검성은 독재자가 되었고 누구도 감히 사문의 운명을 걸고 그 앞에서 고개를 쳐들지 못했던 것이다.

그런 제갈세가주의 독백을 귀 쫑긋 세우고 경청하고 있는 이가 있었다. 그는 파천이었다.

의사청의 구석에 몸을 숨기고 있는 파천을 제갈세가주는 전혀 의식하지 못했다.

'이건 또 무슨 소리란 말인가! 철우명? 철우명을 다시 받아들여? 왜, 어째서?'

정의맹 수뇌부에서 뭔가 심상치 않은 갈등의 조짐이 있는 것은 분명해 보였다. 파천은 검성을 찾기 전에 구파일방 장문인들을 먼저 만나보려고 이곳을 찾았던 길이다.

남들 눈을 피해 몰래 잠입한 처지에 여기저기 물어볼 수도 없어서 헤매다가 이곳까지 들어온 것이었다. 고뇌에 빠져 있는 제갈세가주를 남겨두고 파천이 의사청 밖으로 사라졌다.

우여곡절 끝에 걸왕의 처소를 찾은 파천은 그 다음 일은 그에게 맡겼다. 자신이 돌아다니면서 사람들을 청하기보다는 걸왕에게 맡기는 것이 한결 나을 것 같았다.

　시간이 조금 지나자 한 사람씩 모이기 시작했다. 구파일방의 수뇌들이 모여 한차례 인사가 오간 뒤에야 파천은 제 소견을 밝혔다. 다들 회의적이었다.

　너무 늦었다고들 말했다. 소림사의 고승인 굉지대사는 몇 번인가 불호를 외더니 조용히 말문을 열었다.

　"천황께서 언급하신대로 정의맹에 문제가 있다는 점은 누구라도 인정할 것입니다. 허나…… 환혼자들이 대거 합류해서 힘을 보태고 있는 검성을 정면으로 맞서겠다는 계획은 일고의 가치도 없는 위험천만한 발상입니다. 고쳐 생각하십시오. 이제…… 늦었습니다. 흐르기 시작한 강물을 멈춰 세울 수는 없는 것이지요. 소승은 천황께서 왜 진작 전면에 나서지 않았나…… 그 점이 안타까울 따름입니다. 아미타불 관세음보살……."

　파천을 향한 질책이었다. 걸왕도 같은 생각이었다. 그는 차라리 파천이 정의맹 내에서의 입지를 넓혀 후일을 도모하는 편이 낫다고 말했다.

　"저뿐만 아니라 여기 계신 분들 모두가 천황을 지지합니다. 그러니 당장은 힘들더라도 기회를 엿보시는 것이 나을 것 같습니다. 후일을 위해서라도 천황의 신분을 대외적으로 공표하고 정의맹 내에서의 기반을 닦아가는 것이 최선이라 봅니다. 그리고 무엇보다 환혼자들을 천황께로 포섭하는 것이 선결되어야 할 것입니다. 지금 만약 검성과 대립하게 되면 천황은 정파의 공적으로 몰려 어려움을 겪을 수도 있습니다. 이는 누구도 원하는 일이 아닙니다. 헛된 피를 흘릴 이유가 없지 않겠습니까."

파천은 정파 어른들의 고견을 경청했다. 굉지나 걸왕뿐만이 아니라 구파일방의 수장들은 한마음으로 파천의 안위를 걱정했다. 이들에게 파천은 마지막 희망 같은 존재였다.

검성이 노골적으로 구파일방을 견제하고 억압하는 것이 드러난 마당에 그를 지지하고 충성을 맹세할 이유가 없었던 것이다. 그럼에도 불구하고 이들은 정파가 내분에 휩싸여 전력이 약화되는 것은 또 저어했다.

어떠한 경우에도 무림의 전력을 손실 없이 보전해야 한다는 대승적인 원칙에는 파천이나 이들이나 다름없이 견해의 일치를 보이고 있었다.

자파의 손해가 크고 구파일방의 제자들이 알게 모르게 불이익을 당하고 있는 당면한 현실을 그들은 더 큰 그림을 보고 인내하고 있었던 것이다.

파천 역시 이분들이 제 뜻에 무조건적으로 호응하리라는 생각은 하지 않았다. 그가 구파일방의 수장들을 사람들 눈을 피해 비밀스럽게 불러 모은 건 한 가지 당부를 하기 위함이었다. 그 전에 파천은 불안해하는 고인들의 마음을 진정시키고자 특단의 조치를 취했다.

"그간 항주를 비우고 떠나 있었던 것은 사실……."

파천은 열흘간 자신이 어디에 있었으며 무엇을 했는지를 소상히 밝혔다. 대천신웅을 따라 백두산으로 간 것이며 거기서 자오신검을 얻은 경위와 생각지도 않았던 천부의 지도자로 추대된 일 따위를 소상히 밝혔다.

사람들의 반응은 대동소이했다. 처음에는 충격에 휩싸이더니 이내 전율과 감동에 젖어 떨리는 음성으로 감탄성을 연발했다. 파천이 사실을 밝히기 전과 후의 반응은 극명하게 바뀌었다. 굉지대사는 눈을 지그시 감고 찬탄을 잊지 않았다.

"선재, 선재로다. 부처님의 보우하심이 있으셨도다. 아미타불."

걸왕은 호들갑을 떨었다.

"천황께서는 진정 하늘이 점지하신 분이신가 봅니다. 어찌 그런 천복들이 한꺼번에 천황께 집중될 수 있습니까."

다른 사람들도 마찬가지였다. 떠들썩해진 좌중을 진정시키며 파천이 본론을 꺼냈다.

"저는 마지막으로 검성을 시험해 볼 것입니다. 제 실책과 그릇됨을 모르고 고집을 세운다면 그때는 과감하게 잘라낼 것입니다."

화산파의 장문인이 다급하게 물었다.

"죽이겠다는 뜻입니까?"

파천은 그를 지그시 바라보더니 한 자 한 자 힘주어 말했다.

"그리해야 한다면…… 어쩔 수 없는 일이지요. 허나 그가 뜻을 꺾고 모두가 원하는 바대로 순리적으로 무림을 통합하는데 기여하겠다고 한다면 굳이 그를 쳐내지 않아도 되겠지요. 사람이라면 누구든 실수를 할 수 있습니다. 그렇다고 해도 잘못된 점은 즉시 바로잡을 겁니다. 그래서 말입니다만…… 여러분들께 당부드릴 게 있습니다. 수면 위로 드러나지는 않겠지만 지금부터 큰 싸움이 시작될지도 모릅니다. 여하한 경우에도 여러분들은 동요를 일으키시면 안 됩니다. 이런 제 뜻을 이 자리에 오지 못한 분들에게도 전하셔서 아무쪼록 쓸데없는 희생이 없도록 해 주십시오."

굉지대사는 파천의 그 말에서 핵심을 짚어냈다.

"혹 천황께서는 홀로 그 모든 일을 해내실 작정이십니까?"

"그래야 하지 않겠습니까. 형편이 그러니 어쩔 수 없는 일이지요. 최악의 경우 환혼자들 전부와 대결해야 할 상황으로 몰릴 수도 있습니다. 그런 경우라도 저 하나의 목숨을 보존하는 건 가능한 일이지만 여러 사람이 연루되면 저는 그마저도 할 수 없게 됩니다. 근심하지 않으셔도 됩니다. 저를 믿고 기다려 주십시오. 반드시, 반드시 정의맹을 원래 우리가 바랐던 모습으로 돌려놓겠습니다."

파천의 확고한 결의를 확인한 구파일방의 고인들은 말릴 생각도 못했다.

그저 내심으로 그가 무사하기만을 빌어볼 뿐이었다. 이럴 때 힘이 되어 주지 못한다는 사실이 못내 안타까웠을 것이다. 그런 심정을 모를 리 없는 파천이었다.

'이분들의 마음에 부담을 지우지 않기 위해서라도 속히 마무리 지어야 한다. 속전속결, 그것이 최선이다.'

파천은 좌중을 안심시키고는 이내 자리를 떴다. 그가 향하는 곳은 검성의 거처였다.

역시나 철통같은 삼엄한 경비였지만 파천에게 감시의 눈길을 따돌리는 것쯤은 식은 죽 먹기보다 쉬운 일이었다. 거침없이 내부로 잠입한 파천은 검성의 처소로 짐작되는 곳을 향해 천천히 전진했다.

마침 그때 검성은 침전에 들지 못하고 집무실을 서성이고 있던 중이었다. 그는 내심으로 알 수 없는 불안감에 휩싸여 있었다.

'어제 꿈자리도 뒤숭숭하고 뭔지 모를 암운이 내게로 드리우는 것 같은 답답함을 느끼다니…… 이런 기분은 환혼하고 나서 처음 겪는 일이로구나. 대체 뭐지, 이 알 수 없는 압박감은.'

그는 이런 기분이 될 때마다 항상 위기가 찾아왔었다는 사실을 경험을 통해 알고 있었다. 쉽게 잠을 청하지 못하는 것도 그 때문이었다.

'정의맹은 내 손아귀에 완벽하게 들어왔다. 이제 이 힘으로 사사혈맹의 목만 틀어쥐면 된다. 대업을 이루자면 진통이 따른다. 피를 흘리지 않고서 어찌 원하는 바를 이룰 수 있겠는가. 천하통일, 그리고 무림사 고금제일인의 명예는 내 것이다. 나 검성이 천상천하 유아독존이 될 날도 멀지 않았다.'

검성은 불안한 마음을 웅대한 꿈으로 달래고 억눌렀다. 그럼에도 좀체 불안감이 가시지 않자 의사청으로 발길을 향했다. 혈마교도들을 쫓아내고 이곳을 차지하고 난 뒤 한 번도 이곳에서 회의가 열린 적은 없었다.

검성은 그럴 필요를 느끼지 못했던 것이다. 자신이 뜻을 세우고 계획해 입안하면 평의회에서 점검하면 끝이었다. 평의회에서 반대의 소리가 나온 적은 없었고 앞으로도 그럴 것이다.

'누가 감히 내 뜻을 거스르겠는가. 집법청을 장악하고 있기만 하면 만사형통하리라.'

검성은 권력의 속성을 누구보다 잘 이해하고 있는 사람이었다. 현실에서 지켜야 할 것들이 많은 사람들은 권력에 대항하지 못한다. 그 모든 걸 향한 집착을 버렸을 때 용기라는 고결한 의지가 생겨나기 때문이었다.

게다가 자신은 빈틈을 보이지 않을 것이다. 집법청의 절대적인 무력은 정의맹에 소속된 다양한 성향의 사람들에게 절망으로 다가갈 것이 틀림없지 않겠는가. 검성은 집법청의 많지 않은 환혼자들만 다스리면 된다. 그럼 나머지는 문제없이 순탄하게 흘러가리라는 점을 알고 있었다.

의사청의 한가운데 있는 태사의에 앉고 나니 조금 마음이 가라앉는다. 뛰는 가슴이 진정 되고나니 아련했던 과거의 기억들이 스치고 지나갔다. 이제 한 걸음만 더 올라가면 정상이다.

'한 걸음, 단 한 걸음이 남았을 뿐이다. 숙적인 사황천사와의 승부 결과에 따라 나는 전부를 가질 수도…… 아무것도 못 가질 수도 있겠지. 천하가 내 수중에 떨어지고 나면…… 설사 그 후에 세 종족과의 싸움에서 목이 떨어진다고 해도 아쉬움이 없다. 나는 최선을 다하지 않았던가.'

검성은 소회(所懷)에 잠겨 평소와는 달리 부드럽게 풀어져 있었다. 그래서였을 것이다. 누군가가 자신에게 이처럼 가까이 접근했음에도 그 사실을 전혀 눈치채지 못한 까닭은. 그러나 그는 역시 검성이었다.

"거기 누구냐?"

전혀 당황하는 기색이 없었다. 기둥 뒤에서 한 사람이 불쑥 튀어나왔다. 상대가 누군지를 알아본 검성의 얼굴 표정이 묘하게 비틀어졌다.

"이게 누구신가? 와룡장주가 아니시오? 야심한 시각에 내 처소에는 어쩐 일이오? 아, 그러고 보니 장주께서 돌아오셨다는 말은

내 들은 적이 없던 일인데…… 예고 없이 불쑥 방문하시니 당황
스럽기 그지없구려. 미처 소식을 넣고 기다리기도 힘들만큼 긴하
고 급한 용무가 있으셨던가 보오."

그는 태사의에 앉은 채로 담담하게 말하고 있었지만 내심의 충
격은 꽤나 큰 것이었다.

그가 놀란 건 자신의 감각을 속이고 이와 같이 가까이 접근한
사실 때문이 아니었다. 제 마음이 풀어져 있었으니 그럴 만도 했
다. 그런데 문제는 그게 아니었다.

여기가 어디던가. 이 대전은 그 혼자만 머물고 있는 게 아니었
다. 집법청의 환혼자들이 대거 도사리고 있는 용담호혈이지 않던
가. 그 많은 사람들의 눈과 귀를 속이고 대전의 가장 은밀하고 깊
숙한 곳까지 잠입했다는 사실이 검성을 긴장케 하는 부분이었다.

파천은 검성을 향해 똑바로 걸어오며 다짜고짜 비난을 퍼부었
다.

"내가 당신을 잘못 본 것 같소."

"잘못 보았다? 무엇을 말이오?"

"당신은 자격이 없는 사람이오."

검성은 빙긋 웃었다.

"내가 자격이 없다라……. 좀 더 자세히 듣고 싶소만."

"목적을 위해서는 수단과 방법을 가리지 않고 심지어 철우명
같은 악도와 야합하기를 주저하지 않는 당신이 정파연맹의 맹주
라니, 어디 가당키나 하겠소."

파천은 제갈세가주의 독백을 듣고 지레짐작한 사실로 넘겨짚었
다. 그런데 의외로 검성은 순순히 인정하고 있지 않은가.

“어허, 이거야 원 내부 단속을 다시 해야겠군. 이리 허술해서
야. 한번 따끔하게 손들을 봐야겠어. 그래…… 그래서 그게 뭐가
어쨌다는 거요?”

“당신은 당신이 뭘 잘못하고 있는지를 전혀 모르고 있소. 그게
가장 큰 문제요.”

“나의 문제라…… 그럼 묻겠소. 세상에 깨끗한 사람이 있기는
하오? 세상에 선한 사람이 있기는 하다고 보오. 사람은 약하기에
악할 수밖에 없는 존재요. 불완전하기 때문에 악해질 수밖에 없
소. 그것이 인간이 짊어진 숙명이오. 장주는 안 그렇소? 적어도
이 무림에 한 발이라도 걸쳐본 적이 있는 사람이라면, 손에 남의
피를 묻힌 적이 있는 사람이라면…… 나를 비난할 자격은 없소.

나도 선한 척할 수 있소. 나 또한 정도라는 것을 지키는 척 위
선을 떨 수는 있소. 장주는 순진한 게요, 아니면 멍청한 게요? 악
인들이 천하의 역사를 주도해 왔다는 사실은 아시오? 당신처럼
순진한 척하는 사람을 짓밟고, 뒤통수를 치고, 죽여서 유지되고
있는 세상이란 걸 진정 모른단 말이오?”

‘이자는 뿌리부터 생각이 썩어 있다.’

파천은 그저 할 말을 잃어버렸을 따름이다. 근본부터 생각이
다른 두 사람 사이를 좁힐 수단은 한 가지뿐인 것 같았다. 그럼에
도 파천은 일단은 자신이 무엇 때문에 화가 나 있는지 정도는 상
대도 알아야 한다고 생각했다.

“나는 이제부터 당신을 비롯해 정의맹에 기생하고 있는 썩은
고름을 짜낼 생각이오. 더 두면 전체가 썩어버려 더 큰 희생을 치
르고서야 정상으로 돌아올 수 있겠지. 내가 짜낼 첫 번째 고름이

바로 당신, 검성이오.”

검성은 웃었다.

“하하하하…… 푸하하하하하하. 멋지군. 그런 말을 내 앞에서 할 수 있는 사람을 과연 몇 년 만에 보는 것인가. 우리 좀 더 솔직해지는 게 어떻겠나? 내가 천하를 주무르고 있는 꼴이 보기 싫다고. 솔직히 욕심이 생겼다고. 아닌 척하고 뒤로 물러나 있었지만 능력이 있는 사람은 끝까지 욕심에 초연할 수 없는 법이지. 난 처음부터 장주가 이렇게 나올 줄 알고 있었지. 그 시기가 예상보다 좀 빠른 것 같아서 살짝 당황스럽긴 하지만. 뭐 어쨌든 좋아. 그런데 말이지. 세상에는 적절한 시기라는 것이 있는 법이지. 너무 늦었다는 생각은 안 드나?”

검성이 본색을 드러내는 순간 파천도 더 이상 예의를 차려 존중해 줄 이유가 없어졌다.

“우리 위치가 서로 반대였다면 당신 말이 맞겠지. 시기를 놓친 게 틀림없어. 그런데 어쩌지? 나는 불가능한 일에 뛰어들 만큼 어리석은 사람이 아니거든. 당신 하나로 인해 지금 많은 사람들이 실의에 빠져 있다. 당신 하나의 고집으로 인해 엉뚱한 사람들이 피해를 입고 있어. 선의가 악의에 짓눌리고 선인이 악인에게 휘둘리고 있어. 정도를 지키고자 애쓰고 무인으로서의 자긍심을 잃지 않았던 수많은 협사들이 네 치세를 두려움으로 받아들이고 있어. 세상이 네 삐딱한 만족감을 위해 피를 흘려야 한다면 그보다 불합리한 일이 어디 있겠는가. 내가 바로잡을 것이다.”

“어떻게, 어떻게 하겠다는 거지? 내가 아니었으면 정의맹이 이런 빠른 시기에 완성될 수 있었을까? 천만에. 저들은 끝내 뭉치지 못하고 사사혈맹에게 잡아먹히고 말았을 거다. 내가 아니었으면 이렇게 많은 환혼자들을 결집시킬 수 있었겠는가 말이다. 그래 인정하지. 그 과정에 몇 사람쯤은 불이익을 당했을 수도 있지. 쥐도 새도 모르게 억울하게 죽은 사람도 있을 수 있지.”

검성의 음성은 점차 가파르게 고조되고 있었다.

“사사건건 반대만을 일삼던 구파일방을 우대해야 옳은가. 저들 역시 나와 별반 다르지 않은 사람들이지. 저들이 역사와 전통을 자랑하는 틈바구니에서 얼마나 많은 문파들이 대항하다 사라져 갔겠는가. 젊은 친구, 정신 차려. 그대나 나나 저들과는 다른 사람이다. 제 가슴속에 품은 야망조차 실현하지 못해 불만으로 가득 차 있는 허약한 사람들과 우리는 본질적으로 다르다.

나는 그대를 알아보았다. 나는 그대가 비무에 참가해 정당한 기회를 얻을 수 있도록 몇 번인가 권유했던 적이 있었지. 만약…… 내가 아닌 장주 그대가 승리자가 되었다면 난 군말 않고 수긍하고 받아들였을 것이다. 내가 최후의 승자가 되어 포효할 때 그대는 어디서 무엇을 하다가 이제 와서 날 비난하는 건가.”

검성은 두 주먹을 불끈 쥐고 피를 토하듯이 열정적으로 외쳤다.

“내가, 바로 내가 이 두 손으로 이뤄낸 업적이다. 너도 세상도 날 비난해서는 안 된다. 왜냐고? 나는 아직 아무것도 시작한 게 없기 때문이지. 피를 흘리는 걸 주저하는 군왕은 없다. 나 또한 마찬가지야. 마도와 사사혈맹을 여기, 바로 내 앞에 꿇릴 것이다. 대적하는 자들의 숨통을 끊고 무림을 하나로 통합해 낼 거라고. 바로 내가 그 일을 할 거라고. 알아들어? 언제까지 약자들의 변명을 들어줘야 하는가. 시간은 없는데 이놈 저놈 사정 들어주다가 어느 세월에 천하를 평정하겠는가. 내 말이 틀렸어? 말해 봐. 내가 무얼 그리 잘못해서 네게 이런 비난을 들어야 하는지. 말해 봐. 자격이 없다고? 내게 그런 말을 할 수 있는 사람은 적어도 하늘 아래에는 단 한 사람도 없다. 이게…… 내 결론이야.”

두 사람은 서로를 잡아먹을 듯이 노려보았다. 검성은 고조된 흥분을 가라앉히지 못했고 파천은 그런 검성의 열변을 들으며 마음을 굳힌 뒤였다. 파천은 마지막으로 한마디를 했을 뿐이었다.

“이제라도 제대로 알았으니 다행이군. 당신이 얼마간 공로가 있었다는 건 인정하지만 그렇다고는 해도 당신이 이 자리를 지키고 있으면 흘리지 않아도 될 피를 흘려야 한다. 나는, 나는 제13대 천황의 자격으로 그 일을 묵과할 수 없다.”

콰쾅!

검성의 머릿속에서 천둥치는 소리가 울렸다. 그의 생애 동안 이처럼 큰 충격은 처음이었다.

“천……황? 네가?”

파천을 처음 대하고 와룡장주라는 신분 이외에 뭔가 더 있지 않을까를 생각했지만 설마 당대의 천황일 거란 생각은 못했다. 그가 보여준 신위에 대해 몇 번인가 전해 들었을 때 그가 감추고 있는 다른 신분이 무얼까 고민한 적이 있었다.

검성은 사실 파천을 동반자로 삼고 싶었다. 그래서 비무대회에 참가하기를 적극 권했고 그렇게 유도하지 않았던가. 그의 신분이 뭐든 그런 건 별로 중요한 게 아니라고 생각했다. 그런데 그가 당대의 천황이었다니.

검성은 소림사에서 거죽만 남은 전대의 천황을 만난 적이 있었다. 기력이 소진한 늙은이를 대하고 나서 검성은 더욱 전의를 불태웠는지도 모르겠다.

그가 환혼한 이유 중에 하나가 바로 천황을 만나 우위를 결해보는 것이었기 때문에 담사황을 대한 검성의 충격은 꽤 큰 것이었다.

담사황은 그런 검성에게 파천의 얘기를 한 적이 없다. 일부러 숨긴 것이다. 그 때문에 검성은 이후로 스스로를 더 매질하고 분투할 수 있었다.

자신이 아니면 정파를 책임질 사람이 없다는 생각 때문이었을 것이다. 그런데 당대의 천황이 멀쩡하게, 그것도 제 주변을 맴돌고 있었다니.

"나를, 나를 기만하는가? 네가, 네가 천황이었다고?"

"나는 천황의 이름으로 널…… 심판하러 여기 온 것이다."

"심판? 나를? 푸하하하하……."

그때였다. 의사청 근처로 몰려오고 있는 사람들의 기운이 감지됐다. 파천도 검성도 그걸 모를 리 없었다. 하긴 두 사람이 떠든 소리가 작지 않았으니 감각이 예민한 환혼자들이 대거 몰려오는 것도 무리는 아니었다.

어차피 이럴 걸 예상했던 일이기에 파천은 침착하게 상황의 추이를 살폈다. 어차피 한번은 거쳐야 할 홍역이었다. 검성 하나만을 제거한다면 의미가 없었다.

설사 그가 제 앞에서 굴복하고 후에 언제 그랬냐는 듯이 뜻을 바꿔버린다면 소용이 없는 일이지 않겠는가. 제이, 제삼의 검성이 나타나 버젓이 그가 했던 일을 되풀이한다면 소득이 없는 일이었다. 지금부터가 매우 중요했다. 파천은 신중하게 주변의 기운을 탐색했다.

검성의 웃음은 길고도 길었다. 그리고 그의 웃음소리가 멈췄을 때 환혼자들은 어느새 자리를 잡고 있었다. 그들은 누구의 지시를 받지도 않았지만 자신이 서 있어야 할 자리를 알고 있는 사람들처럼 은밀하게 움직였다. 수십 명이 더 늘어났을 뿐인데 의사청 안은 빽빽한 사람들로 채워진 것처럼 압박감이 더해졌다.

검성은 태사의에서 천천히 몸을 일으켜 세웠다. 그는 마음의 준비가 돼 있었다.

언제든 죽일 준비와 죽을 준비가 돼 있는 무사였다. 평생을 그렇게 살아왔다. 의식적으로 자신의 허리에 찬 고검을 툭 치며 말했다.

"분위기가 무르익었으니 시작해 볼까. 천황의 무공을 보게 될 날이 올 줄이야. 게다가 나를 처단하기 위해 친히 납시셨으니 이보다 더 큰 영광이 어디 있겠는가."

천황의 등장. 그 말은 둘러서서 압박하고 있던 환혼자들도 똑똑히 들었다. 침착하게 서 있던 환혼자들 사이에서도 동요가 일어났다.

"맹주, 방금 하신 말씀이 사실이오?"

파천이 선 자리 뒤쪽에서 누군가가 질문했고 검성은 파천을 똑바로 응시한 채로 성의 없이 짤막하게 대답했다.

"그렇다는구려. 아마도 거짓은 아닐 거요."

"이자는 와룡장의 장주가 아닙니까?"

그리 물은 건 파천을 몇 번인가 본 사람이리라. 또 다른 의문이 흘러나왔다.

"천황이면 정의를 수호하여야 할진데 어찌 정의맹의 맹주를 노리고 잠입할 수 있단 말인가."

여기저기서 동시에 흘러나온 탄식 소리와 의문들은 그들과 검성 사이의 소통이 일방적이라는 것을 뜻하는 것이기도 했다. 파천이 짐작하기에도 그들 중에 일부만이 검성의 본심에 접근한 것 같았다.

현재까지 정의맹 가입을 확정지은 환혼자의 수는 서른네 명이었고 가입을 대기하고 있는 다섯 명의 환혼자가 더 있었다. 서른넷 중에서 집법청에 소속된 환혼자만 무려 스물다섯 명이었는데 그 인원이 모두 의사청으로 몰려온 것이다.

집법청은 검성을 처음부터 지지하고 보좌했던 열 명과 옥기린과 천향군주를 중심으로 한 36천강의 인물들, 그리고 후에 비무의 결과를 받아들여 가입한 사람들이 적절한 긴장관계를 유지하며 별 의견 충돌 없이 지내고 있는 상황이었다.

아직까지는 크게 무력을 행사해야 할 상황이 없었기에 그저 존재만으로도 검성의 후광노릇을 톡톡히 해내고 있는 실정이었다.

정의맹 가입을 확정지은 사람들은 맹주의 명령을 따르고 지켜야 할 신성한 의무를 지고 있고 이런 사실에 토를 달 사람은 없었다.

지금 만약 검성이 저들에게 명령을 내려 파천을 제압하라고 한다면 그들은 그대로 따라야 했다. 파천도 그 점을 알고 있었기에 함부로 움직이지 않는다.

그가 손을 쓰는 순간 상황을 살필 겨를도 없이 집법청의 고수들도 덩달아 손을 쓸 게 틀림없다.

파천은 그 가운데 있었다. 검성을 필두로 각기 한 시대를 평정했던 천하제일고수들 스물여섯 명이 둘러싸고 있는 그 가운데 파천은 두 발로 버티고 서 있었다.

남들 같으면 숨이 막힐 만도 한데 그의 태도는 여전히 굳건하고 흔들림이 없었다. 천황을 경험한 세대거나 아니거나를 떠나서 환혼자들에게 천황이란 이름이 던져주는 의미는 대단했다.

환혼자들은 가장 먼저 천황의 출현을 염두에 두었고 그를 가장 유력한 지도자로 손꼽아 왔다.

천황이 무림에 출현하지 않았다는 쪽으로 가닥이 잡혀가고 나서야 환혼자들이 움직이기 시작했다는 사실만 봐도 존재감이 어떤지는 알 수 있는 일이었다.

그런데 느닷없이 당대의 천황이란 사람이 나타났다. 그것도 정의맹의 맹주로 선출된 검성을 적대하는 입장을 표명하며.

검성은 제 생각을 몸짓으로 표현했다. 허리에 차고 있던 고검을 꺼내 손에 잡은 순간 그에게서는 형용할 수 없는 신비한 기운이 흘러나왔다. 그리고 그 힘은 소용돌이치며 의사청 전체를 순식간에 채워버리는 것이었다.

그걸 본 파천은 검성이 집법청 고수들의 힘을 빌리지 않고 정면승부를 선택했음을 알 수 있었다.

적어도 검성은 제가 해야 할 일을 남에게 미루는 비겁한 사람은 아니었던 것이다. 솔직히 이런 적이 없었다 할 정도로 지금 검성은 긴장하고 있었다.

'아무것도 느낄 수 없다. 승리의 확신이 들지 않는 상대는……
사황천사 이후로 처음이로군.'

훈련된 본능은 솔직했다. 무수한 전투를 거치며 예민해져 있는
감각은 상대의 무위를 짐작할 수 없는 수준이라 말하고 있었다.
그렇지만 검성은 확신했다.

'천황이라 해도…… 나는 지지 않는다. 내가 곧 하늘이다. 이
사실은 변치 않는다.'

검성은 순식간에 자연의 일부처럼 변해갔다. 거기 있어도 없는
듯싶었고 없는 것 같다가 어느새 거대한 산과 바다처럼 압도적인
기세를 내뿜기도 했다.

광검의 단계에 오른 검성을 상대하자면 파천 역시 검을 쓰는
편이 이롭다.

허나 그에게는 지금 자오신검뿐이지 않던가. 자오신검은 반드
시 꼭 죽여야 할 악적에게만 쓰기로 마음먹었었다. 파천은 뒤를
돌아보며 말했다.

"내게 검을 빌려줄 분은 안 계시오?"

파천의 허리에 분명 검의 형태를 한 것이 덜렁거리고 있거늘
저것은 뭐란 말인가? 다들 그런 얼굴들이었다. 자세히 보니 그건
병기라고 하기에도 민망해 보이지 않는가.

사람들은 그 점을 이상하게 여겼다. 천황이나 되는 사람이 장
식용 검을 허리에 매고 다닌다는 건 어딘가 어울리지 않는 일이
었다.

파천에게 선뜻 검을 빌려준 사람은 묵령(墨靈)이었다. 비무대회
의 최종 네 명에까지 올라갔었고 검성에게 아깝게 패했다. 집법

청에 소속된 환혼자들 중에서 옥기린, 천무태공(天武太公)과 함께 최강의 고수라 할 수 있는 사람이었다. 그는 자신의 외호와 같은 애검 묵령을 끌러서 검집째 파천에게 내줬다.

"천황께서 제 검을 써 주신다니 영광입니다."

그는 너무도 솔직했다. 자신이 집법청의 고수요 맹주의 휘하라는 사실도 잊어버린 사람 같았다.

파천은 묵령의 애검 묵령을 두 손으로 공손히 받아들었다.

"감사히 쓰겠습니다."

묵령이 거리를 벌리고 물러나자 파천이 검을 뽑았다. 검은빛이 서린 보기 드문 보검이었다.

요사가 뭐라고 참견하는 소리를 귓등으로 흘리며 파천의 검은 팽팽하게 섰다.

"준비가 끝났소. 시작하시오."

이 대결은 결코 비무라 할 수 없었다. 둘 중 한 사람이 죽을 지도 모르는 실전이었다.

파천의 입장에서도 검성은 여유 부리면서 상대할 정도가 아니다. 일촉즉발의 긴장감이 두 사람 사이에서 시작해 의사청 전체를 무겁게 짓눌렀다.

검이 움직인다. 아니 검은 움직인 적이 없는데 마치 천 조각을 펼쳐놓고 한쪽 끝을 잡고 쭉 당기면 끌려오는 모양새로 공간이 검 끝으로 잡혀오는 것 같았다.

검성은 광검의 진수에 접어들어 있었다. 회초리를 휘둘러 아름드리나무를 꺾는 사람은 있어도 단면이 꺼끌꺼끌하게 일어나지 않고 깨끗하고 말끔하게 잘라낼 사람은 많지 않을 것이다. 검성은 이미 스무 살이 되기 전에 그 일을 해냈다.

떨어지는 폭포를 증발시켜 일시적으로 맨땅을 드러내게 한 적도 있었고, 쏟아지는 장대비를 모조리 잘라내 버린 적도 있다. 그는 쾌속을 지나 무거움을 익혔고 무거움을 건너 부드러움을 배웠다.

모든 검식의 형을 버리고 검 한 자루로 자연의 광대함을 빚어내는 경지에 이르자 그제야 심도의 한 자락을 부여잡을 수 있었다. 그는 특별히 광검의 경지를 따로 구분한 적이 없었다. 그의 검술에 관한 경지는 무림사에서도 매우 드문 것이었다.

보라! 저것이 검성이 이룬 검의 경지였다. 빛나는 검의 궤적은 느릿느릿 움직였다. 검극에서는 황홀한 서기가 뭉클뭉클 피어나와 주변을 몽환의 전경으로 만든다.

움직임은 선(線)의 변화였다. 몸의 선과 검의 선이 일치하고 만물과 조화를 이루는 경지. 아름다웠다. 그러나 그 장중하고 아름다운 검을 대하는 적의 심정은 결코 아름다울 수만은 없었다. 천지를 찢어발기는 압력과 천둥소리 같은 진동이 전신을 세차게 뒤흔들기 때문이었다.

파천은 미동도 없이 검성의 검을 보고 느끼고 견뎌냈다. 파천은 움직이지 않고 검성은 느릿느릿 움직이고 있으니 이게 무슨 싸움인가 하고 생각할 사람도 있겠지만 적어도 의사청 안에 있는 사람들 중에 그런 생각을 품고 있는 사람은 단 하나도 없었다.

자신도 잊어버릴 만큼 집중한 사람들은 은연중에 찬탄하고 고개를 끄덕였다. 그들은 마치 자신이 대결을 펼치고 있는 듯이 공감하며 그 상황에 몰입되어가고 있었다.

  그러던 두 사람이 이번에는 번개가 무색할 속도로 움직였다. 극단적인 쾌속은 시력으로 포착할 수 있는 한계 너머의 경지였다. 두 사람의 검은 단 한 번도 부딪히지 않고 서로의 빈틈을 노리고 찌르고 뻗기를 거듭하고 있었다. 검술의 극한을 보여주기라도 하는 것 같았다.

  약속이라도 한 듯이 이번에는 두 사람이 멈춰 섰다. 한 호흡으로 천 번의 검식을 긋고 찌르고 그을 수 있는 두 사람이 일각의 시간 동안 서로를 응시하고만 있었다.

  지금까지의 접전이 탐색전이었다면 지금 시작되려 하고 있는 대결이야말로 전력을 다한 부딪힘일 것이다. 환혼자들은 공전의 겨룸을 관전하며 감격해마지 않았다.

  검성의 무위는 저들이 모두 직접 견식하거나 적어도 간접 비교로 어느 정도인지를 가늠할 수 있었지만 천황의 무위는 아직 채 드러나지 않은 상태였다. 그래서 더욱 기대가 컸다.

  그 기대는 곧 경악으로 바뀌고 말았다.

  검성은 이내 일흔두 번의 출수를 했다. 공간이 모조리 그의 검으로 채워졌다 해도 과언이 아닐 정도로 빽빽한 검림에는 한 치의 빈 공간도 남지 않았다.

  파천은 놀랍게도 그 모든 공격들을 유유히 받아넘기고 있었다. 게다가 그는 이번에는 한 발도 움직이지 않고 받아내고 있지 않은가!

  일수의 공격에 산악을 허물만한 거력이 내재돼 있건만 그 막대한 힘은 마치 무한히 넓고 깊은 늪 속으로 빠져들기라도 한 듯이 모조리 파천의 검 끝에서 소멸하고 마는 것이었다.

검성은 결단코 포기를 모르는 사람이었다. 그는 점차 무아의 경지에 들어서면서 자신의 목적마저 잊어버렸다. 천년의 공력이 담긴 광검은 진실로 소름끼치도록 무서운 것이었다.

여기 있는 환혼자들 중에 감히 그 검을 감당할 수 있는 사람이 없었다. 그런데 저걸 믿어야 한단 말인가.

집법청의 고수들은 검성이 마치 무한대의 공력을 지닌 사람이라도 된 양 미친 듯이 광검을 펼치는 것도 이해가 가지 않았지만 그걸 별 어려움 없이 가볍게 받아넘기고 있는 파천을 더 헤아릴 수 없었다.

그러던 중에 큰 변화가 생겨났다. 묵룡이란 애칭을 지니고 있는 검이 점차 커지고 있었던 것이다. 거대한 검의 형상은 점차 커지며 검성이 유성우처럼 퍼붓고 있는 검 줄기들을 서서히 한쪽으로 밀어내고 있었다.

꽈르르르릉—!

상이한 성질을 내포한 두 개의 공간이 접점에서 막대한 전류를 뽑어내고, 그것은 하나도 외부로 방출되지 않고 다시 상대를 향해 뻗어간다.

완벽하게 공간을 제어하고 있는 두 사람의 신기는 그야말로 무림사에 다시없을 명승부를 연출하고 있었다. 그런데 시간이 지날수록 두 사람 사이에 변화가 생겨나기 시작했다.

처음에는 분명 누가 더 우세할 수 없다고 할 정도로 비슷해 보였다. 천황이 좀 더 여유 있어 보이긴 했지만 그것만으로 승부를 점칠 수는 없었다. 그랬던 것이 이제는 확연하게 우위를 드러내고 있었다.

"으아아아아!"

검성은 젖 먹던 힘까지, 아니 제 단전에 있는 한줌 진기까지 모조리 쏟아 붓고 있었다. 그런데도 그는 눈앞에 거대한 벽이 가로막고 있는 암담한 기분에 진저리를 쳤다.

'하늘, 하늘이 가로막고 있다.'

어떤 방법을 써도 상대는 빈틈을 보이지 않는 완전무결한 검로를 이해하고 있었다. 적어도 초식의 우위 따위로 어쩔 수 없는 상대임은 드러난 셈이었다.

그런 판단이 내려진 순간 검성은 힘의 대결로 몰아갔다. 광검은 가장 정밀하고 강력한 내력의 정화였다. 검을 둘러싸고 있는 빛의 입자들은 금강석도 잘라버릴 수 있는, 천지간에 가장 강한 힘이었다. 그는 생애 처음으로 일신에 지닌 내력을 모조리 끌어올렸다.

한 푼의 진기조차 남기지 않겠다는 각오는 이 대결 이후의 변수에 대비하지 않겠다는 의미와 같았다. 한 번도 그런 바보 같은 모험을 하지 않았던 건 지금까지는 그만큼 자신을 몰아붙인 대상이 없었기 때문이었다. 그런데 지금 자신이 상대하고 있는 천황은 수준이 달라도 너무 달랐다.

검성은 숨을 헐떡이기 시작했다.

다섯 살에 최초로 목검으로 수련을 시작한 이래로 육신의 기교에 의지하고 않고 내공으로 몸을 다스리는 경지에 오른 직후부터는 이렇게 숨을 헐떡일 만큼 체력의 소진을 느껴본 게 처음이었다.

이제 단전에 고여 있던 천년 내공이 서서히 바닥을 보이고 있었다. 심장은 빠르게 뛰고 다리가 후들거린다. 들고 있는 검의 무게가 느껴지기 시작하자 팔과 어깨가 저려왔다. 그는 더 이상 싸울 기력이 없었다. 그런데도 그는 도저히 검을 놓을 수가 없었다. 패배를 인정할 수도 없었다.

'이렇게, 이렇게 무너지다니. 내가, 내가 이렇게 무너지다니…… 말도 안 돼. 이렇게 끝날 수는 없다.'

"으아아아아아아……."

제 한계를 인정하지 못하고 악다구니를 쓰는 검성의 모습은 지켜보는 사람들에게 충격적인 장면이었다. 설마하니 저렇게까지 검성이 처참하게 무너질 줄은 아무도 예상하지 못한 일이었다.

그리고 천황은 너무도 잔인했다. 결과를 놓고 보니 그가 어떤 의도로 저리 검성을 몰아붙이는지 알게 된 것이다. 천황은 진즉 검성을 때려눕힐 수 있었다.

그런데도 그러지 않았던 것이다. 왜? 그건 바로 검성 스스로 패배를 자인하게 만들 생각이었기 때문이다. 스스로 패배를 인정하지 못하는 사람에게 그렇게 몰아가는 사람만큼 잔인한 일이 또 있겠는가.

처절했다. 검성의 무릎이 바닥에 닿은 순간 천황의 검은 의사청의 절반을 채우고도 남을 만큼 커져 있었다.

거대한 검의 형체는 검성의 머리 위에서 마치 그를 희롱하듯 꿈틀거리고 있었는데 검성은 불가항력인 거력 앞에서 잘 움직이지 않는 손발을 놀리며 힘겹게 안간힘을 쓰고 있었다. 그러다가 결국 무릎을 꿇고 무너지고 만 것이다. 천황의 검은 마지막까지 자비를 베풀지 않는다.

땡강—!

검성의 검이 검 자루만 남기고 부서졌다. 검의 파편들이 검성이 지금 겪고 있을 절망의 조각처럼 사방으로 흩어졌다.

검성은 멍하니 제 부러진 검을 내려다보고 있었다. 그의 어깨가 천천히 들썩이기 시작했다.

"……끄끄크크크크크크하하하하하하……."

미친 사람처럼 웃고 있는 검성의 얼굴은 부쩍 늙어 보였다. 준수한 중년인의 모습은 찾을 길 없고 세파에 찌들려 사는 범인의 모습이 거기 있었다. 그의 웃음이 잦아든 순간 파천의 검이 검성의 목을 지그시 눌렀다. 피가 맺혀 검신을 따라 또르륵 흘러내린다.

"죽여라."

검성은 끝까지 패배를 인정하는 말을 하지 않았다. 대신 죽음을 입에 올렸을 따름이었다. 파천은 그의 고집스러움을 존중해 줄 생각이 없었다.

'이자는 더 부서져야 한다.'

"쉽게 말하는군. 난 당신을 죽일 생각이 없다. 한 번 더 기회를 주지. 다시 도전할 기회를 주겠다. 오늘의 승부를 기억에서 지워버리도록. 나 또한 그리 할 테니."

"다시…… 다시 기회를 준다고?"

검성은 중얼거리더니 고개를 저었다.

"의미 없는 일일 뿐이야. 나는 패했고…… 그 순간 이미 죽었다. 수치를 안고 살아 있을 생각이 없다."

파천은 그런 그를 비난했다.

"끝까지 잘난 척하는군. 그럼 저 사람들은? 저들은 모두 한 번의 패배를 겪고도 살아 있다. 저들은 수치도 모르는 후안무치한 사람들인가. 수치스럽다고? 그럴 수 있겠지. 틀림없이 패배가 영광스러운 일은 아니니깐. 그럼에도 저들은 이를 악물고 그 수치스러움을 이겨냈다. 왜? 저들은 할 일이 남아 있음을 알기 때문이지. 당신은 지지 않을 것이라 생각했고 저들은 자신도 질 수 있다고 생각한 차이일까? 천만에. 저들도 제 패배를 믿지 못하는 건 마찬가지였을 거야. 그래도…… 저들은 한 가지 잊지 않은 게 있다. 죽는 건 쉬운 선택이다. 살아가는 것보다는.

환혼한 이유를 잊지 마라. 당신은 강하다. 단지 내가 더 강했을 뿐이다. 나 또한 누군가에게는 당신처럼 허망하게 패배할 수도 있지. 그럼 나도 그 순간 죽어야 할까? 나는 악착같이 살아 남을 거다. 그리고 내게 남겨진 일을 할 거야. 죽고 싶거든…… 죽어도 좋다. 대신 스스로 죽어라. 분명히 알아둬야 할 거야. 이후 당신을 떠올리는 사람들은 당신의 패배보다는 삶이 힘겹다고 포기해버린 비겁자로 기억하겠지. 그게 바로 진정 부끄러운 일임을 알아야 한다."

검성은 할 말이 없었다. 대꾸하고 싶지도 않았다. 모든 게 귀찮았다. 혼자 있고 싶을 따름이었다.

파천은 검을 회수하고 주변을 돌아봤다.

"당신들은 이제 어쩔 거요? 당신들의 맹주를 꺾었으니 내게 검을 겨눌 거요?"

대답하는 이가 하나도 없다.

"당신들이 내게 검을 겨눈다면…… 그 또한 어쩔 수 없는 일.

나는 당대의 천황의 자격으로 정의맹에서 할 일이 남아 있소. 당신들이 협조하든 하지 않든…… 나는 내 일을 묵묵히 해나가겠소. 정의맹에 침투해 있는 고약한 악종이 있소. 검성이 검증도 없이 무분별하게 받아들이는 바람에 빚어진 일이오. 나는 그 일을 문제 삼았고 검성은…… 인정하려 들지 않았소. 그래서 징계한 것뿐이오. 달라질 건 없소. 이런 검성이라 해도 여전히 현재까지는 정의맹의 맹주요. 나는 이후에도 맹주를 눈여겨볼 것이고 그가 잘못하고 있는 것이 보인다면 용서치 않을 것이오.

그가 누구든…… 제 사사로운 이익을 위해 천하인들을 이용하려 드는 자가 있다면, 하지 않아도 될 싸움을 일으켜 피를 부르는 자가 있다면 내 검은 용서하지 않을 것이오. 그것이 천황인 나 파천의 임무요.”

파천은 검성을 보지 않고 등을 돌렸다. 묵령에게 검을 돌려주고 그는 의사청을 벗어났다. 그런 그를 막는 사람은 하나도 없었다. 그를 향해 적의를 드러내는 이조차 없었다.

적어도 정의맹에 자신을 투신하기로 한 환혼자들은 천황이 지금 그릇된 행동을 한다고 여기지 않은 까닭이었다. 그래도 정의맹의 맹주를 이리 처참하게 뭉개놓고 가는 건 좀 심하다는 생각도 살짝 들었을 것이다.

그들은 서로 눈짓을 주고받더니 검성을 남겨두고 의사청을 빠져나갔다.

이제 의사청에는 바닥에 주저앉아 있는 검성 홀로 남았다. 그는 넋이 빠져 있었다.

파천이 했던 말들이 귓가를 울리고 있었다. 검성은 키득키득

웃기 시작했다.

　정파를 하나로 통합한 이 시대의 거성이 이대로 빛을 잃고 몰락할 것인지 아니면 재차 하늘로 비상하게 될지는 누구도 예측할 수 없는 일이었다.

제
7
장
잔인한 선택

날이 밝자 파천은 집법청의 환혼자들 앞에서 한 말대로 실천하기 시작했다. 그리고 그가 구파일방과 오대세가, 오혈신교의 수장들을 한자리에 모으고 정도십성까지 더불어 초대하기도 전에 정의맹 곳곳에 퍼져나가기 시작한 은밀한 소문이 있었다. 그 소문은 너무도 엄청나서 누구도 쉽사리 믿기 힘든 일이었다.

와룡장주의 신분이 사실은 제13대 천황이다!

이것이 첫 번째 소문이었다. 그 뒤를 따라붙은 소문은 더 믿기 힘들었다.

천황이 지난밤 맹주전을 찾아가 집법청의 고수들이 지켜보
는 자리에서 대결해 승리했다. 맹주는 검이 부서지는 수모를
겪었다.

두 가지 소문이 정의맹 곳곳에 퍼져나갈 즈음 파천은 정파의
수뇌들과 회동하고는 곧바로 정의맹 곳곳을 뒤지고 다녔다. 가장
빠른 방법은 검성을 닦달하는 것이다. 그렇지만 파천은 그러지
않았다.
기이한 점은 그런 파천의 행동을 집법청의 고수들이 묵인했다
는 점이었다.
그것뿐만 아니라 집법청의 고수 중에 몇 명은 아예 파천을 따
라다니며 그가 하는 일에 협조하고 있다 하니 더욱 맹도들의 호
기심은 커져갈밖에.
맹주도 아무 소리 않고 집법청의 고수들도 별 말이 없는데다
정파의 수뇌들이 협조하는 듯한 태도를 보이는데 누가 감히 천황
으로 소문나 있는 파천 앞에서 반발하겠는가.

생각보다 빠른 시간 내에 파천은 음모의 진원지에 접근하기 시
작했다. 그가 골라낸 것은 남궁세가였다.
그때까지 자기가 천황이면 천황이지 정의맹을 감찰할 권한이
있느냐며 떠들어대던 오대세가 측에서 천황이 남궁세가에 주목
하기 시작하자 오히려 잠잠해졌다는 점도 눈길을 끌었다. 심지어
제갈세가주의 경우는 파천에게 접근해 마치 협조라도 할 것처럼
친절하게 대했다는 후문이었다.

파천이 마주한 두 사람은 남궁세가의 핵심적인 인사들이었다. 한 명은 전대의 세가주이고 정도십성의 한 사람으로서 남궁세가에서 생존해 있는 최고어른이었고, 또 한 사람은 그의 아우이자 현임 가주였다.

두 사람의 표정은 거북하기 그지없었다. 천황이 지금 무슨 짓을 하고 있는지 모를 리 없는 두 사람은 하필이면 자신들에게 관심을 보이자 껄끄럽기 그지없었다.

아무리 생각해 봐도 자신들이 도의에 크게 어긋나는 일을 한 기억이 없기에 당당하기는 했지만 그래도 께름칙함을 완전히 떨쳐내지는 못했다.

처음부터 남궁세가가 의심스러웠다. 파천이 평의회 회의청에 들어갔다가 들은 제갈세가주의 독백 내용만 봐도 남궁세가가 맹주의 새로운 영입세력과 어떤 식으로든 결부돼 있으리란 짐작은 했다. 그럼에도 바로 남궁세가를 표적으로 삼지 않고 최후에 대면하게 된 건 파천의 신세내력과 무관하지 않았다.

천황으로 밝혀진 와룡장주 파천 앞에 온 두 노인도 내심 불안하고 답답하겠지만 두 사람을 마주한 파천 역시 두 사람 못지않았다. 남궁천과는 소림사에서 한 번 스친 적이 있었다. 그때도 파천은 애써 눈길을 외면하려 애썼고 눈을 맞추길 꺼려해 피해 다니지 않았던가.

남궁세가와는 끊으려야 끊을 수 없는 혈연의 질긴 고리가 아직까지 생생하게 이어지고 있었다. 기실 마주한 두 사람과 파천은 피 한 방울 섞이지 않은 남남이지만 현 남궁세가주의 사위는 파천을 낳아준 생부다. 생모의 비극적인 생의 종말이 남궁세가로부터 시작되었다는 걸 생각하니 다시금 가슴이 뜨거워졌다. 그리고 묵혀 두었던 생부에 대한 증오심이 다시 기지개를 활짝 켜고 있었다.

'이들 때문에 어머니는 비참하게 돌아가셔야 했다. 겪지 않아도 됐을 유년시절의 고통 또한 이들 때문이지 않던가. 지난 일이건만…… 어머님의 유언이 아니었더라도…… 모두 잊어버렸다고 생각했는데…… 다시금 이렇게 생생하게 살아나다니 나도 어쩔 수 없는 건가.'

마음속에는 커다란 괴로움의 파고가 일렁일지언정 겉보기에는 담담한 신색을 유지하고 있는 파천과 달리 남궁천과 남궁포현의 표정은 시시각각 달라지고 있었다.

그들은 파천도 파천이지만 그 옆에 자리를 잡고 앉은 옥기린과 천향군주도 신경을 쓰는 눈치였다.

옥기린과 천향군주는 파천이 한사코 만류했음에도 불구하고 팔을 걷어붙이고 협조하고 있었다. 확실히 집법청의 권세가 무섭긴 했다.

천황 아니라 천황 할아비라도 외부인인 이상에는 지금 하고 있는 일련의 조치들은 내정간섭으로 비춰지기 딱 좋았다. 그런데 집법청의 두 고수가 함께하니 그 모든 일이 적법한 수사업무로 탈바꿈돼 버렸다.

두 사람을 마주하고 있는 것이 불편한 건 파천도 마찬가지였기 때문에 빠르게 진행했다.

"현재 남궁세가의 직계 중 정의맹에 와 있는 사람은 두 분을 제외하고 누가 더 있습니까?"

남궁천이 대답했다.

"손자 둘이 와 있습니다."

"남궁장천과 또 누구죠?"

"남궁영걸입니다."

"두 사람은 현재 어디 있습니까? 호출을 해 봐도 연락이 안 되고 현재 위치도 파악이 안 되고 있더군요. 혹 세가의 비밀스런 임무를 수행중인가요?"

남궁포현이 펄쩍 뛰며 부정했다.

"그런 일은 없습니다. 세가주인 저도 그 아이들이 무슨 일로 자리를 비웠는지…… 모르고 있습니다."

파천이 두 사람의 눈을 똑바로 바라본 건 처음이었다.

"그렇군요. 제가 왜 두 분을 모셨는지 짐작이 갑니까?"

남궁천은 그 점이 미치도록 궁금했다.

"모르겠습니다. 저희 세가는 정도에서 벗어난 일을 한 적이 없습니다. 집법청에 수사를 받아야 할 만큼 잘못을 저지른 적은 더더군다나 없습니다."

남궁포현도 어리둥절해 있기는 마찬가지였다.

"저 역시 마찬가지입니다. 대체 무슨 일로 그러시는 겁니까?"

"팔관회를 아시죠?"

"낭인시장의 배후라는…… 곳 아닙니까?"

"살막도 물론 아실거구요."

"그야…… 물론 들은 적은 있지요."

"그 두 곳이 최근 맹주와 접촉한 사실도 알고 계신가요?"

"금시초문입니다."

"남궁세가에서 주선한 걸로 되어 있던데…… 어찌 된 사정인지 모르겠군요. 두 분은 모르는 일이라 하고…… 맹주의 측근들은 남궁세가에서 주선했다고 하니…… 누구 말이 거짓이고 누구 말이 진실일 것 같습니까?"

"아닙니다. 그럴 리가 없습니다. 명문정파인 저희들이 어찌 그런 사파, 흑도의 세력과 접촉하겠습니까. 이건 필시 누군가의 모함입니다."

"그렇게 확신하는 근거라도 있습니까?"

남궁천은 침을 튀기며 분함을 호소했다.

"천황께서 알고 계신지 모르겠지만 검성의 등장 이후로 제갈세가의 태도가 판이하게 달라졌습니다. 원래 본가가 오대세가의 중심이었는데 그것이 못마땅했는지, 저희를 밀어내고 그 자리를 차지할 속셈이었는지 자존심도 내팽개치고 검성에게 아부를 하더니 급기야 저희를 모함하는 일도 서슴지 않았습니다. 정의맹 창설과 동시에 저희는 찬밥신세가 되고 말았지요. 현재 본가의 제자들이 어떤 위치에 있는지만 보아도 충분히 파악할 수 있는 일입니다."

"그래서 그런 극단적인 모험을 했군요. 상황을 반전시키기 위해서 말이죠."

"아닙니다. 그런 일 없습니다. 이건 모함입니다. 음모예요."

남궁천과 남궁포현은 펄쩍 뛰며 흥분했다. 그 모습만 보면 두 사람이 관련돼 있을 거란 제갈세가주의 추측은 사실이 아닌 것처럼 생각될 정도였다.

"그리고 또 하나가 더 있습니다. 철우명 아시죠?"

"그자라면…… 정파의 반도로 낙인찍힌 사람 아닙니까? 설마…… 그 사람도 저희와 관련이 있다고 하실 작정이십니까?"

"철우명과 그 배후조직을 맹주가 정의맹에 받아들이기로 약조했다더군요."

"그, 그래서요?"

"이 모든 게 남궁세가의 작품이라는 게…… 맹주 측근들의 일관된 주장입니다."

"말도 안 됩니다. 덮어씌워도 어지간한 걸로 해야지 그게 말이 된다고 생각하십니까? 천황께서도 정말 그리 생각하십니까? 저희 가문이 천하를 놓고 도박을 벌일 만큼 거대한 잠재력을 지니고 있다고 보십니까?"

"소가주인 남궁장천은 황금루를 통해 야망을 이루고자 한 적도 있지 않습니까? 그 역시 희생자였기에 별 말이 없었지만 그 사건으로 많은 사람들이 억울하게 죽었습니다. 잊지 않으셨지요?"

이번에는 두 사람 모두 아무런 말도 못했다.

"곧 드러날 일입니다. 정말 남궁세가가 관련이 없길 바랍니다. 만약 사실로 드러나면…… 각오하셔야 할 겁니다. 이만 가보셔도 좋습니다."

몇 번인가 더 억울함을 호소하고는 남궁천과 남궁포현은 힘이 빠진 채로 밖으로 사라졌다.

옥기린이 의아해하며 물었다.

"맹주께서 그런 말을 한 건 사실입니다. 그 자리에 제갈세가주뿐만 아니라 몇 사람이 더 있었으니 확실합니다."

천향군주도 같은 의견이었다.

"제갈세가와 남궁세가 간에 알력이 있다는 건 다 아는 사실이고 다른 세가들이 제갈세가 편을 들어온 것도 사실입니다. 아무리 그렇다고는 해도 맹주가 없는 사실을 말했을 리는 없습니다."

"두 분은 그럼 남궁세가가 팔관회와 살막과 맹주의 만남을 주선했다고 보십니까?"

"그건…… 맹주께 직접 확인해 보는 게 가장 확실하겠지요."

"이치에 맞지 않아요. 남궁세가가 그런 모험을 해야 할 정도로 절박한 상황은 아니었습니다. 그리고 남궁세가는 제가 알아본 정보에 의하면 지금껏 사파와 접촉한 적이 없습니다. 오히려 사파인들과 교분이 두터운 쪽은 제갈세가 쪽이었지요. 남궁세가가 팔관회와 살막 정도를 끌어와 맹주와 대면시킨다는 게…… 있을 수 있는 일이라고 보십니까?"

두 사람도 그 점은 수상하게 여기고 있던 차였다.

"그게 저희들로서도 영 납득이 가지 않는 부분입니다. 맹주의 성향이라면 설사 팔관회와 살막이 직접 손을 뻗쳤더라도 마다하지 않았을 것입니다. 그런데 굳이 남궁세가를 통할 필요가 있었을까 싶기도 하네요."

천향군주의 지적은 정확했다.

이들 세 사람이 계속 핵심을 파고들지 못하고 겉돌고 있는 이유는 팔관회와 살막에 배후가 있다는 추론을 끌어내지 못하기 때문이었다. 팔관회는 낭인시장의 배후로 무림에서 비밀스럽고 무서운 조직으로 알려져 있었다.

그들이 기존의 문파들과 형태가 다르기에 그 규모를 짐작할 수 없기에 배제되었을 뿐 실제 그들의 저력은 오혈신교 못지않을 것이라는 게 환희궁의 판단이었다. 파천은 고개를 갸웃거리며 고민에 잠겼다.

그가 다시 입을 열었다.

"맹주가 남궁세가의 특정인을 콕 집어 언급한 건 아니지요?"

"네, 남궁세가의 공이 컸다고만 한 걸로 알고 있습니다."

"흐음, 아무래도 아무런 보고도 없이 제 위치를 이탈한 두 사람이 의심스럽군요. 특히 남궁장천, 그자를 조사해 보면 뭔가 나올 것 같습니다. 두 분이 이왕 나섰으니 저를 좀 더 도와주셔야겠습니다."

"어이구, 별 말씀을 다 하십니다. 저희 맡은 바 일이기도 하거늘 어찌 그런 섭섭한 말씀을 하십니까. 그저 아무 일이나 시키십시오. 정의맹이 제대로 되려면 썩은 가지는 도려내야지요."

"그리 말씀해 주시니 고맙습니다. 우선……."

파천은 두 사람과 머리를 맞대고 앞으로의 일을 의논했다.

*　　*　　*

현재 파천의 위치는 참으로 애매했다. 그는 정식으로 정의맹에 가입한 적이 없다. 그렇지만 그의 실권은 현재 정의맹 내에서 누구보다 더 막강했다. 집법청의 환혼자들이 대놓고 그를 지지하고 나선 게 크게 작용했다.

그렇다고 맹주를 압박하거나 맹주 자격을 박탈해야 한다고 공공연히 주장하는 사람은 하나도 없었다. 현재 정의맹의 맹주는 여전히 검성이었다. 그가 비록 제 침소를 벗어나지 않고 칩거 중이라 해도 말이다.

파천은 현재 평의회 건물에 집무실 겸 처소를 마련해 두고 있었다. 그는 사실 지금 마음 같아서는 잘못된 정의맹의 직제까지 손보고 싶은 마음이 간절했지만 그것은 누가 봐도 납득할 수 없는 일이었다.

정의맹에 드리웠거나 앞으로 드리울 가능성이 있는 암운을 제거하는 일을 하는 선이라면 천황의 직무를 내세우면 변명거리라도 생기지만 그 이상의 일은 남들 시선에도 이상하게 비칠 것이다. 이런 경계를 구분하면서 일하려니 속이 터지는 일이 한두 가지가 아니었다.

'후우, 정말 고쳐야 할 게 한두 가지가 아니군. 오혈신교나 구파일방의 제자들의 불만이 클 만도 했어. 이건 누가 봐도 편파적이라고 할 만하지 않은가. 이래서야 제대로 된 단합을 끌어내기 쉽지 않거늘.'

맹주가 이 상태를 오래 유지하지는 않을 것이다. 어떤 식으로든 제 입장을 표명하길 기다리는 수밖에 없었다. 맹주는 지금 패배의 충격과 제가 일구어 놓은 정의맹에서 자신이 어찌 처신해야 할지를 놓고 고민하고 있을 것이다. 예전과 같을 수 없다는 점은 명명백백했다.

그가 무상의 권력을 휘두를 수 있었던 것은 정당한 절차를 통해 선출된 합법적으로 공인된 맹주라는 사실과 집법청이라는 사상초유의 무력조직이 자신을 지지해 주었기 때문이었다. 현재 집법청은 맹주의 친위세력이 아니라 견제세력으로 서서히 색깔을 바꿔나가고 있었다.

내부적인 진통이 없지는 않았다. 검성을 처음부터 정파의 지도자로 추대하고 따르기로 약조한 환혼자들의 내적갈등은 가볍지 않은 것이었다.

허나 그들도 대세를 따르지 않을 수가 없었다. 게다가 맹주의 그간의 실책들이 한꺼번에 대두된 데다 최근의 비밀스런 야합은 명분이 없는 일이었기에 지금까지와는 반응이 사뭇 다를 수밖에 없었다.

거기에 옥기린과 천향군주, 묵령 등이 중심이 돼 선동한 탓에 천황이야말로 정의맹 맹주로 적합하다는 여론이 서서히 형성되고 있었다.

하기야 천황이 허락만 한다면 그만한 적임자가 어디 있겠는가. 그런데 그는 한사코 맹주직을 거절하고 있다고 하니 다들 아직은 좀 더 상황의 추이를 지켜보자는 쪽으로 결론 내려졌다.

파천이 남궁세가의 가주와 전대가주를 심문하고 있던 시간 마혼 일행이 머물고 있는 성운정에서도 한 사람의 운명을 결정지을 만한 긴박한 상황이 벌어지고 있었다.

같은 뜻을 가진 사람들이 같은 곳을 바라보고 함께 힘을 도모하면 동지(同志)라 불린다. 적어도 남궁장천은 동지를 버리거나 배신한 적은 없다.

오히려 그 반대의 경우는 당해 본 적이 있었다. 황금루를 함께 개파한, 피를 나누지는 않았지만 형제라고 믿어 의심치 않았던 사람들의 배신을 겪으면서 그는 확실히 변했다.

그렇다 해도 설마하니 그런 일을 자신이 또 겪게 되리라고는 생각해 본 적 없었다. 그런데 돌아가는 얘기가 심상치 않았다.

마혼의 뜻은 확고했다.

"늦었어. 검성이 천황에게 꺾였고 그가 추진하던 일은 백지화되었다고 봐야지. 그가 직위를 박탈당하지는 않았지만 조만간 그리 될 건 뻔하고. 설사 직위를 유지한다고 해도 자기 뜻대로 하지는 못하겠지. 무엇보다 집법청의 환혼자들이 등을 돌린 것이 뼈 아픈 일이지. 이렇게 된 이상 정의맹은 우리 손을 떠났다고 보는 게 옳아."

남궁장천은 처음에는 자신이 잘못 들었다고 생각했다. 이렇게 쉽게 포기한다는 건 있을 수 없는 일이었다. 마혼이란 사람은 대체 무슨 생각을 가지고 있단 말인가. 다급해진 남궁장천이 마혼의 생각을 돌려보려고 애쓴다.

"아직 기회가 완전히 소실된 건 아닙니다. 해 볼 만큼 해 보고 나서 그래도 불가항력이면 그때 가서 대책을 강구하더라도……."

그의 말은 이내 잘리고 말았다. 남궁장천의 말을 자르고 들어온 건 묵혼이었다.

"남궁 공자, 아무래도 그건 힘들겠소. 미련을 버리시오. 우리 목적은 어디까지나 싸움을 붙이고 양측의 전력 손실을 극대화하는 것이지 우리 힘으로 정의맹이나 사사혈맹을 장악할 의도가 아니오. 후일을 기약하는 것이 현명하오."

미치고 환장할 노릇이었다. 남궁장천은 기가 막혀 말이 안 나왔다. 그래도 할 말은 해야 했다.

"그럼 저는 어찌 되는 겁니까? 저희 세가는 또 어찌 됩니까? 이렇게 쉽게 손을 빼려고 제 동생을 유인해 오라 하셨습니까? 말해

보시오. 대체 나더러 뭘 어쩌라는 거요! 대체 어느 장단에 춤을
춰야 하는 겁니까?”

마혼은 그 부분에 대해서는 아직 끝난 게 아니라고 했다.

“당신 동생의 일은 나도 미안하지만 전혀 무가치한 일은 아니
야. 두 가지 선택이 있어. 하나는 검성을 제거해서 그의 입을 막
는 것이지. 그러면 남궁세가에는 해가 없겠지. 당신의 안전 역시
지켜질 테고.

두 번째는 좀 위험하긴 하겠지만…… 천황을 직접 노리는 거
지. 그는 살려두면 두고두고 우리 일을 방해할 사람 같거든. 할
수만 있다면 이쯤에서 제거하는 것이 현명하겠지. 어느 쪽을 선
택하겠나? 두 가지 일을 동시에 해내는 건 장담할 수 없는 일이니
일단 배제하고.”

남궁장천은 입을 다물지 못했다.

“그걸, 그 일을 누가 할 수 있단 말입니까? 검성은 정의맹에 뜻
을 실은 환혼자들 중에서도 최강임을 입증한 사람입니다. 그런
검성을 꺾어버린 천황을 누가 처치할 수 있단 말입니까?”

“흐흐. 강하다는 건 상대적이지. 사람은 온종일 긴장감을 유지
할 수 없어. 그 빈틈을 완벽하게 노릴 수만 있다면 세상에 죽이지
못할 사람이 어디 있겠나. 천황이라고 해 봤자 어차피 인간인건
마찬가지고 목이 떨어지면 죽는 것 역시 매일반이지. 그러자면
이왕이면 상대가 긴장하지 않을 만한 신분인 것이 아무래도 유리
하겠지. 애초에 당신 동생의 신분이 필요했던 게 이런 경우에도
유용할 것 같아서 요구했던 거고.”

남궁세가의 운명을 건 도박이었다. 남궁장천은 이번 일을 누구

와 상의도 없이 혼자 도모했다.

'책임을 져야 한다. 나 하나로 인해 남궁세가가 멸문당할 수는 없다. 서로의 이익이 맞아떨어져 힘을 합한 것 뿐 이들이 우리 가문의 안전까지 책임져주지는 않는다. 살 길을 찾아야 한다. 어떻게, 어떻게 해야 하지? 생각해 내라 장천아. 이대로 무너질 순 없잖아.'

"사사혈맹에 투신하는 것이 어떻소? 남궁세가가 가담을 원한다면 사사혈맹측은 아마도 쌍수를 들어 환영할 거요."

남궁장천의 고민을 해결해 준답시고 묵혼이 꺼낸 얘기는 오히려 더 화가 나게 만들 만했다. 그런데 아무리 머리를 짜내 보아도 그 방법밖에는 살 길이 없지 않은가.

검성의 입을 막는다 해도 완전하게 비밀이 보장되진 않을 것이다. 확인된 건 아니지만 맹주가 벌써 입을 열었다는 보고까지 들려오고 있는 실정이었다.

"어느 쪽이든 속히 결정해야 할 거야. 하루의 시간을 주지. 나와 너 둘만 다시 정의맹으로 들어간다. 너는 세가 사람들을 설득해 보고 여의치 않으면 혼자서라도 몸을 빼내. 나는…… 천황과 검성 둘 중에 하나를 제거하겠다."

여기 있는 사람들 중에 누구도 감히 검성이나 천황을 제거하겠노라고 말할 사람이 없었다. 그것은 용기만으로 가능한 일이 아니기 때문이었다.

요행을 바랄 일도 아니지 않은가. 마혼의 저 자신감의 실체를 동행해서라도 지켜보고 싶다는 생각이 간절하지 않은 사람이 누가 있겠는가. 그러나 이내 마혼의 이어진 명령은 그것마저도 허락하지 않았다.

"너희들은 모두 만 하루 동안 소수로 움직여 항주를 벗어난다. 장사치 행세를 하든, 낭인 행세를 하든 알아서들 해서 탈출해. 묵혼."

"네."

"너는 지금 즉시 사혼이 마련해 둔 무창의 비밀지부가 어디에 있는지 알아보고 수하들에게 정확한 위치를 알려주도록."

"그리 하겠습니다."

"야수검."

"네 하명하십시오."

"너는 무창의 사혼과 만나거든 내가 도착하는 즉시 사황천사와 만날 수 있도록 자리를 주선해 봐. 팔관회주와 살막주의 도움을 받으면 한결 쉬울 거야."

"명심하겠습니다. 한 치의 소홀함도 없이 처리하겠습니다."

"권왕. 너도 할 일이 있다."

"말씀하십시오."

"행방을 감춘 잠마지존 나극찰의 소재를 파악하라는 건 어찌 되었나?"

"그와 수하들은 현재 인근의 소산(蕭山)이란 곳에 모여 있습니다."

"그들을 접촉해 봐라. 나극찰이란 자가 생각이 있다면 정의맹에 둥지를 틀지는 않을 것이다. 진정 야심이 있는 자라면 그럴 리는 없다. 우리 세력을 밝히는 한이 있어도…… 그를 끌어들여라. 힘들다 싶으면 욕심 부리지 말고 일단 철수하도록. 그자는 지금 미치기 일보직전일 테니 괜히 심기를 건드렸다가는 목숨을 부지하지 못할 게야."

"대좌령의 기대에 부응할 수 있도록 최선을 다하겠습니다."

"다들 지금부터 시간차를 두고 떠난다. 정의맹에서 감시가 심할 테니 각별히 주의하도록. 알겠나?"

"존명."

"명심하겠습니다."

*　　*　　*

철우명은 제게 많은 시간이 남지 않았다는 걸 알고서 장원을 벗어났다. 항주를 떠나기 전에 할 일이 있었다.

'이렇게 찜찜한 상태로 도망치듯 떠날 수는 없지. 다른 건 몰라도 한 가지만은 꼭 해야겠어.'

제 몰락이 있던 날을 철우명은 잊을 수 없었다. 자신에게 좌절을 경험하게 해 준 와룡장 신임장주의 신분이 천황임이 드러난 마당에 그의 눈에 또다시 띈다면 무슨 봉변을 당할지 모를 일이었다.

걱정은 됐지만 그래도 꼭 가봐야 할 곳이 있었다. 그는 길에서 삼삼오오 모여 한참 재미나게 놀고 있는 아이들마저도 주의를 기울일 정도로 신중하게 움직였다. 그렇게 은밀하게 움직여 그가 찾아간 곳은 와룡장이었다.

'바로 여기로군. 자운경. 내 씨를 밴 년이 옛 사내의 집으로 다시 기어들어가다니. 네가 아주 죽으려고 작정을 했구나.'

웬만하면 자운경을 그냥 두고 떠날 생각이었다. 그런데 현재 그녀가 와룡장에 있다는 소식을 듣고서 철우명은 분기를 참을 수가 없었다.

스스로 인간이기를 포기한 제 소행은 생각지 않고 제 계집을 다른 사내에게 빼앗겼다고만 생각하고 있으니 철우명의 머릿속 구조는 남다른 것이 틀림없었다.

와룡장 식솔들이 근래 정의맹 일로 바쁜지라 장내에 남아 있는 사람은 많지 않았다. 게다가 무림고수인 철우명의 은밀한 움직임을 감지할 만큼 뛰어난 고수도 없었다.

제 뱃속에 아이가 있다는 사실을 알고서도 자운경은 철우명에 대한 원망으로 하루, 하루를 고통스럽게 지내고 있었다. 그냥 이 원망스러운 세상 이대로 하직할까도 생각했지만 뱃속의 아이가 꿈틀거리는 걸 느끼고는 차마 그 짓도 못할 일이었다.

자운경의 불행은 그녀 자신에게서 비롯되었다. 다른 사람을 원망할 일이 아니었다.

그 사실을 깨달은 순간 눈이 멀어 참된 사람과 사랑을 알아보지 못한 자신을 탓했지만 이제 와서 그래봐야 소용이 없었다. 그런데 어찌 알았으랴.

세상에는 머리로만 이해할 수 없는 무조건적이고 숭고한 사랑도 있었음을.

몸이 성치 않은 와룡장의 원래 주인인 상백린이 뜰을 거닐고 있는 자운경의 고운 자태를 발견하고야 말았으니, 그것이 두 사람에게는 새로운 운명의 문을 열어주었다.

　살아생전에 다시는 못 볼 줄 알았던 자운경을 다시 보게 된 순간, 그것도 제 집 안에서 만나게 된 순간 상백린은 그녀에게 처음 사랑이라는 감정을 느끼던 그때로 어느새 돌아가 있었다. 달라진 건 자운경 하나뿐이었다.

　상백린은 그때보다도 오히려 더 절절하고 애틋한 사랑을 지금껏 가슴 속에 품고 있었던 것이다.

　자운경은 못 볼 걸 본 사람처럼 후다닥 달아났지만 상백린은 불편한 몸으로 그녀의 이름을 부르며 따라붙었다.

　넘어지고 깨져서 흙투성이가 되었지만 그런 게 문제가 아니었다.

　그의 그런 마음이 전달되었기 때문일까? 자운경은 돌아봤다. 그녀는 보았다. 땅바닥을 기고 있는 상백린의 처절한 모습을.

　자운경은 들리는 소문으로 알고는 있었지만 저 정도로 심한 상태인지는 미처 생각지 못했었다.

　예전과 달리 누가 곁에서 돌봐주지 않으면 집 밖으로 나가기도 쉽지 않을 불편한 몸으로 땅바닥을 뒹굴고 있는 상백린을 차마 혼자 두고서 발길을 뗄 수가 없었다.

　두 사람은 그날 이후로 다시 대화를 나누기 시작했다. 자운경의 뱃속에 다른 사내의 아이가 자라고 있다는 사실까지도 알게 되었지만 상백린은 실망하지도 분노하지도 않았다. 단지 그녀의 불행을 안타까워했을 뿐이다.

　오늘이 사흘째였다. 오늘도 어김없이 상백린은 자운경을 찾아왔다.

　자신이 찾지 않으면 자운경은 결단코 자신을 찾아오지 않을 것을 알기에 상백린은 오늘도 땀을 뻘뻘 흘리며 천리길처럼 먼 곳까지 온 것이다.

자운경은 뜰에 나와 서성거리고 있었다. 두 사람은 한동안 말없이 뜰 앞에 앉아 있었다.

아직은 차가운 바람이 어깨를 한없이 움츠러들게 만들 만했지만 두 사람은 그런 추위도 잊어버린 사람들처럼 좀체 내실 안으로 들어갈 생각을 못했다.

"이제…… 오지 마세요."

자운경은 어제와 마찬가지로 또 그 말을 하고야 말았다. 상백린의 대답 역시 어제와 똑같았다.

"그럴 수가 없다는 걸 당신이 더 잘 알지 않소? 난…… 여기 운경이 있다는 걸 알고 있는 이상…… 오지 않고는 못 배기오."

"여전히 당신은 바보 같군요."

"그걸 이제야 알았소?"

"제가…… 밉지도 않나요?"

"그래 본 적이 한 번도 없다면 믿겠소? 나는…… 당신을 미워할 수가 없다오. 당신 생각을 하면서 고통을 잊고 당신과의 추억 때문에 하루, 하루를 버텨왔소. 내겐 당신이 전부였고…… 지금도 마찬가지요."

자운경의 눈에서 또르르 눈물이 맺혀 떨어졌다.

"당신의 소중함을…… 당신이 떠나고서야 더 절실하게 깨달은 것이 안타까울 뿐이오. 이제는…… 그런 바보 같은 짓을 되풀이하고 싶지 않소. 당신이 싫다고 해도…… 나는 당신만 바라볼 거요. 나도 당신 하나쯤 욕심 부려도 하늘이 노하지 않을 거라 믿소. 설사 하늘의 미움을 받고 그걸로 저주를 받아 남은 생애 동안 괴질에 걸려 고통을 받는다 해도 나는…… 당신을 포기하지 않겠소."

"저는, 저는……."

자운경은 끝내 아무 말도 못했다. 그녀의 손등으로 하염없이 떨어지고 있는 눈물만이 그녀의 지금 심정을 대변하고 있을 따름이었다.

그때였다. 어디선가 북풍한설보다도 더 싸늘한 음성이 들려와 두 사람의 감정을 사정없이 부숴 버렸다.

"잘들 논다. 내 이럴 줄 알았지. 네년이 뱃속에 내 새끼를 배고 있으면서 감히 옛 서방을 찾아오다니, 그러고도 네년이 살아남길 바랐느냐! 그것도 병신이 된 놈을!"

자운경은 전신에 소름이 돋는 걸 느꼈다. 상백린도 뜰 안으로 들어서는 사내가 누군지 알아보았다.

"다, 당신……."

자운경은 아무 말도 못했다. 저 시퍼렇게 살기를 뿜어내고 있는 눈이 곧 무슨 짓을 할지를 직감적으로 알아보았기 때문이다. 자운경은 그 순간 본능적으로 몸을 일으켰고 두 팔을 활짝 벌리며 상백린 앞을 막아섰다.

상백린은 또 그런 그녀를 한쪽으로 밀쳐내려고 안간힘을 썼다. 그런 모습이 철우명의 심사를 더 꼬이게 만들었다. 그의 가슴 속에서 불길이 치솟아 올랐다.

"이것들이 지금 쌍으로 뭔 짓거리들을 하고 있는 거야. 오냐. 오늘 둘 다 황천 구경을 시켜주마."

자운경은 악을 썼다.

"죽여. 개만도 못한 자식. 한때나마 짐승만도 못한 네놈의 꾐에 넘어가서 인간의 도리를 저버린 내가 수치스러워서 콱 혀 깨물고 죽어버릴까도 생각했었어. 이제 와서 죽는 게 두려울 것 같아? 나도 미련 없어. 네 새끼를 낳아야 한다는 사실이 저주스럽고 네 새끼를 낳아서 키워나가야 할 남은 인생이 가련했는데 잘됐어. 죽여, 죽여!"

퍽!

"아악."

철우명의 쇠망치 같은 주먹이 자운경의 얼굴을 가격했다. 그것만으로 분이 안 풀렸는지 그의 발길질이 시작됐다.

"아아악. 죽여, 죽여라. 이 더러운 놈. 아악."

비명과 울부짖음이 뒤섞인 자운경의 외침이 와룡장을 시끄럽게 흔들어 깨웠다.

상백린은 분노하며 그런 철우명의 바짓가랑이를 잡고 늘어졌다.

"이 새끼가! 이거 안 놔? 이년 죽여 놓고 너도 죽여주마. 저리 비켜."

퍽!

"꺼억. 안 돼. 차라리 날 죽여라. 이 짐승만도 못한 놈. 안 된다. 그녀는 건들지 마라. 네놈이 사람 탈이라도 썼다면 이런 짓을 할 수는 없는 것 아니냐."

퍼퍽!

"허어 이놈 보게. 부처님 가운데토막 같은 놈이로세. 네놈은 분하지도 않냐? 사내자식이 얼마나 못났으면 지 싫다고 버리고 간 년이, 그것도 다른 사내랑 눈 맞아 배 맞추고 애까지 배고 돌아온 년이 뭐가 예쁘다고 역성을 들어. 미친 놈 아니야 이거. 보다보다 별놈을 다 보겠네. 그래 네놈도 죽여줄 테니 저리 꺼져 있어라.”

　퍼억!

　상백린은 철우명의 무쇠 같은 발에 채여서 저만치 나가떨어지고 말았다. 입에서는 피를 철철 흘리면서도 상백린이 기어코 땅을 긁어서라도 다가올 기세이자 철우명은 기가차서 한마디 더했다.

　“아주 지랄을 하는군. 카악 퉤.”

　철우명은 정말 못 볼 꼴 봤다는 듯이 치를 떨었다. 두 사람이 저항하고 발악하면 할수록, 그리고 그 속내가 서로를 아끼는 마음이 깔려 있음을 확인하면서 배알이 뒤틀리기 시작한 것이다.

　살심이 일어나 철우명의 마음을 싸늘하게 얼려버렸다. 그의 손이 허공으로 쳐들렸다.

　그리고 그 손 안에는 강기가 아지랑이 피어오르듯 넘실거리고 있었다. 이제 저 손이 내려쳐지면 상백린의 머리통은 속절없이 깨지고 말 것이다.

　상백린도 제 죽음을 예감했다. 그 순간 그는 눈을 감지 않았다. 마지막 순간만이라도 생애 처음으로 사랑했고 끝까지 그 사랑을 포기할 수 없게 했던 자운경을 눈에 담아두고 싶었다. 그런데 눈치 없는 눈물이 자꾸만 차올라 자운경의 모습이 흐릿해지고 있었다. 상백린은 고개를 흔들었다.

　하늘도 땅도 바람도 구름도 외면하는 그 순간에 이 처참한 전경 안으로 불쑥 뛰어든 사내가 하나 있었다.

"이노옴!"

철우명은 제 등짝으로 달려들고 있는 막강한 살기와 경력을 느
낀 순간 지붕으로 신형을 훌쩍 날려 피했다. 그는 순간 불길한 예
감에 전신을 떨었다.

'혹시 천황인가?'

만약 그렇다면 자신은 죽은 목숨이었다. 도망가는 건 꿈에서도
생각지 못할 일이었다.

그건 이미 예전에 한 번 경험해 본 적이 있지 않던가. 그런데
지붕에 자신의 두 발이 무사히 닿는 순간 최소한 천황은 아니란
사실에 안도할 수 있었다.

그는 빠르게 돌아섰다. 그의 전면에 날아 내리는 사람은 한 번
도 본 적이 없는 놈이었다.

그는 유백송이었다. 그는 진정 분노했다. 자신이 잠시 와룡장
을 비우고 밖에 나갔다 온 사이에 또다시 이런 사단이 난 것이다.
자신이 조금만 늦었더라도 두 사람의 시체만이 덩그러니 남아 있
었을 거라 생각하니 가슴속이 써늘해졌다. 그나마 늦게라도 왔으
니 다행인 셈이었다.

유백송은 말을 섞을 가치도 없는 놈에게 시간을 낭비하고 싶
도 않을뿐더러 무엇보다도 눈앞에 있는 놈을 찢어죽이기 전에는
가슴속을 새카맣게 태우고도 남을 분노의 불길을 진정시킬 길이
없었다.

천잔마검 유백송의 이름 앞에 늘 붙어 다니는 삼대살성이란 말
이 동네 저잣거리 투전판에서 운 좋아 긁어모은 판돈이 아니라는

사실이 드러나는 순간이기도 했다.

느닷없이 나타나 자신의 일을 방해하고 나선 불청객의 검세가 제 예상 밖으로 거세고 날카롭다는 사실에 철우명의 얼굴에 당황의 기색이 떠올랐다.

더군다나 한수 한수가 모조리 스치기만 해도 치명적일 수 있는 살수라는 점이 간담을 서늘케 했다.

두 사람의 검이 맞붙었다 떨어지기를 반복할수록 철우명의 마음은 조급해졌다.

'강한 놈이다. 족히 천 합을 겨루어야 승부가 나겠구나.'

자신은 그리 여유 있는 몸이 아니었다. 더군다나 이렇게 시간을 끌다가 제게는 염라대왕이나 다름없는 천황이라도 나타난다면 도주는커녕 목숨을 부지하기도 어려워질 게 자명했다.

남 목숨 뺏는 걸 쉽게 생각하는 사람일수록 제 목숨에 대한 애착은 큰 법이다.

발끝에 걸리는 기와를 차올려 유백송의 시야를 흐트러뜨린 뒤 철우명은 다짜고짜 도주를 감행했다. 전혀 예상하지 못했던 유백송은 순식간에 멀어지는 철우명의 뒷모습을 바라보며 이를 갈아붙였다.

"이놈 내가 널 놓칠까 보냐. 지옥 끝까지라도 따라가 반드시 목줄을 끊어놓고야 말겠다."

그러나 그는 그럴 수가 없었다.

"운경, 운경!"

밑에서 들려온 장주의 다급해 하는 소리가 유백송의 발길을 붙잡아놓았다. 잠시 한눈파는 사이에 어느새 철우명의 종적은 자취를 감추고 말았다.

　유백송은 분함을 이기지 못하고 발을 '탕' 소리 나게 굴렀지만 지금은 악도를 제거하는 것보다 더 시급한 일이 있었다.

　자운경은 피를 흘린 채로 혼절해 있었다. 그런 그녀를 부둥켜 않고 안타까움에 눈물 흘리며 몸을 흔들고 있는 상백린의 모습은 유백송의 눈시울을 절로 붉히게 만들었다.

제 8 장 · 숙명을 짊어진 자

　남궁장천과 남궁영걸이 돌아왔다. 그들은 귀환하자마자 곧바로 천황에게로 불려갔다. 집법청의 고수들이 친히 찾아와 두 사람을 데려갔다. 두 사람은 파천 앞에서 한껏 겁먹은 표정을 해 보였다.

　남궁천과 남궁포현에 이어 이번에는 남궁장천과 남궁영걸까지 대면하게 된 파천은 심사가 여간 괴로운 게 아니었다. 그나마 남궁천과 남궁포현은 파천과 피 한 방울 안 섞인 남남이라지만 이 두 사람은 다르다.

　아버지가 같은 배다른 형제였다. 아무리 부정해 보려 해도 그건 엄연한 사실이었다.

　물론 이 두 사람을 처음 대면하는 게 아니다. 두 형제들은 몇 번인가 파천과 알게 모르게 얽힌 적이 있었다.

　소림사에서 모용상인과의 일 때도 그랬고 황금루라는 괴뢰집단을 세운 주체였다는 점도 그다지 좋지 않게 생각하고 있던 터에 이런 일로 마주앉게 되었으니 악연의 연장이라고 해도 좋을 만했다.

　설마하니 파천이 어렸을 때 집에서 쫓겨난 배다른 동생일 줄은 꿈에서조차 생각지 못한 남궁장천은 천황이 어찌 나올지 몰라 노심초사하고 있었다.

　두 사람이 내실로 들어와 자리에 앉는 걸 복잡한 시선으로 찬찬히 살피던 파천은 그들과 마주앉은 순간부터 표정이 싹 변했다.

　냉정함을 가장하는 것은 그리 어렵지 않은 일이었다. 파천의 어투가 지나치게 딱딱해진 것도 실은 묘한 어색함을 감추기 위해서였다.

　"두 사람은 현재…… 무슨 일로 여기에 불려왔는지 알고 있습니까?"

　남궁장천이 대답했다.

　"아는 바가 없습니다."

　"팔관회와 살막주와 어떤 관계입니까?"

　"전혀 관계가 없습니다."

　"철우명과는 언제부터 알고 지낸 사이죠?"

　"그를 사적으로 만난 적이 없습니다."

　"최근에 맹주전에서 맹주를 만난 적이 있지요?"

그 점에 대해서만은 남궁장천도 부인하지 못했다.

“네.”

“만나서 무슨 얘기를 했습니까?”

“이런저런…… 세상 사는 얘기를 했습니다.”

“맹주와 사담을 나눌 정도로 친밀한 관계였나요? 그리고 그런 일로 당신을 불렀다는 걸 저더러 믿으란 소리입니까?”

“사실이란 것 말고는 달리 드릴 말씀이 없습니다.”

남궁장천은 미리 준비해온 말을 하듯이 일체의 망설임도 없이 대꾸했다. 역시 이런 식의 심문에는 한계가 있었다.

일반적으로 무림 문파에서 혐의가 있는 죄인을 심문할 때에는 죄질이 나쁘다고 판단되면 고문을 하는 것도 다반사였다. 없는 죄도 만들어낼 만큼 그 방면에 전문가들이 수두룩한 것만 보아도 이러한 무림의 풍토를 짐작할 수 있는 부분이었다.

허나 지금 이 두 사람을 그런 식으로 다룰 수는 없었다. 아직 증거라고 할 만한 게 하나도 없고 오직 심증만 있기에, 그것도 맹주가 지나가는 투로 건넨 한마디 말에 근거한 것이기에 만약 고문이라도 했다가는 차후에 문제가 생길 소지가 있었다.

뻔히 예상되는 결과에도 불구하고 파천이 심문을 강행하는 것은 그들을 만나봄으로써 심증에 확신을 가지기 위함이었다. 확실하다고 판단되면 역시 마지막엔 맹주를 통해 확인하는 방법을 취할 생각이었다.

최소한 제 마음의 확신이 있어야만 이후의 조치도 가능했다. 이를테면 처소 밖으로 나다니지 못하도록 연금이라도 하기 위한 선행절차 정도였다.

"맹주가 남궁세가가 개입했다는 언급을 했습니다. 그런 사실을 알고 있나요?"

이번에는 남궁장천의 대답이 곧바로 흘러나오지 않았다. 잠시 뜸을 들인 남궁장천이 천천히 대답했다.

"……금시초문입니다. 정말 맹주께서 그리 말씀하셨습니까?"

"없는 사실을 지어 말하지는 않습니다. 지금이라도 사실을 실토하면 정상참작의 여지는 남아 있습니다. 끝내 발뺌하다 사실이 드러나면 그때는 남궁세가 자체의 존망도 보장받지 못합니다. 이 사실은 충분히 인지하고 계시지요?"

"물론……입니다."

"다시 묻겠습니다. 두 분은 팔관회, 살막주, 철우명과 무관하며 맹주와 접촉하도록 주선한 사실이 없습니까?"

"없습니다. 결백합니다."

"흐음. 그럼 두 분은 지금까지 어디에 있었습니까?"

"마음이 답답하여 서호에 나갔다 왔습니다."

"상관에게 용무도 밝히지 않고 근무지를 무단이탈 한 것에 대해서는 인정하시나요?"

"……네."

"좋습니다. 두 분은 이 시간 이후로 이번 조사가 종결될 때까지 현재 정해져 있는 거처를 한시도 이탈해서는 안 됩니다. 이후 같은 일이 또다시 일어날 시에는 혐의를 인정하는 걸로 간주할뿐더러 처벌을 면치 못할 것입니다."

"연금입니까?"

"장담하거니와 만 하루가 지나기 전에 모든 사실은 밝혀질 겁니다. 곧 맹주와의 면담이 있을 예정입니다. 거기서 맹주가 모든 사실을 털어놓을 거라 예상되는데…… 마지막으로 할 말은 없나요? 대질심문까지 가기 전에 자백하는 게 좋을 겁니다.”

남궁장천은 없다고 했다. 그런데 그때 남궁영걸이 엉뚱한 말을 지껄여서 남궁장천을 초긴장상태로 몰아갔다.

“천황께 긴히 드릴 말씀이 있습니다.”

“말씀해 보십시오.”

“여기서는 곤란하고…… 이따가 저 혼자 다시 찾아뵙겠습니다. 부디 시간을 내 주십시오. 매우 중요한 일입니다. 이번 사건과도 무관하지 않은 일입니다. 저는 다른 사람은 믿지 못하겠습니다.”

파천의 곁에 서 있던 집법청의 고수들뿐만 아니라 파천도 의아함을 감추지 못했다. 파천이 남궁영걸을 주의 깊게 살피며 물었다.

“이 자리에 신변에 위협을 가하는 인물이 있나요?”

“저 그게…….”

“세 분은 잠시 자리를 피해 주시겠습니까?”

파천이 지칭한 사람은 남궁장천과 옥기린, 그리고 천향군주였다. 남궁영걸이 불편해 하니 그리 조치한 것이다. 세 사람이 밖으로 나가고 나서도 남궁영걸은 전신을 경련하며 주변을 두리번거리는 것이었다.

“자, 여기엔 아무도 없습니다. 당신에게 위협을 가할 사람이 없습니다. 겁내지 말고 천천히 얘기해 보세요.”

“안 됩니다. 여기도 안전한 곳은 아닙니다. 맹주 한 사람이 결부된 일이 아닙니다. 집법청의 고수들뿐만 아니라…… 아무래도 안 되겠습니다. 여기서는 도저히 안 되겠습니다.”

파랗게 질린 얼굴로 남궁영걸이 사시나무 떨듯 떨어대니 파천도 감쪽같이 속아 넘어갈 수밖에 없었다.

남궁영걸은 이 세상에 없다. 지금 남궁영걸 흉내를 내고 있는 사람은 다름 아닌 마혼이었다.

그런 사실을 꿈에도 짐작 못하는 파천은 남궁영걸의 두려움을 달리 해석했다. 진실에 접근한 것만으로도 스스로 감당이 안될 만큼 큰 비밀을, 남궁영걸이 알고 있다고 생각하게 됐다.

“천하의 안위가 걸린 일입니다. 본가뿐만이 아니라 정파 전체가 이 일에 연루되어 있습니다. 너무도 뿌리가 깊어서……”

“좀 더 자세히 얘기해 보십시오. 정 불안하면 전음으로 하셔도 무방합니다.”

“그게…… 문제가 아닙니다. 제가 천황께 그런 의사를 내비친 순간…… 저는 이미 적들의 표적이 되어 있을 것입니다. 저는 이제 천황 곁을 벗어나는 순간부터 죽은 목숨입니다. 여기는 안전한 곳이 아닙니다. 어서 속히 저를…… 다른 곳으로 데려다 주십시오.”

주변을 두리번거리는 남궁영걸의 눈은 불안감으로 흔들리고 있었다.

누가 보아도 무언가에 쫓기는 사람처럼 보였을 것이다. 그를 좀 진정시켜야겠다 싶어 파천이 제안을 했다.

“좋습니다. 이렇게 하죠. 정 여기가 불안하고 미덥지 못하면 저와 함께 다른 곳으로 가죠. 사람들 이목이 미치지 않는 곳으로 말입니다. 그럼 될까요?”

“네, 제발 좀 그렇게 해 주십시오.”

듣는 사람도 없는데 누가 들을 새라 목소리를 낮추는 것만으로도 불안했는지 몸을 숙여 얼굴을 가까이 대고 속삭였다.

“제 형도…… 저들의 꾐에 넘어가 가담하고야 말았습니다.”

제 형을 밀고한다는 죄책감 때문인지 남궁영걸의 표정은 일그러졌다. 파천에게는 그리 비쳐졌다.

“팔관회와 살막, 그리고 철우명과 태존, 그 제자들까지…… 음모의 주체는 너무도 크고 깊습니다. 이 거대한 음모의 실체를 파헤칠 분은 천황 한 분뿐이라고 믿었습니다. 제발 저를 이 두려움에서 건져 주십시오.”

완벽한 연기였다. 설사 남궁영걸의 부모라 해도 홀딱 넘어가 버릴 만큼 이 순간의 그는 완벽했다. 파천은 다른 의심을 하지 못했다.

그럴 수밖에 없는 게 남궁영걸의 입에서 조금씩 흘러나오기 시작한 단편적인 실체들은 진실을 알지 못하고서는 입 밖에 낼 수 없는 내용들이었기 때문이다.

‘맹주 독단에 의해 저질러진 게 아니라 조직적인 배후가 있다는 건가? 그것도 집법청의 고수들 중 상당수가 가세한. 만약 그것이 사실이라면…… 손쉽게 정리할 수 없지 않겠는가.’

파천은 사태의 심각성을 깨닫고는 마음이 급해졌다. 파천이 일어서자 남궁영걸도 따라 일어선다. 남궁영걸은 천황에게서 떨어지면 당장이라도 수급이 달아날 사람처럼 안절부절 못했다. 그런 그를 안심시키기 위해서라도 파천은 그가 안정감을 느낄 수 있는 곳으로 안내해야만 했다. 적당한 곳이 떠올랐다.

'와룡장으로 가자.'

그래서 두 사람은 정의맹 밖으로 나가게 되었다.

*   *   *

제 동생의 모습으로 분한 마혼이 무슨 일을 도모하기 위해 이곳으로 기어들어왔는지를 알고 있는 남궁장천은 마음이 급해졌다.

'시간이 없다. 속히 매듭짓고 떠나야 한다.'

그의 그런 애타는 마음을 더 타들어가게 만드는 건 자신이 현재 연금 상태인지라 처소를 벗어날 수 없다는 점이었다. 감시의 눈길을 피해 도망가는 건 아직은 가능해 보였다.

그렇지만 여기서 자신이 벗어나는 순간부터 뒤돌아볼 새도 없이 도망가야 하기 때문에 정작 시간을 벌 수 없다는 점이 문제였다.

지금은 집안의 어른들을 만나는 게 급선무였다. 남궁장천의 애달음을 알았는지 남궁천과 남궁포현이 나란히 찾아왔다. 남궁장천 형제가 귀환했다는 소식을 접한 두 사람이 다급한 마음에 집법청 앞을 서성이고 있다가 뒤를 쫓아온 것이다.

시간이 많지 않다고 생각한 남궁장천은 다짜고짜 본론부터 꺼냈다.

"여길 벗어나야 합니다. 시간이 없습니다."

무림의 거대 문파인 남궁세가를 수십 년간 이끌어온 사람답게 남궁천은 눈치가 빨랐다.

"너 설마…… 너에 대한 혐의가 모두 사실이었단 말이냐? 어서 말해 봐라. 네가 공모한 일들이, 천황이 한 말이 모두 사실이야?"

남궁장천은 힘겹게 머리를 끄덕였다.

"빼앗긴 권리를 되찾아오고 싶었습니다. 이대로 머리 처박고 숨죽이고 있기에는 제 가슴에 살아 있는 야망이 너무도 컸습니다. 그래서……."

촤악—!

분노한 남궁천이 장손의 뺨을 후려갈긴 건 생애 처음 있는 일이었다.

옥이야 금이야 애지중지했던 손자에게 어찌 마음 상하는 말이라도 쉽게 뱉을 수 있었겠는가. 그런 그가 이성을 잃어버릴 정도로 화내고 있었다.

"네놈이 미치지 않고서야 어찌, 어찌 그런 무도한 일을 할 생각을 했더란 말이냐. 네가 제정신이냐. 이제 우리 가문은 망했다. 이제 어쩌면 좋단 말이냐. 이를 어찌 하면 좋을꼬."

눈을 감고 있는 남궁포현의 얼굴도 푸들푸들 떨리고 있었다. 그는 형인 남궁천을 진정시킬 생각도 못하고 억장이 무너지는 심정을 추스르느라 힘겨워하고 있었다. 그런 그들 앞에서 남궁장천은 무릎을 꿇고 애원했다.

"시간이 없습니다. 곧 사실이 밝혀질 것이고 이대로 가만 앉아서 가문이 멸문당하는 꼴을 볼 수는 없지 않겠습니까? 두 분의 노여움이 어떤지는…… 저도 알고 있습니다. 하지만 지금 잘잘못을 따지고 있을 때가 아닌 것도 사실이지 않습니까. 대책을 세워 두었습니다. 저만 따라오시면 오히려 화가 복이 될 수도 있을 것입니다.”

남궁포현이 눈을 번쩍 떴다.

“대책? 지금 대책이라고 했느냐?”

“네 할아버지.”

이후 남궁장천은 그간의 사정과 태존과의 밀약을 소상히 아뢰었다.

“그들의 연합한 힘은 정의맹을 능가합니다. 최후의 승자 편에 서지 못하면 명예를 지킨다 한들 무슨 소용이 있겠습니까. 이길 수 있는 편에 서야 합니다. 사사혈맹의 현 전력에다 팔관회와 살막, 그리고 태존의 친위세력까지 더하면 필승의 전력이라 믿어 의심치 않습니다.”

남궁세가의 두 거인은 할 말을 잃어버렸다. 어찌 자신들의 핏줄에서 이런 망나니가 나왔을까 싶은 심정뿐이었다. 남궁포현은 이제 와서 무슨 짓을 한다 해도 엎질러진 물을 다시 담을 수 없다는 걸 인정할 수밖에 없었다.

“이미…… 끝났다. 팔관회와 살막주를 맹주와 주선해 준 일, 그것 한 가지였다면 지탄은 받을지언정 가문에 큰 위기는 없었을 것이다. 그러나 정파의 반도인 철우명과 그 배후세력의 꼭두각시 노릇을 한 이상…… 그 어떤 변명도 통하지 않는다. 사사혈맹에 투항하자고 했느냐? 너는…… 그게 될 법이나 한 소리라고 생각하느냐? 본가의 선조와 영령들에게 부끄럽지도 않아? 오랜 가뭄에 풀이 메말라 버렸다고 소가 다른 짐승을 잡아먹는 일이 세상 천지에 있더란 말이냐! 본가는 정도를 걸어왔다. 조금씩 잘못도 하고 세상에 내놓지 못할 부끄러운 일도 있었겠지만 크게 봐서 정도에서 벗어나는 일을 한 적이 없다. 그런 우리가 어찌 정파라는 자부심과 명예를 버리고 무도한 사파와 연합하겠느냐. 되었다. 너를 이리 키운 것도 우리 잘못이니…… 누굴 원망하겠는가.”

남궁포현의 자탄하는 말에 남궁장천의 안색은 갑자기 빛을 잃었다. 절망적이었다.

두 분이 거부할 거라고는 어느 정도 예상한 일이었지만 이리 완강하게 나올 줄은 몰랐던 것이다.

남궁포현은 형인 남궁천 앞에서 고개를 떨어뜨렸다.

“형님 죄송합니다. 제가 세가의 가주로서 자식들을 제대로 훈육하지 못한 죄가 큽니다.”

남궁천은 긴 한숨을 내쉬며 고개를 저었다.

“아니다. 내 과욕이 빚은 일이지 누굴 탓하겠느냐. 허허. 허망하구나. 내 말년에 이런 꼴을 보게 될 줄이야.”

두 사람은 이미 담담하게 현실을 받아들이고 있었다. 그러나 남궁장천은 결단코 그럴 수가 없었다.

“이대로 포기하잔 말씀이십니까? 왜, 무엇 때문에요? 정파라는 허울이 그리도 버리기 아까운 대단한 것입니까? 그것 하나 손에 움켜쥐고 있다고 무슨 영화를 본다고 이리 고집을 부리시는 겁니까, 네? 말씀해 보세요.”

“미련한 놈! 너는 뿌리가 없이 자라는 나무를 보았느냐? 세상천지에 근본을 부정하고 대성하는 인간이 있는 줄 알아? 집안의 가세가 기울었다고 어미아비를 부정하고, 나라가 망해간다고 나라를 팔아치울 놈이로구나, 네놈이! 인간이면 인간으로서 지켜야 할 최소한의 도리라는 것이 있고 우리 가문은 그걸 지켜왔기에 정파의 일원으로 인정받을 수 있었던 게야. 그런데 이제 와서 그 걸 버리면…… 우리가 녹림의 도적들과 다를 게 무어냐.”

“저는 그리 살 것입니다. 사람들한테 손가락질 받는 건 잠시이 고 승자가 되면 비난은 칭송으로 바뀌는 게 세상인심입니다. 힘 이 우선입니다. 힘만 있으면, 세상을 뒤엎어버릴 힘만 있다면 두 려울 게 무업니까. 전 아직 포기하지 않습니다. 절대로 그리 못합 니다. 두고 보십시오. 제가 반드시 남궁세가를 천하무림 위에 우 뚝 세워놓을 테니 말입니다.”

남궁천도 남궁포현도 남궁장천의 말에 더 이상 귀 기울이지 않 았다. 그럴 가치가 없다고 생각했다. 두 사람은 이제 최악의 경우 를 상정해놓고 논의해야만 했다.

“형님, 가문의 명맥이나마 이으려면 저희가 먼저 자백하고 죄 를 청해야 합니다. 동도들의 분노를 그나마 누그러뜨릴 수 있는 길은 그것뿐입니다.”

“……그렇겠지? 그렇다고는 해도…… 너와 나, 그리고 직계의 목숨을 부지할 수는 없을 것이다.”

“아마도…… 그렇겠지요. 그 정도쯤은 각오해야지요.”

남궁천은 처연하게 말했다.

“세가의 식솔들을 모조리 항주로 불러들여라. 그리고 너와 내 가 천황 앞으로 가서 죄를 고하자.”

남궁장천은 하늘이 무너지는 심정이었다.

‘틀렸다. 두 분의 뜻이 이리도 완고하시니…… 모든 건 부질없 는 짓이 되고야 말았다. 허나 나는 인정할 수 없다. 나는 끝까지 가 볼 것이다. 그래서 내가 결코 잘못된 게 아니라는 걸 두 분과

세상 사람들 모두에게 증명해 보이고 말겠다.'

남궁장천은 몸을 벌떡 일으켰다. 그걸 본 남궁천의 눈빛이 무섭게 번뜩였다.

"너 설마 이대로 도주할 생각이냐?"

"죄송합니다. 저는…… 두 분의 뜻에 따를 수 없습니다."

남궁장천의 신형이 빠르게 움직였다. 남궁포현이 그 앞을 막아선 순간 이미 예상하고 있던 남궁장천이 재빨리 남궁포현의 혈을 짚어 버렸다. 순식간에 벌어진 일이었다.

화들짝 놀라 몸을 일으킨 남궁천이 문 앞에 닿았을 때는 이미 남궁장천의 모습은 그 어디에서도 찾아볼 수 없었다.

*   *   *

와룡장에 도착한 파천은 그를 기다리고 있는 또 하나의 사건 앞에 망연해질 수밖에 없었다. 유백송의 전언을 듣고서 철우명을 살려둔 것을 또다시 후회해 봤자 소용이 없었다.

불행 중 다행이라면 상백린과 자운경이 크게 다치긴 했지만 생명에 지장이 있을 정도는 아니란 점이었다. 만약 둘 중에 하나라도 목숨을 잃었다면 파천은 살아남은 사람의 얼굴을 쳐다볼 수도 없었을 것이다.

유백송은 제가 자리를 비워서 그런 일이 벌어졌다고 생각하는지 상백린의 거처 앞에서 떠나려고 하지 않았다. 파천의 마음도 그 못지않게 무거웠다. 그래서였을 것이다. 파천은 평소와 달리 흐트러진 마음으로 남궁영걸 앞에 앉았다.

"무슨 일이 있습니까? 얼굴에 수심이 가득해 보입니다."

"별일 아니니 개의치 마십시오. 이제는 어느 정도 마음에 안정을 되찾았겠지요? 이제 털어놔 보십시오. 여기는 남궁 공자를 상해할 어떤 위험도 없으니 말입니다."

남궁영걸은 몇 번이나 확인을 했다.

"이후 제 신변의 안전을 보장해 주신다고 약속해 주십시오. 그러기 전에는 입을 열지 못하겠습니다."

"약속드리지요. 누구도 공자의 신변을 위협하지 못할 것입니다."

"그럼 믿고…… 말씀드리겠습니다. 태존이란 사람이 있습니다. 알고 계신가요?"

"철우명의 배후에 그런 사람이 있다는 것만 알고 있습니다. 그는 대체 어떤 사람입니까?"

"만승천자라고 아시나요?"

만승천자(萬勝天子)라면 백여 년 전에 천하제일 고수로 추앙받던 일대 기인이지 않던가. 게다가 만승천자라는 외호는 불과 며칠 전에도 들었던 적이 있었다.

천부의 선인들과 작별하고 금아의 등에 올라타려는데 일묘선인이 잊고 미처 하지 못한 말이 있다며 파천에게 과거의 비사 한 토막을 들려주었다. 그의 입에서 만승천자의 외호가 나왔을 때 파천은 의아했다.

강호인의 외호가 왜 천부의 선인에게서 흘러나오나 싶었기 때문이다. 알고 봤더니 그는 천부 출신이었다.

그것도 당시 일묘와 쌍벽을 이룰 만큼 성취가 뛰어난 선인이었다는 것이다. 그런 그가 무슨 일 때문인지 당시 호파의 수장과 반목하며 빈번하게 충돌을 일으키자 다들 그 일에 의문을 갖고 있던 시절이었다.

"만승천자는 결국 호파의 수장이셨던 태평선인을 시해하고 도망을 쳤습니다. 당시 그 일이 워낙에 충격적인 사건이었던지라 곧바로 추적대를 편성해서 뒤쫓아 가봤지만 신출귀몰한 그의 흔적은 그 어디에서도 찾을 수가 없었습니다. 무려 삼 년간의 추적에도 행적을 밝혀내지 못하자 그를 찾는 걸 포기하고 돌아왔는데 후에 보니 그가 만승천자와 동일인이었던 겁니다. 천부의 금기를 무시하고 세사에 관여한 일로 추궁을 받게 되자 수장을 해치고 달아났던 것이었지요."

그런 그가 만승천자라는 외호로 세상을 깜짝 놀라게 하고 급기야 천하제일고수로 추앙받은 시절은 그리 긴 것은 아니었다. 그는 이후 완벽하게 종적을 감춰 버렸고 이내 사람들의 뇌리에서 점차 희미해져 갔다.

그런 만승천자의 외호가 남궁영걸의 입에서 흘러나오다니. 파천은 그때 직감적으로 한 가지 추리에 도달할 수 있었다.

"혹시 만승천자가 태존입니까?"

"맞습니다. 그가 바로 태존입니다."

놀라운 일이었다. 백 년 전의 천하제일인이 지금까지 생존해 있다는 것도 놀라운 일이거니와 그가 정체를 숨기고 천하를 송두리째 뒤흔들만한 큰 음모를 꾸미고 있다는 것도 심상치 않은 일이었다.

"태존의 휘하에 얼마나 많은 고수들이 있는지는 저도 정확하게 알지 못합니다. 그의 제자들로 알려져 있는 묵혼, 사혼, 철혼, 뇌혼 등만 아니라 만승천자 이후에 각기 한 시대를 평정했던 야수검과 권왕까지도 실은 그의 수하들입니다."

"그럴 수가!"

"실상 태존은 백 년 전부터 무림을 은연중에 장악하고 있었다고 봐도 무방할 정도입니다. 그가 마음만 먹었다면 강호무림을 통합하는 건 일도 아닐 정도였습니다."

"그런데 왜 그러지 않은 겁니까?"

"그의 목적이 무림에만 있는 게 아니기 때문입니다. 그는 세 종족의 난입이 예상되는 혼천의 시기를 대비해 온 것이지요. 단지 현재 무림인들이나 환혼자들과는 다른 입장이라는 게 차이점입니다."

"다른 입장이라면?"

"그에게는 세 종족에 맞서서 이 세계를 지키려는 의지가 없습니다. 그는 오직…… 천상천하 유아독존이 되고자 합니다. 세상을 지배하는 유일무이한 절대자, 그것이 그의 최종목적입니다. 그 과정에서 얼마나 많은 사람들이 희생되든 그건 그 사람의 관심권 밖이지요."

세상에는 별의별 사람이 다 있다지만 현실에서는 가능할 것 같지도 않은 욕심을 좇아 평생 그 굴레에서 못 벗어나는 사람도 있다. 태존이 그런 사람이었다.

그는 제 목표를 이루기 위해 보통사람의 일생보다도 긴 세월을 준비했고 끝내는 그대로 실행해가고 있었다. 세상에 자신을 숨긴

채 그 긴 세월을 버텨온 것만 해도 범인으로서는 상상도 못할 일
이었다.

파천은 이 어마어마한 인간의 실체가 너무도 궁금했다. 그때
다. 파천의 뇌리를 스치는 생각이 있었다. 그것은 지하세계에서
두무지에게 들었던 애기였다.

'혹시…… 백여 년 전에 지하세계에 들어왔다던 인간이 그 사
람일까?'

어쨌든 지금 당장은 태존의 실체를 파헤치는데 심력을 낭비할
때가 아니었다.

"맹주 말고 맹 내에서 또 누가 그 일에 가담하고 있는지도 아시
오?"

"제 짐작으로는…… 집법청의 대다수 환혼자들 역시 알게 모르
게 연루가 돼 있을 것으로 봅니다. 뿐만 아니라 정파의 수뇌들 중
에도 상당한 인사들이 관련이 있을 것입니다."

한마디로 믿을 놈 하나 없다는 말이 아니고 무엇이랴.

"단지 짐작인지 아니면 근거가 있는 애깁니까?"

"맹주가 남의 눈을 의식하지 않고 독단적으로 밀어붙일 수 있
었던 이유가 뭐라 생각하십니까? 여기저기 심어놓은 태존의 끄나
풀들이 동조해 주기 때문입니다."

그럴 듯했다. 설득력이 있는 말이었지만 파천은 남궁영걸의 말
만 듣고서 고개를 끄덕일 순 없었다. 이 부분은 시간을 두고 확인
해 볼 필요가 있었다.

궁금해 하던 사항들, 즉 팔관회와 살막이 맹주와 접촉한 부분
까지 확인받고 나서 파천은 가장 중요한 부분만을 남겨두고 있었

다.

"그럼 남궁세가가 관여한 건 틀림없군요."

"네 사실입니다. 부끄러운 일이지만 그건 사실입니다."

"그럼 한 가지만 더 묻겠습니다. 남궁세가가 가주의 재가를 받고 조직적으로 움직인 것입니까, 아니면 남궁장천 개인만 관여된 것인가요?"

"그건……."

남궁영걸, 아니 마혼은 이때 속으로 자신이 왜 이렇게까지 시간을 끌게 되었는지 납득할 수 없다는 생각을 하던 참이었다.

몇 번의 기회가 있었음에도 머뭇거려 기회를 날려버린 셈이었다. 세상 사람들 모두가 천황을 두려워할지 몰라도 자신에게는 해당사항이 없는 얘기였다.

'내가 급습해서 죽이지 못할 사람은 없다. 아니, 한 사람 있군. 태존. 허나 그 역시 나를 찾을 때 경각심을 갖고 있기 때문에 무사할 수 있었을 뿐 미리 준비가 없었다면 내 손에 죽음을 맞았을 것이다.'

마혼은 그리 믿고 있었다. 그런데도 마혼이 여기까지 시간을 끌어 하지 않아도 될 말까지 주저리주저리 늘어놓게 된 건 설명할 수 없는 부분이었다.

젊다는 얘기는 들었지만 천황이 이처럼 나이 어린 사람일 거라고는 생각지 못했다. 제 또래로 보이는 사람이 당대의 천황이라는 사실이 놀랍기도 했고 한편으로는 신기하기도 했다.

그와 자신은 마치 빛과 어둠처럼, 극명하게 대립되는 반대편 길을 걷고 있었다. 그래서였을 것이다. 파천이란 사람에 대한 순수한 호기심이 발동된 것은.

이대로 죽여 버리기엔 뭔가 아쉬움이 남았던 것이다. 마치 사라에게서 사람의 첫정을 느꼈던 것처럼 파천과도 어쩌면 특별한 관계가 가능할 것 같은 막연한 기대감이 들었던 것이다. 그것은 암살대상에게 품어서도 안 되고 스스로 이해할 수도 없는 기이한 경험이었다.

"세가 전체가 조직적으로 관여되어 있습니다. 단지 형을 내세운 것뿐이죠."

"공자는 왜 변심하게 되었죠? 공자의 증언이 장차 세가에 어떤 식으로 영향을 미칠지 모르지는 않을 텐데요."

"옳지 않은 길이기 때문입니다. 양심의 가책을 느꼈습니다. 세가의 일원이기 때문에 말 못하고 끙끙거렸지만 결국 이건 옳지 않다는 데에 생각이 미쳤습니다. 그래서…… 용기를 냈습니다. 만약…… 천황께서 등장하지 않으셨다면 전 끝내 용기를 내지 못했을 겁니다."

두 사람은 더 이상 질문할 것도 대답할 것도 남아 있지 않았다. 파천은 이제 정의맹으로 돌아가면 맹주를 추궁하여 남궁세가와의 관련성을 입증할 것이다.

그 결과 맹주의 위치가 어떻게 되고 남궁세가에게 어떠한 처벌이 내려질지는 정의맹에 맡길 일이지 그것까지 파천이 관여한다는 건 주제 넘는 일이었다.

지금 그 자신이 담당해야 할 일은 이번에 알게 된 태존과 그 무리들을 색출해 제거하는 일이었다.

'태존, 그야말로 이 난세를 더 어지럽게 만드는 암적인 존재다.

그를 제거하는 것이 시급하다.'

그들이 현재 어떤 일을 도모하고 있을지 모른다. 그들을 척결하는 일이 늦어지면 늦어질수록 피해자는 속출할 것이다.

"마지막으로 한 가지만 부탁드리겠습니다. 방금 제게 했던 말을 맹주와 정의맹 고수들 앞에서도 그대로 증언해 주실 수 있겠지요?"

"으음. 그것은…… 꼭 그리 해야 하나요?"

"힘든 일인 줄 알지만 부탁드리겠습니다."

"그러겠습니다."

여기 올 때보다 한결 가벼워진 마음으로 자리를 털고 밖으로 나오는데 그 순간 파천은 자오신검과 요사의 울부짖음을 동시에 들었다.

두 소리는 각기 나눠졌다 할 수 없을 정도로 파천의 몸과 정신을 동시에 후려쳤다. 그 순간은 마치 영원하다 할 수 있을 정도로 느리고 깊고 두터웠다.

촌음을 만개로 쪼갠 듯한 그 짧은 시간 안에서 파천은 주변을 경계했고, 뒤를 돌아보았으며, 제 육신을 파고드는 써늘한 검의 감촉을 느꼈다.

옷자락이 찢어지고 살갗이 패이고 결국에는 피가 튀는 순간이었다. 그대로 더 깊숙이 몸 안으로 검날을 받아들이면 폐를 찔려 즉사할 수도 있는 긴박한 상황이었다.

어찌 그런 몸놀림이 가능할 수 있는지 그 자신조차도 모른다. 그건 상대 역시 마찬가지였다. 남궁영걸은 짧은 쌍단검을 각기 두 손에 하나씩 나눠 쥐었는데 왼손은 바르게 쥐고 오른손으로는 거꾸로 잡았다.

왼쪽 검이 옆구리를 파고드는 순간 파천의 몸이 빙그르 회전하며 피해냈지만 살이 갈라지는 건 모면하지 못했다. 이어지는 오른손의 거꾸로 잡은 검이 횡으로 제 목을 노리고 휩쓸어오는 걸 느끼며 뒤로 한 걸음을 물러서 피했다.

검날이 목에 혈선을 그으며 휙 지나갔다. 이 모든 것이 한순간에 벌어진 일이었다.

생각을 나누고 상황을 판단할 여유도 없이 계속 연이어 이어지고 있는 파상공세를 파천은 아까보다는 좀 더 여유롭게 피할 수 있게 되었다.

"칫!"

암습이 실패했다고 판단한 순간 마혼은 더 이상 미련스레 집착하지 않는다.

마혼의 신형이 천장을 뚫고서 밖으로 사라진다. 암습이 실패한 순간 더 이상 미련이 없다는 것인지 그는 뒤도 돌아보지 않고 도주했다.

파천은 쫓아가야 하는데 몸이 말을 듣지 않았다. 충격에 빠져버린 까닭이었다. 좀 전에는 어찌 그리 피할 수 있었는지 자신도 도무지 믿어지지 않는 일이었다.

그리고 상대의 암습은 기척도 없었고 살기도 없었으며 한 번도 대한 적이 없는 너무도 자연스럽고 또한 빠른 것이었다.

암습을 느끼고 몸으로 반응해 피하기에 불가능한, 저런 쾌검이 존재한다는 것 자체가 두려운 일이었다.

그것보다도 파천은 아직도 이 상황을 어찌 받아들여야 할지를 몰라 멍하니 있다가 뒤늦게 제 실태를 깨닫고는 밖으로 뛰어나왔다. 마당에 내려설 틈도 없이 파천의 신형은 하늘 높이 솟아올랐다.

삼십여 장 높이로 솟아오른 파천의 몸이 구름처럼 두둥실 떠올라서 사방을 살펴보았지만 남궁영걸은 그 어디에서도 찾을 길이 없었다.

다시 방으로 돌아와 망연히 자리에 앉아 보니 조금 전의 체온이 사라지지 않고 그대로 느껴졌다.

'남궁영걸이…… 그렇게 강할 수는 없다.'

옆구리를 손으로 만지는데 시큼한 고통이 느껴졌다. 반듯하게 잘린 옷자락 사이로 피가 쏟아져 나오고 있었지만 파천은 지그시 눌러 지혈을 대신했다.

제 몸은 제가 잘 안다. 이 정도 갈라진 것으로 죽진 않는다. 게다가 불사신마공, 즉 내단이 형성된 것 때문에 생긴 불가해의 회복력은 금세 상처를 아물게 할 것이었다. 오른손으로 옆구리를 누른 채 왼손으로 목 언저리를 쓱 문질러 보았다. 역시나 거기에도 피가 방울방울 맺혀 있었다.

'조금만 늦었더라도…… 죽었을 것이다.'

그 생각을 하니 온몸에 다시금 소름이 돋았다. 전율스런 일이었다. 현재 자신을 이 정도로 곤경에 처하게 만들 수 있는 사람이 있다는 사실이 놀라웠고 그런 그에게서 특별함이나 별스러움을 느끼지 못했다는 것도 믿기 힘든 일이었다.

'더군다나 암습을 하던 순간조차도 기척은커녕 살기와 기감조차 느끼지 못했다니. 이건 상식 밖의 일이다. 그자는 대체 누구란

말인가.'

　파천은 그 순간 그가 향한 방향이 마음에 걸렸다. 게다가 그는 현재 남궁영걸의 모습을 하고 있지 않은가.

　'그자가 마음먹으면 죽이지 못할 사람은 흔치 않다. 미리 경계하고 있더라도 그럴진대 마음을 놓고 있다면 백이면 백 목숨을 잃을 것이다.'

　파천은 급해졌다. 그렇다고 와룡장의 상황도 그리 좋지 않은데 여길 이 상태로 방치해 두고 떠날 순 없었다. 그래서 하는 수 없이 유백송에게 일러 장주와 자운경 소저를 천향루로 옮기라고 했다.

　"내가 보냈다고 하고 안전한 곳으로 피신시켜 달라 하면 조치를 취해 줄 것이다. 어서 서둘러라."

　"꼴이 그게 뭐요? 조금 전 지붕 무너지는 소리가 들리던데 혹누구와 싸운 게요?"

　지금 유백송의 물음에 일일이 대답해 줄 여유가 없었다. 그래서 채근했더니 유백송은 이죽거리며 파천의 속을 긁어놓는다.

　"어디서 맞고 다닐 정도로 약해 빠지진 않은 줄 알았더니 이제보니 당신도 허점이 있는 사람이었구려. 이제야 조금은 사람 같아 보이오."

　유백송이 두 대의 가마에다 자운경과 상백린을 싣고서 사라지는 것을 보고 나서야 파천은 정의맹으로 발길을 향했다.

*   *   *

세상에서 가장 빠른 것은 마음이고 가장 느린 것도 마음이고 가장 크고 무거운 것도 마음이며 가장 작고 가벼운 것도 마음이다. 마음을 바로 알고 쓰면 천지가 화합하고 기(氣)와 신(身)이 분리되지 않는 일체의 경험을 하게 된다.

이 순간이야말로 모든 현상이 나눠지는 경계다. 초극의 경지는 바로 이 마음의 고요한 중심에 도달했을 때에만 얻어진다. 그 순간을 의식적으로 만들어 낼 수 있다면 그자야말로 자신에게서 무한한 능력을 끌어낼 수 있게 될 것이다.

뼈와 근육이 견딜 수 있는 한계치를 극복하는 것이 기의 활용이고 그것이 곧 무공의 요체라면 기와 몸이 분리되지 않고 완벽한 일체를 이룰 때 극한의 경지를 얻을 수 있다. 허나 그 경지는 상대적인 것이라서 한계란 것을 규정하기가 애매했다.

파천만 해도 그렇다. 그는 몸이 견딜 수 있는 한계의 속도를 얻었다고 느꼈던 적이 있지만 어느새 그 한계마저 뛰어넘고 있었고 그런 순간은 계속 찾아오고 있지 않은가. 빠르면 강하다. 그것은 진리였다.

'까다로운 적수를 만났다. 그는 과연 누굴까?'

파천은 가장 먼저 집법청을 찾았고 그들에게 몇 가지를 얘기한 뒤에 곧바로 맹주의 침전으로 향했다. 맹주는 의사청 가운데 가부좌를 틀고서 명상 중이었다.

파천에게 패했을 때와는 완연히 다른 사람이 되어 있었다. 그동안 곡기도 끊고 물 한 방울 마시지 않았다더니 수척해지기는커녕 오히려 얼굴에 활기가 넘쳐 보였다.

　파천은 양해도 구하지 않고 검성의 맞은편에 같은 자세로 앉아서는 다짜고짜 자신이 겪은 일을 털어놓았다. 검성과 파천의 관계는 아직도 어정쩡했다.

　서로 심금을 털어놓고 대화를 나누거나 정보를 공유하거나 의논상대로 삼기에는 어울리지 않는다는 건 세 살배기 아이라도 알 수 있는 일이었다. 그 사실을 오직 파천만 모르는 것처럼 그는 천연덕스럽게 말했다.

　"어찌 생각하십니까? 그가 누구일 거라 생각하십니까?"

　깔끔한 옷으로 갈아입은 상태여서 옆구리의 상처를 보지 못했지만 천황이 제 입으로 그런 일을 겪었다고 털어놓았으니 사실이리라.

　검성은 파천이란 사람을 어느 정도는 헤아리고 있다고 생각했는데 이제 보니 그것도 아닌 것 같았다. 제게 이런 질문을 하는 까닭이 뭐란 말인가. 마음속에 품은 그런 궁금증과는 별개로 그 역시 궁금하긴 마찬가지였기 때문에 생각해 봤다.

　천황을 암습해서 비록 성공하지는 못했다 하더라도 상처를 입힐 수 있는 사람이 누가 있을까를 짚어봤다.

　"좀 더 그 상황을 자세히 설명해 주시겠습니까?"

　검성이 관심을 갖기 시작했다. 파천은 이때다 싶어 좀 더 소상하게 설명했다. 검성은 길게 고민하지도 않고 볼 것도 없다는 듯이 한 사람을 입에 올렸다.

　"그자는 마혼일 겁니다."

　파천은 기다렸다. 좀 더 충분한 설명이 이어질 때까지.

"정의맹이 창설되고 여기로 총단을 삼은 첫날밤 저를 찾아온 두 사람이 있었습니다. 하나는 천황께서도 본 적이 있는 남궁세가의 소가주 남궁장천이었고 또 하나는 마혼이란 사람입니다. 남궁장천은 정문으로 들어왔지만 마혼은 천황께서 그랬던 것처럼 몰래 잠입해 들어왔습니다. 기척을 숨기고 제 근처에까지 다다른 최초의 사람이었지요.

그날 서로 의견을 나누고 남궁장천을 보내고 나서 저는 마혼을 좀 더 붙잡아 두었습니다. 궁금했기 때문입니다. 그의 진정한 실력이 어느 정도인지를."

"겨뤄보셨습니까?"

"그자가 전력을 다했는지 아닌지는 저도 알 수 없습니다. 한 가지 분명한 사실은 정면대결로 하자면 제가 충분히 상대할 수 있을 정도였지만 어찌된 일인지 그자를 제압하는 건 어렵더군요."

"역시……."

"빨랐습니다. 그리고 아름다웠습니다. 물처럼 자연스러운 흐름이란 것이 어떤 것인지 그날 처음으로 제대로 본 것이지요. 그때 전 그런 생각을 했었습니다. 만약 이자가 누군가를 죽이고자 암습을 한다면 과연 그 살수에서 살아남을 수 있는 사람이 있을까를."

"결론은 내려졌습니까?"

"천황께서 답을 내려주셨군요."

검성도 인정하는 마혼이란 사람이 태존과 관련돼 있는 사람이란 건 확실해졌다.

"그는 분명 태존의 수하입니다. 그가 비록 태존을 비하하거나

멸시하는 듯한 말을 하기는 했지만 그는 틀림없이 태존의 아랫사람입니다. 그렇게 강한 고수를 키워낼 수 있는 태존이라면, 그리고 지금껏 어느 세력에도 편입되기를 거부했던 팔관회나 살막을 말 한마디로 움직일 수 있는 자가 태존이라면 그와의 합작이 당장에는 도움이 된다고 여겼습니다. 변명처럼 들리겠지만 마치 제가 처음 천황을 만났을 때와 비슷한 심정이었습니다."

"그건 또 무슨 말입니까? 저를 만났을 때의 심정이었다니?"

"제가 거절하면 와룡장의 금력은 사사혈맹에게만 집중된다고 하지 않았던가요? 그와 같은 상황이었습니다. 마혼이 그러더군요. 자신들을 받아들이지 않으면 사사혈맹에 손을 뻗칠 수밖에 없다고."

두 사람의 대화는 이내 자연스럽게 맹주의 실책으로 넘어가고 있었다.

"그래서…… 그들을 받아들이는 것이 정당화 될 수는 없습니다."

"생각의 차이일 뿐이지요. 질문의 선후를 달리하면 답도 달라집니다. 요는 어느 쪽에 더 중점을 두느냐의 차이입니다. 저와 정의맹의 목적은 천하제패를 꿈꾸는 세력들을 힘으로 제압해 천하에 혈난이 없도록 하는 것입니다. 더 나아가서 무림을 통합해 세 종족의 지상난입과 전쟁에 대비하는 것입니다. 태존의 무리들이 사사혈맹으로 넘어간다면 저희는 열세에 놓이게 됩니다. 어려운 싸움이 될 것으로 생각했습니다."

파천은 검성이 간과하고 있는 부분을 짚어냈다.

"그런 논리라면 사사혈맹과 손을 잡을 수도 있는 일 아닙니까?

그들과 손을 잡고 나머지 세력들을 흡수한 뒤에 그들을 척결하겠다는 계획이나 태존의 무리들과 야합하여 사사혈맹을 절단 낸 후에 천하의 주인을 가리는 것이나 뭐가 다릅니까?"

"사사혈맹은 사파입니다. 사파와 정파는 합쳐질 수 없는, 기름과 물과도 같은 사이입니다."

"태존의 무리들이 정파는 아니지 않습니까?"

검성은 할 말이 없었다. 흑도와 사파는 사실 같다고도 할 수 있지만 묘하게도 무림에서만은 달리 규정하고 있었다.

사파연합은 정파의 공적이지만 흑도의 대표적인 문파인 녹림맹에 대해서는 일언반구도 없는 것만 봐도 알 수 있는 일이었다.

사파는 엄밀하게 말해 정파를 자처하지 않는 흑도의 무리들 중에서 천하혈난의 중심에 서 있었거나 언저리에나마 몸을 담고 천하인들을 향해 무자비한 칼날을 휘둘렀던 전례가 있던 문파들과 그 문파들에 종속된 하위문파들을 총칭하는 분류였다. 한번 사파로 지목되면 설사 그 문파에서 열 명의 부처가 나온다 해도 그 굴레에서 벗어날 수 없다.

정파인들은 선한 의지를 지닌 사람들을 보호하기 위한 어쩔 수 없는 구분이라고 했지만 그것은 파천이 생각하기에 정파를 자처하는 무리들의 권익을 우선적으로 보호하기 위한 편협한 조치일 수도 있었다.

사파의 입장에서는 정파를 위선자라고 부르고 정파인들은 사파를 악의 무리라고 손가락질 하는 것은 서로를 제 입장에서만 바라보는 시각 차 때문이었다.

"그래서 이제는 어쩌기로 하셨습니까?"

"모르겠습니다."

검성은 아직 제 길에 대해 명쾌한 답을 내리지 못한 상태였다. 그렇다고 이 상태로 어물쩍 넘어갈 수도 없는 노릇이었다. 파천은 여기 오기 전 집법청의 고수들에게 한 얘기를 들려주었다.

"남궁세가의 수뇌부와 제자들을 모조리 체포하라는 지시를 내려두고 왔습니다. 제가 주제넘은 짓을 했습니다. 워낙에 급한 일이라 따질 겨를이 없었습니다."

검성은 고개를 저었다.

"저보다는…… 천황께서 이 자리에 더 어울릴지도 모르겠군요. 처음부터 천황께서 나섰다면…… 제가 이런 구차한 꼴이 되지는 않았겠지요. 왜 그러셨습니까? 제가 잘못되었다고 생각했다면 왜 처음부터 막지 않으셨습니까? 천황이기 때문입니까?"

가슴을 콕 찌르는 말이 아닐 수 없었다. 천황이기 때문에 그랬느냐? 그 말은 곧 정파에만 안주할 수 없는 신분이 천황이기 때문에 그리했느냐는 뜻이기도 했다.

파천은 솔직한 제 심정을 밝혔다.

"그런 것도 있습니다만 무엇보다 천황은 공정해야 합니다. 제가 정의맹의 맹주직에 욕심을 부리는 순간부터 저는 정파인의 시각으로 천하를 바라보게 됩니다. 그 순간 사사혈맹은 제거해야 할 악적이 되는 것이고 구제받을 수 없는 쓰레기들이 되어 버립니다. 저는 아직 연륜이 깊지 못하고 상황판단도 미숙합니다. 그런 제가 어찌 항상 옳은 선택만을 할 수 있겠습니까. 제 자신이 두려웠습니다. 그런 심정은 지금도 마찬가지입니다. 제 힘이 강해지면 강해질수록 어제와 다른 저 자신을 느끼고는 흠칫하게 됩니다.”

“그럼 끝까지 그 입장을 고수하실 생각이십니까?”

“그럴 수만 있다면…… 그러고 싶습니다.”

“안타깝군요. 세상은 언제나 호의와 선의로만 바라보지 않습니다. 서로의 주장과 입장이 첨예하게 대립하게 되면 어느 한쪽이든 선택하지 않으면 안 되는 때도 옵니다. 양쪽 모두에게 배척받을 수도 있다는 건 아시겠지요?”

“물론 그것도 늘 염두에 두고 있습니다. 어쩌겠습니까? 역대의 천황들이 그와 같은 길을 걸어왔고 제가 걸어야 할 길 역시 그 길이거늘.”

“전 천황께 이 자리를 맡기고 잠시 떠나 있으려고 했습니다만…… 그마저도 쉽지는 않겠군요.”

“판단은…… 맹도들에게 맡기십시오. 정파가 기나긴 세월 동안 잘못한 일이 왜 없었겠습니까만…… 지금까지 그래도 명맥을 이어올 수 있었던 건 잘못된 것을 바로잡으려는 의지가 있었기 때문이라 생각합니다. 실수는 누구나 할 수 있습니다. 그 실수가 돌이킬 수 없을 정도의 중죄라면…… 마땅히 그 책임도 져야 합니다. 맹주라고 해서 예외가 될 수는 없겠지요.

천황으로서가 아니라 지금까지 정파에 큰 은혜를 입은 사람으로서 한 말씀 드리자면…… 정의맹의 가장 큰 저력은 정파를 지금껏 지탱해온 기둥들에게서 나온다고 생각합니다. 그들을 홀대하고 무시하고서는 단합된 힘을 끌어낼 수가 없습니다. 무림과 관과 민간에 두루 미쳐 있는 그들의 영향력을 과소평가하시면 안 됩니다. 단합을 이끌어내고 못하고는 지도자가 얼마나 공평무사하게 대의를 집행하느냐에 달려 있다고 봅니다.”

두 사람은 밤이 올 때까지 많은 대화를 나누었다. 파천은 검성을 향해 비난도 서슴지 않았고 충고도 잊지 않았다.

산 속에 있지 않아 산의 모양을 제대로 볼 수 있는 사람처럼 파천은 누구보다 정의맹이 나가야 할 길을 제대로 제시해 줄 수 있는 사람인지도 몰랐다. 검성은 자신의 말에 귀를 기울이는 성의는 보였지만 그가 정말로 크게 뉘우치고 있는지는 파천으로서도 알 길이 없었다.

그 사이에 집법청의 고수들은 남궁세가의 사람들을 하나 빼놓지 않고 체포했고 항주 어딘가에 침투해 있을 팔관회와 살막, 태존의 수하들의 행방을 탐문하고 조사하기 시작했다.

또한 항주 외곽에 병력을 배치하여 그들이 탈출하지 못하도록 했다. 그 일을 진두지휘하는 사람들이 환혼자들이기에 파천이 따로 나서서 할 일은 없었다. 아직 이렇다 할 피해상황이 보고되지 않는 걸로 봐서는 마혼이 정의맹으로 다시 온 건 아닌 것 같았다. 그것이 차라리 다행스럽게 여겨지는 것 또한 이상한 심리가 아닐 수 없었다.

남궁영걸로 가장한 마혼의 말을 액면 그대로 믿을 수 없다는 판단 아래 일단은 그 모든 사실을 백지화하고 다시 처음부터 재조사를 지시했지만 그 전에 모든 건 드러났다.

남궁천과 남궁포현이 제 발로 찾아와 자백을 했기 때문이다. 맹주의 증언과 남궁천, 남궁포현의 증언을 꿰맞춰보니 얼추 그림이 그려졌다. 그간의 정황이 백일하에 드러났고 이제는 과실을 물어 처벌을 해야 할 일만 남겨두고 있었다.

맹주가 하려던 일 중에 가장 크게 지탄을 받은 일은 역시 철우명과 그 배후세력과 연합하려 한 것이었다. 그 일은 특히 오혈신교의 강력한 반발과 비난에 직면하게 되었다. 맹주에 대한 재신임을 물어야 한다는 쪽으로 여론이 형성된 건 어쩌면 당연한 일이었다.

역시나 가장 큰 피해자는 남궁세가였다. 남궁세가 내의 다른 일원들이 개입되지 않았다는 정상이 참작되었지만 그럼에도 불구하고 세가의 후계자인 남궁장천의 개입은 변명의 여지가 없었다.

특히 철우명을 탈출시키며 그곳을 경비하고 있던 무사들을 살해했고, 그 현장에 남궁장천이 있었다는 사실까지 남궁포현이 실토한 뒤라 그들에 대한 성토는 식을 줄을 모르고 들끓어 올랐다.

남궁세가를 정의맹에서 제적하고 봉문하라는 요구가 무리하게 들리지 않을 정도였다.

이런 큰 사건이 벌어지면 으레 그렇듯이 문파의 수장이 책임지는 모습을 보이면 그나마 좀 잠잠해지는 법이었다. 그런 걸 모를 리 없는 남궁포현이 세가주로 모든 책임을 지고 자결하겠다는 말을 꺼내놨을 때 그렇게 거세게 비난하던 정파의 명숙들조차도 한동안 말을 잇지 못했다.

맹주와 남궁세가가 최종적으로 어떤 처벌을 받고 어떤 처지에 놓일지는 이제 맹도들의 손에 넘어가 있었다. 그리고 그것을 결정하는 최종판결은 정의맹의 수뇌회의가 아니라 문파대표들로 구성된 평의회에서 결정하기로 되어 있었다.

자그마치 사흘이 지나도록 격론이 벌어졌고 여러 현실적인 중재안들과 원칙론이 팽팽하게 대립했다. 회의에 참석하는 사람들이나 그 회의의 결과를 기다려야 하는 양측 모두 진이 빠질만한 상황이었다.

그러던 중에 남궁세가에 남아 있던 나머지 식솔들까지 항주에 도착했다. 무슨 연유인지를 몰라 얼떨해 있는 사람들이 대다수인 걸 보면 남궁천의 호출에 무작정 세가를 나선 것이 분명해 보였다.

남궁세가의 제자들은 세가를 지금껏 지탱해 오던 두 기둥들을 졸지에 잃어버릴지도 모른다는 두려움에 쌓여갔다. 그리고 봉문도 어느 정도는 각오해야만 했다. 문제는 어느 정도의 범위까지 처벌이 결정될 것인가였다.

현재의 상태가 준전시 상황이라는 사실도 남궁세가에 불리하게 작용하는 점이었다.

더군다나 이번 일의 주모자 중에 하나인 남궁장천이 제 잘못을 인정하고 죄를 청하기는커녕 사사혈맹으로 투항해 버린 일은 정파인들의 공분을 사고도 남았다.

파천도 괴롭기는 마찬가지였다. 신경 안 쓰려고 해도 쓰이는 건 어쩔 수 없었다. 그렇게 원망했던 사람들이었다. 왜 그렇게밖에 할 수 없었나를 생각하며 최근까지만 해도 울분을 삭혀야만 하지 않았던가.

살아 있는 동안은 보지 않으려고 했던 사람들이었다. 그런데 막상 그들이 처한 처지를 보니 딱하기 그지없지 않은가. 이 이율배반적인 마음의 향방이 갈피를 잡지 못하는 건 그와 핏줄을 나

넜다는 어쩔 수 없는 진실 때문인 것 같았다.

"안 나가보십니까?"

옥기린이었다. 그는 검성과 천황의 대결 이후에 환혼자들 중에 유독 파천에게 호의를 보이는 대표적인 인물이었다. 그의 마음 속에는 파천이 난세를 평정할 영웅으로 비춰졌다. 그리고 무엇보다 그런 능력을 지닌 그가 욕심에 담백하며 특별한 오점이 없을 정도로 광명정대하다는 점에 이끌렸다.

마음이란 놈은 야생마와 같아서 한번 고삐를 풀어놓으면 제멋대로 날뛰는 법이다.

한번 좋게 보기 시작하니 모든 게 좋아 보이기 시작했다. 옥기린은 그런 제 마음을 인정했고 제 마음이 시키는 대로 하고 있는 것이다.

파천은 겸연쩍게 웃었다.

"제가 있을 자리는 아닌 것 같아서요."

"이번 일이 마무리 되는 걸 보고 나서는 어찌하실 생각이십니까?"

"사황천사를 직접 만나볼 생각입니다."

옥기린은 흠칫했다.

"위험하지 않을까요?"

"위험하겠지요. 그가 딴 마음을 품으면 범의 아가리 속으로 뛰어드는 격이니."

"게다가 태존의 심복들이 사사혈맹과 연합이라도 했다면 천황을 어떻게 해서든 제거하려 들 것입니다. 그런데도 굳이 그를 만나실 생각입니까?"

"안 그러면…… 이 거대한 싸움판을 결정지을 방법이 없네요. 아무리 생각해도 사황천사를 한 번은 만나봐야 할 것 같습니다."

"으음. 가능하다면 말리고 싶네요."

"하하. 걱정 마십시오. 제가 이래 봬도 제 목숨 하나는 지킬 수 있을 정도는 됩니다. 까짓 좀 위험하다 싶으면 체면불구하고 튀어버리면 됩니다. 그리고 제게는 누구도 모르는 비밀이 하나 있는데……."

"비밀이요?"

옥기린은 지대한 관심을 드러냈고 파천은 세상에 다시없을 비밀이라도 발설하는 듯이 목소리까지 낮췄다.

"독수리 아시죠?"

"독수리요? 물론 알죠."

"제게 독수리 친구가 하나 있습니다. 그 녀석이 엄청나게 빠르죠. 적어도 내가 도망가기로 작정하면 날 쫓아올 수 있는 사람은 없습니다."

이건 또 무슨 소리인가 싶었다. 옥기린은 제가 멍청하여 속뜻을 깨닫지 못하는지 아니면 자신을 놀리려는 의도인지 몰라 한동안 파천을 물끄러미 쳐다보고만 있었다. 그런 그의 모습이 웃겼던지 파천이 파안대소했다.

"하하하하하하."

'독수리가 있는데…… 독수리가 빠르긴 하지. 그런데 그거랑…… 쫓아올 수 있는 사람이 없는 거랑 무슨 연관이 있다는 소리지?'

옥기린은 끝내 그 의문을 풀지는 못했다. 그런 그를 남겨두고 파천은 답답한 심사를 달래고자 방문을 나섰다.

며칠 전과 달라진 전경이 있다면 오가는 무사들이 파천을 대하면 절도 있는 모습으로 예를 표하기 시작했다는 점이었다. 누구라도 예외는 없었다.

일일이 인사를 받아주고 웃어주는 것도 한두 번이지 그것도 계속되니 여간 피곤한 일이 아니었다. 그런 생각을 하고 걷던 파천이 그 자리에서 돌이 된 듯 멈춰버렸다.

"아, 아야. 살살 좀 해요. 살이 벗겨지잖아요."

소녀의 음성이었다. 그리고 그녀는 언젠가 소림사에서 본 적이 있는 바로 그 소녀였다.

'저 아이는……'

파천의 기억에 생생하게 자리 잡고 있는 세상 천지에 하나밖에 없는 배다른 여동생 남궁미미였다. 남궁세가의 제자들 틈에 끼어서 특정한 곳으로 호송되고 있었는데 그녀의 새하얗고 가녀린 팔에는 튼튼한 오랏줄이 꽉 조여져 있었다. 무사가 그 끝을 잡고 당기니 살이 쓸려서 아플 만도 했다. 게다가 그녀는 남궁세가의 여식이면서도 무공을 익힌 적이 없었다.

그녀는 천생의 타고난 낙천적인 성격 탓에 웬만한 일에는 얼굴 한 번 찡그리는 법이 없는데, 여기 오고 나서 얼마나 울었던지 눈이 퉁퉁 부어 있었다. 아마도 평생 운 것보다도 더 많이 울었을 것이다.

파천은 남궁미미와 제자들을 호송하고 있는 무사들이 하필이면 다른 세가의 무사들이란 걸 알아보았다. 남궁세가의 몰락을 두고 드러내놓고 좋아할 상황은 아니었지만 속으로 쾌재를 부르는 사람은 나머지 사대세가들이었다.

특히 제갈세가의 무사들은 남들 보기에도 눈살이 찌푸려질 정도로 반기는 분위기였다. 파천은 남궁미미의 몰골을 보고서 마음 한편이 쓰리고 아릿해져왔다.

'저 천진난만한 녀석이 이런 꼴을 당하고서 용케…… 잘 버티는구나. 불쌍한 녀석.'

파천은 어린 시절 함께 뛰놀던 남궁미미의 모습을 떠올렸다. 그녀의 생모가 그렇게 싫어하는데도 불구하고 보고 싶다는 이유만으로 몰래 자신을 찾아오기를 수차례, 그 이유로 혼도 나고 울기도 많이 했지만 이후에도 몇 번인가 다시 파천을 찾고는 했었다.

그리고 그녀는 떼쟁이었다. 해달라는 게 뭐 그리 많은지 파천은 그것 때문에 혼쭐이 난 게 한두 번이 아니었다. 그런 생각을 하고 있자니 파천의 입가에 슬며시 웃음이 번졌.

파천의 시선이 남궁미미에 고정되어 있었기 때문인지 남궁미미가 무언가에 이끌리듯 파천을 바라본다. 호송행렬의 선두에 있던 무사들이 뛰어와 파천 앞에서 예를 표했다.

"천황을 뵙습니다."

그러자 무사들이 한목소리로 외쳤다.

"천황을 뵙습니다."

파천은 그들이 인사를 하는 것도, 그들의 얼굴에 존경의 넘이 가득하다는 것도 알아보지 못했다. 그의 머릿속에는 오직 한 가지 생각뿐이었다.

‘정말 이것이…… 최선일까? 내가 저들을 모른 척해도…… 되는 것인가?’

생모의 마지막 말이 떠올랐다.

“네 아버지를 용서해라.”

파천은 용서하지 못했다. 아니 애써 떠올리려 하지 않았다. 모든 건 제 생부의 우유부단함이 빚은 비극이었다. 지금도 그 생각에는 변함이 없었다. 어른이 되고나니 당시의 생부의 선택이 더 이해가 되지 않았다.

아버지에 대한 미움은 컸지만 아무 죄도 없는 남궁미미까지 미워지지는 않는다. 그럴 수는 없었다. 그도 인간이기에 어린 시절 유일하다 싶은 아름다운 추억에까지 얼룩을 묻히고 싶지는 않았다. 게다가 그녀는 좋든 싫든 파천과 절반의 피를 나눈 사이가 아니던가.

파천이 마음을 진정시키며 호송책임자에게 물었다.

“이들을 어디로 데려가는가?”

“한곳에 모아두면 혹 딴 생각을 할지도 모른다고 해서 이곳저곳에 분산해서 감금하라는 명령을 받았습니다. 이들은 외성 뇌옥으로 데려가는 중이었습니다.”

“누구의 지시였지?”

“평의회 의장이신 제갈세가주의 명령이십니다.”

“가 봐도…… 좋다.”

잠시 멈췄던 호송행렬이 다시 움직이는 순간 파천이 다시 불러

세웠다.

"그 여자아이는 무공을 모른다. 굳이 그렇게까지 하지 않아도 혼자 힘으로는 도주하지 못한다. 그러니…… 포승줄을 풀어주도록."

무사들은 그 명령을 특별히 이상하게 생각지는 않았다. 단지 천황이 참 자비심도 많구나, 라고 여겼을 따름이었다. 어쨌든 지금 정의맹에서 천황의 지시를 면전에서 무시할 만큼 대담한 사람은 하나도 없었다. 무사들은 즉시 남궁미미의 몸을 결박하고 있던 포승줄을 풀어줬다.

아까부터 계속 파천을 바라보고 있던 남궁미미가 제 오빠인지는 꿈에서도 생각지 못하고 고맙다는 인사를 건넸다.

"고맙습니다. 누구신지 성함을 여쭤 봐도 될까요?"

"파천, 파천이오."

"오늘의 후의는 절대 잊지 않겠습니다."

그녀는 몇 번인가 뒤를 돌아봤다. 무사들이 떠미는 바람에 엎어지기도 하고 발을 절뚝거리기도 했지만 그 뒤로도 몇 번인가 더 파천을 돌아봤다.

파천은 그 자리에서 꼼짝을 않고 서 있었다. 파천이 하늘을 올려다봤다.

눈이 부셨다. 눈부신 햇살 사이로 과거의 기억들이 잘게 부서지고 있었다. 그것들은 모조리 파천의 눈 안으로 들어와 찰랑찰랑 눈물이 되어 맺혔다.

'어머니, 어머니. 어찌 해야 합니까?'

파천은 이 순간 피를 토하며 숨을 헐떡이던 어머니를 떠올리고 있었다.

＊　　　＊　　　＊

파천은 그날 처음으로 혼자서 술을 마셨다. 모용상인이 아직 몸이 완쾌된 것이 아니어서 차마 그에게 술을 마시자는 말을 하지 못했다.

정의맹 안이 아닌 천향루까지 가서 마셨다. 천향루주가 술을 따라주고 아름다운 가희들이 날아갈 듯 춤을 추었어도 그런 것 따위가 눈에 들어올 리가 없었다.

파천은 안주도 없이 강술로 마셨다. 제 주량이 얼마인지는 한 번도 확인해 본 적이 없었다. 술을 그리 즐기는 편이 아니었고 취할 만큼 마셔본 적도 거의 없었다.

오늘은 마음껏 취하고 싶었다. 이 가눌 길 없는 답답한 마음을 쓸어내릴 수만 있다면 서호를 술로 채우고 한 번에 다 마셔버릴 수도 있을 것 같은 심정이었다.

천황 파천이 술에 취해서 정의맹 총단 성문 안으로 들어서자 그 소식은 금세 상층부까지 전달되었다. 평소 술을 가까이 하지 않는 것으로 알려져 있던 그가 술을 마셨다는 사실은 그의 심중이 어디로 향할지를 유심히 살피고 있던 사람들에게는 꽤 관심이 가는 대목이었다.

뭔가 있다. 그런 생각을 한 사람 중에 가장 먼저 파천에게 달려온 사람은 역시 옥기린이었다.

"대취하신 듯한데…… 무슨 일 있으셨습니까?"

"별거 아니오. 살다 보면, 살다 보면 별의별 일이 다 있지 않소? 술, 술 드셔 보았소?"

고수도 술을 많이 마시면 취한다. 단지 범인에 비해 술을 이기려는 의지력이 강한 편이고 늘 암수에 대비하는 긴장감을 유지하는 습관 때문에 덜 취하는 것뿐이었다.

내공으로 주기를 체외로 배출하면 아예 취하지 않는 경우도 있지만 취하려고 먹는 술을 그렇게까지 하면서 먹는 사람이 과연 얼마나 되겠는가.

파천도 취했다. 당대의 천황으로 검성을 꺾은 일로 일거에 무림의 구성(救星)으로까지 떠오른 그도 술을 마시면 취하는 건 별반 차이 없었다.

그가 흐트러진 모습을 보여도 옥기린은 그의 인간적인 면을 보는 것 같아 오히려 마음이 흐뭇해졌다.

옥기린의 입가에 미소가 내걸린 것도 그 때문이었다.

"술이라면 제가 아주 좋아합니다. 자다가도 술 먹자는 소리만 들으면 벌떡 일어날 정도지요."

"그래요? 그걸 왜 이제야 말합니까? 그런 줄 알았으면 같이 가서 마시는 건데 딸꾹. 이것 보시오 등 지휘사령."

"네 말씀하십시오."

"등 지휘사령은…… 가족이 있으시오?"

"가족……이요?"

오랜만에 들어보는 말이었다. 옥기린 등유운은 한참을 생각했다. 세상에 가족이 없는 사람이 어디 있으랴. 일찍 부모를 여의었

다 해도 그 기억만은 간직하고 있지 않겠는가. 부모 얼굴 모르고
자란 천애고아가 아닌 이상에는 가족이라 부를만한 사람들은 있
기 마련이었다. 그런데 하필이면 등유운은 고아였다.

주변의 어른들 말로는 유복자라고 했는데 하나뿐인 어머니마저
괴질에 걸려 시름시름 앓다가 등유운이 세 살 때 세상을 하직했
다고 한다.

세 살 때 기억을 가지고 있는 사람은 없다. 그래서 그는 가족이
란 말을 자연스럽게 할 수 없는 사람 중에 하나였다. 그 이름이
그립고 또한 부럽지만 그렇기 때문에 애써 멀리해 왔던 말이었
다. 그런데 뜬금없이 천황의 입에서 그 소리가 흘러나오자 등유
운은 살짝 당황했다.

"왜 그리 놀라시오? 가족 없소?"

"네. 제겐 아쉽게도…… 그리 부를만한 사람들이 없었습니다."

"그랬군요. 그랬어. 나도 없소."

파천의 신세내력에 대해 알길 없는 등유운은 그가 가족이 없다
고 하자 그 순간 그와의 공감대가 하나 더 생겼기 때문인지 정감
이 갔다.

"그렇습니까?"

그 순간 파천이 휘청거렸다. 옥기린이 얼른 부축했다. 등유운
은 파천을 업을까 생각하다가 그만 두기로 했다.

천황이 업혀서 들어간다면 그를 위해서도 좋지 않을 것 같았기
때문이다.

파천을 옆에서 부축하고 걷던 등유운이 물었다.

"왜 이리 술을 많이 드셨습니까?"

"그게 말이오. 그게 말이지…… 잊어버리고 살던 가족이……
갑자기 눈앞에 나타나면…… 그땐 어찌 해야 하오? 나는 도통 그
걸 모르겠소. 나는…… 가족이 없는 놈인데…… 그게 아니더란
말이지. 내 피가, 이 심장이…… 날 못살게 굴어. 그까짓 가
족…… 없어도 지금껏 잘 살았는데…… 빌어먹을. 젠장."

파천은 횡설수설하고 있었다. 술에서 깨면 오늘 일을 기억하지
못할지도 모른다. 그는 확실히 정상은 아니었다.

파천 정도의 고수가 이처럼 취하기까지 마셨다면 그 양은 능히
짐작이 간다. 그런 상태에서 여기까지 찾아온 게 기적이라 할 만
했다.

등유운은 파천의 알아들을 수 없는 혀 꼬부라진 말을 용케 알
아들었다. 그리고 그 의미가 간단치 않다는 걸 깨달았다.

파천을 침상에 눕히고서야 돌아서던 옥기린 등유운이 재차 돌
아섰다. 그는 망설이다가 물었다.

"그 가족을 어디서 만나셨습니까?"

파천은 몸을 뒤척이더니 목이 마른지 입을 쩍쩍 다셨다. 그러
더니 어떻게 그 말을 알아들었는지 척척 대답을 하는 것이 아닌
가.

"여기서 만났지."

등유운은 깜짝 놀랐다.

"여기 어디서요?"

"줄에 굴비 엮듯…… 묶여서 끌려가더군. 그 애가 내 동생인
데…… 세상에 둘도 없는…… 착한 선녀 같은 아인데. 그……애
는 죄가…… 없잖아. 어떻게 해야 할지…… 뭐라도 해 주고 싶은

데…… 모르겠더라고. 미미야. 미안해. 오빠가…… 미안해. 그래서 한잔 했지. 그래서…….”

파천이 결국 깊은 잠속으로 곯아떨어지고 말았다. 정신이 말짱한 옥기린은 이만저만 큰 충격을 받은 게 아니었다. 그는 파천의 그 말 속에서 놀라운 사실을 끄집어내고 있었다.

그가 검토했던 남궁세가의 일족 중에 틀림없이 미미라는 이름이 있었던 걸 기억해냈다. 그리고 그가 말한 정황이 남궁세가가 지금 처한 상황을 말하는 것 같지 않은가.

‘천황이 남궁세가의 혈족이었단 말인가? 어찌 그런 일이! 뭔가 있다. 천황이 남궁세가의 혈족이란 걸 남궁세가 사람들도 모른다는 얘긴데…… 이거, 이거 잘못했다가는…… 천추의 한을 남길지도 모른다. 상황이 더 진행되기 전에 어찌된 일인지를 알아내야 한다.’

옥기린은 제 짐작이 사실이 아니길 빌었다. 만약 그것이 사실이라면 남궁세가에 닥친 비극은 그들만의 것으로 끝나지 않을지도 모른다.

옥기린은 냉정해지려고 애썼다. 그리고 그는 속히 마음속의 의문을 풀어야겠다고 생각했다.

그는 곧장 뇌옥으로 달려갔다. 남궁세가의 직계가족들을 통해서 의문을 풀어볼 생각을 품고서.

파천이 악몽에 시달리며 미미의 이름을 외쳐 부르던 그때에 백두산에서 항주로 향하는 일단의 무리들이 있었다. 그 무리 선두에는 일묘와 해명 말고도 침묵의 결계에서 무사히 수행을 마치고

귀환한 담사황과 천마, 혈마, 불마성, 환희궁주가 함께 섞여 있었
다. 그들이 항주로 향한 것이다.

　이제 천하는 그들의 가세로 새로운 전기를 맞게 될 것이다. 파
천에게는 이보다 더 든든할 수 없는 응원군의 증원이었고 천하를
피로 씻으려는 자들에게는 그보다 더한 악몽이 없을 것이다. 그
들이 가고 있었다. 천하를 향해, 파천을 향해서.

〈7권에서 계속〉

『황제의 검 3부』 작가 연재 사이트

http://penic.co.kr

FANTASY STORY & ADVENTURE
Bahamoont the Blood
흡혈왕
바하문트
쥬논 판타지 장편 소설
판타지의 연금술사 쥬논!
『앙신의 강림』,『천마선』,『규토대제』
그 화려했던 시대가 저물고, 새로운 신화로 돌아왔다!
붉은 땅, 고대 흉왕의 무덤에서 권능을 얻은 바하문트.
악마의 병기 플루토의 절대 지배자!
이제 모든 질서를 파괴하는 피의 전쟁을 선포한다!
dream books
드림북스

魔
질풍
강호
魔도강
수담·옥 신무협 장편소설
ORIENTAL FANTASY STORY & ADVENTURE
『사라전종횡기』, 『청조만리성』의 작가!
수담·옥 신무협 장편소설.
금마쟁로에 나아가 천중가의 잃어버린 명예를 되찾아라!
정즉사(停卽死), 멈추면 죽는다!
회즉사(廻卽死), 뒤돌아봐도 죽는다!
사룡지주를 쟁취하는 자, 강호 군림하리라!
dream books
드림북스

참마전기

『표사』,『천하제일협객』,『금룡진천하』의 작가!
황규영 그의 열 번째 이야기!

스승마저 두려움에 떨게 했던 극악 마존 유난극이 돌변했다!

상한 영약을 먹고 기억을 잃은 채 돌아온 고향.
전직 마존 유난극이 곳곳을 누비며 악인 징벌에 나선다!

# 魔劍王

마검왕

나민채 퓨전무협 장편소설

FUSION ORIENTAL FANTASY STORY

『죽지 않는 무림지존』, 『천지를 먹다』
베스트 셀러 작가 나민채의 2009년 신작!

강호와 현실을 자유롭게 넘나들며 벌이는 스펙터클한 퓨전 무협.

강호의 마교 소교주, 현실의 고등학생이라는 두개의 삶.
나를 다른 세상으로 부른 흑천마검에는 놀라운 비밀이 숨어 있다!

dream
books
드림북스